ヨルノヒカリ

畑野智美

YORUNO HIKARI
Tomomi Hatano

中央公論新社

ヨルノヒカリ

物干し竿が飛んできて、窓が割れた。

ガラスの破片が飛び散った部屋に、雨と風が一気に吹き込んでくる。裏の川は増水して、流れが速くなっているようだ。いつもは穏やかで、干上がってしまいそうなくらいなのに、山奥の急流かのような轟音《ごうおん》が聞こえてきた。子供のころから二十年以上住んでいるアパート、ボロく見えても意外と丈夫だと思っていたが、今年の終わりに取り壊されることが決まっている。ナントカ台風以来と言われている大型の台風が上陸する中、この部屋で一晩過ごすのは、危ない。

そう思いながらも、窓に刺さったままの物干し竿をぼんやり見てしまう。

座る位置が数センチずれていたら、これが直撃していたのかもしれない。

Tシャツから出た腕を見ると、ガラスの破片がかすったのか、少し切れていた。

台所で血を洗い流し、部屋の中を見回す。

吹き込む雨のせいで、敷きっぱなしの布団や床に置いたままの漫画雑誌だけではなくて、自分自身の髪やTシャツまでシャワーでも浴びたみたいに濡れている。台所と畳敷きの六畳間と狭いユニットバス、どこにも逃げ場がない。

隣や下の部屋に住むじいちゃんたちは、夕方にボランティアの人に連れられて、近所の小学校の体育館に避難していった。その時はまだ雨は降っていなかったが、強い風が吹いていた。じいちゃんたちの小さくて軽い身体《からだ》は、飛ばされてしまいそうに見えた。

僕も、ついていけばよかった。

じいちゃんたちが「ひかりも、一緒に行こう」と声をかけてくれたのに、「大丈夫だから」と断ってしまった。今からだって、入れるのだろうけれど、行きにくい。きっと、僕が行ったら、じいちゃんたちは何かあったのか、心配して騒ぎ出す。僕のことなんか気にせず、落ち着いて眠ってほしかった。

友達の家に避難しようと思っても、頼れる相手はひとりしかいない。そのたったひとりの友達の成瀬《なるせ》も、妻の美咲《みさき》ちゃんの妊娠がわかったばかりで、まだ安定期とは言えないらしい。しょっちゅう電話をかけてきて、「心配、心配」と騒ぎながらも、嬉しそうにしている。今日は余裕のない夜を過ごしているだろう。そこに邪魔するのは悪い。

隣の駅に、オールナイト営業の健康ランドがある。行ったことはないけれど、バス通りに地図の載った看板が出ていた。だいたいの場所はわかる。一駅だから、雨と風の中でも、歩けるだろう。そこまで行けば、温かい風呂に入って、眠ることができる。この部屋にいるよりも、ずっと安全だ。

明日の分のシャツや下着を二重にしたゴミ袋で包み、リュックの中に入れる。スマホはハーフパンツのポケットに突っ込む。母親の位牌と遺影は、濡れないように、押し入れの奥にしまっておく。他に、大事なものは、ひとつもない。

電気を消し、サンダルを履き、部屋から出る。

廊下の奥の階段を下りて、透明のビニール傘をさす。

風向きに合わせて傘を動かし、できるだけ濡れないようにする。

あまり意味がないように感じるけれど、ささないよりはマシだ。

人も車も通らない夜道をひたすら歩いていく。

雨がアスファルトを打つ音、風の音、雲の流れる音が暗い街の中に響く。

ファミリー向けのマンションや一軒家の並ぶ住宅街、閉じたカーテンの隙間から明かりが漏れる。

駄目だとわかっていても、思考は暗い方へと落ちていってしまう。


アパートの取り壊しの通知が届いた少し後、五年間勤めている洋食屋の閉店が決まった。

オーナーは高齢で、前からそういう話は出ていた。今年に入ってから、オーナーは体調を崩すことが多くなった。最初は「ちょっと疲れているだけだ」と言っていたが、なかなか良くならないどころか、悪くなっていっているように見えた。桜が散るころになり、奥さんに引っ張られて、やっと病院へ行った。検査の結果は、あまり良くなかったみたいだ。しばらく通院していた。同時に、店を売る準備を進めていたのだろう。従業員に知らされた時には、全ての手続きが終わっていた。

閉店は今月末、アパートの取り壊しは十二月の終わり。

十一月中には、部屋を出るように言われている。二ヵ月くらいあるから、閉店するまでは集中して働き、その後で仕事を探し、働く場所が決まってから引っ越すつもりだった。

しかし、窓が割れた部屋には、住めない。

たった二ヵ月しかないのに、大家さんに窓ガラスの交換は頼みにくい。段ボールとかで補強しても、雨風のたびに避難と修復を繰り返すことになる。台風が過ぎ去れば、秋が来る。修復しても、隙間から冷たい風が入ってくるだろう。

子供のころ、母親の恋人だった男が窓ガラスを割り、しばらく段ボールを貼っていたことがあった。あの時は、その生活の不便さ以上に、男に対する恐怖が強かったせいか、それほど気にならなかった。男はどうやってガラスを割ったのだろう。母親と男が怒鳴《どな》り合っていたことは憶えている。だが、その瞬間のことは思い出せなかった。男の顔も名前も、忘れた。


強い風に、傘を持っていかれる。

骨だけ残し、ビニールが飛んでいく。

「マジか……」

思わずつぶやき、飛んでいった先を見る。

吸い込まれるように、夜の中へ消えた。

拾いにいったところで、どうしようもない。

曲がってしまった骨は、うまく閉じられなかったから、そのまま手に持っておく。

動かないで、アパートにいた方がよかったのかもしれない。

けれど、次の角を曲がれば、駅前の商店街に入るというところまで来ている。商店街を抜け、駅の反対側に行って、五分もかからないところに健康ランドはあるはずだ。戻るよりも、進んだ方がいい。

サンダルでは雨を防げず、歩くたびに水たまりに足を突っ込んだような気分になる。髪もTシャツもハーフパンツも濡れて、身体が冷えていく。

商店街に入ったら、コンビニがあるだろうと思ったのだけれど、なさそうだ。

どこの店もシャッターが閉まっている。

住んでいる人が少ないからか、住宅街以上に暗い。

この格好でコンビニに入ることはできないけれど、人がいることを感じたかった。

電車が止まるには、まだ少し早い時間だ。

しかし、商店街を歩いている人も、ひとりもいない。

帰宅を早めるように、と昨日の夜からニュースやSNSで繰り返し呼びかけられていた。僕の働く洋食屋も、今日はランチタイムだけの営業で、夜は閉めた。多くの店や会社が同じようにしたのだろう。健康ランドも、休みかもしれない。

そう思い、スマホで調べようとしたが、ここでポケットから出しても、液晶がすぐに水滴だらけになる。

顔を上げると、通りの先に店頭の明かりがついたままになっている店が見えた。

どこまでも暗闇がつづく街の中で、そこだけが温かそうな光を放っている。

シャッターは閉まっているから、消し忘れたのだろう。

雨の中を走り、軒下に入らせてもらう。

風向きのおかげか、人ひとりがどうにか立てるだけの奥行しかないのに、不思議なくらい雨が降り込んでこなかった。

息をつき、壁に寄りかかろうとしたが、張り紙が貼ってある。

そこには『従業員募集！　住み込み可！』と、大きく書かれていた。

右手でものさしを持ち、左手で反物《たんもの》を広げていく。

真っ白なシーチング生地《きじ》、一メートル、二メートル、三メートル、注文されたよりも十センチくらい多めに取り、左手の親指と人差し指でしっかり押さえ、右手のものさしを下ろして裁《た》ち鋏《ばさみ》に持ち替える。押さえているところから、まっすぐに切る。

まっすぐに、まっすぐに、まっすぐに。

祈るように気持ちをこめて切っても、曲がる。

鋏が引っ掛かり、軽くほつれているところがあるし、全体的に左へ斜めに向かっている。右に向かうと、注文されたメートル数に足りなくなる可能性があるため、その失敗を回避しようとすると、左に向かってしまう。薄手の生地だから、もう少しうまく切れると思っていた。

「まあ、いいんじゃない」隣で見ていた聡子《さとこ》さんが言う。

「うーん」

「大丈夫、大丈夫。端の方まで使うわけじゃないから」お客さんも言ってくれる。

「……すみません」生地を折りたたみ、お渡しする。

「いいのよ、気にしないで」

「ありがとうございます」

レジで会計を済ませて、店から出ていくお客さんの後ろ姿に、頭を下げる。

「謝らなくていいから」聡子さんは、受け取ったお金をレジに入れていく。

「いや、でも」話しながら、僕はものさしを裁断台の端に置き、裁ち鋏を引き出しにしまう。

「曲がったりすることも考えて、多めに取ってるんだから、大丈夫」

「はい」

「ミシン糸の品出しお願い」

「了解です」

裁断台の片づけを終えて、レジ裏の階段を上がる。

古い建物だからか、階段の一段の幅が狭くて、急だ。

最初は少し怖く感じたが、駆け上がれるくらいには慣れてきた。

二階に上がると、右側の部屋が倉庫になっている。ミシンや毛糸の在庫が並ぶ棚に反物が立てかけてあり、壁沿いに段ボール箱が積まれている。

段ボール箱を開け、ミシン糸の入った箱を出し、品出しに使うカゴに移す。

カゴを抱えて、一階に戻る。

店の正面のガラス扉から入ってすぐのところに、ミシンコーナーがあり、その横の棚にミシン糸が並んでいる。

綿でできているのかナイロンなのか絹なのか、色やメーカーや長さ、百種類以上扱っている。

同じ青に見えても、微妙に差がある。ひとつひとつ、型番を確認していく。専用の棚なので、番号が書かれているから、決められた場所に置いていけばいい。

黙々と並べていると、横に高齢の女性が立った。

ふわふわの白髪で、優しそうな顔をしている。

肘《ひじ》にかけた、手作りと思われる花柄のキルティング生地のカバンからは、竹でできた編み棒がはみ出していた。

「お店の方？」

「あっ、はい、そうです」カゴを置き、お客さんの正面に立つ。

「ベストを作っていてね、袖《そで》ぐりの編み目の減らし方を知りたいのだけど、教えていただける？」

「えっと、ちょっと待ってください」

店の奥に行き、裁断台で端布《はぎれ》を丸めていた聡子さんに、お客さんに聞かれたことをそのまま伝える。

「ベスト、お持ちなのかな？」

「多分」

「じゃあ、こっちで対応するから、ご案内して」

「わかりました」

お客さんを案内して、裁断台の横に折りたたみ椅子を出し、座ってもらう。

「ありがとう」

「どうぞ、ごゆっくり」

聡子さんに任せて、僕は品出しに戻る。

カゴの前にしゃがみ込んで型番を確認して、入荷したものが奥になるように、ミシン糸を並べていく。

いとや手芸用品店に住み込みで働くようになってから、もうすぐ一ヵ月が経《た》つ。

手芸なんて、小学生のころに家庭科の授業でクッションカバーを作ったぐらいで、知らないことばかりだ。

店には、ミシンやミシン糸の他に、色とりどりの反物が数えきれないくらい大量に並び、刺繍《ししゅう》糸や毛糸も何百とあり、ビーズや手作りアクセサリーのためのパーツも揃《そろ》っている。他にも、ミシンの部品や縫い針や編み棒、何に使うのかわからないもの、とにかく商品が多い。先代のころから二十年以上パートとして働いているという聡子さんでさえ、全商品を把握しきれていないらしい。

たった一ヵ月で憶《おぼ》えられるはずがないとわかっているが、自分があまりにも役に立たないと感じてしまう。

「何かあった?」

後ろから声をかけられて、顔を上げると、木綿子《ゆうこ》さんが立っていた。

「おかえりなさい」

「ただいま。背中がしょんぼりしてるけど、大丈夫?」そう言いながら、木綿子さんは僕の隣にしゃがみ込む。

「大丈夫です」

「本当に？」顔をのぞき込んでくる。

「はい」

「何かあったら、なんでも言ってね」木綿子さんは立ち上がり、店の奥に行き、裁断台で聡子さんとお客さんの話に混ざる。

木綿子さんは、今のいとや手芸用品店の店主だ。

先代は、木綿子さんのおばあちゃんで、去年の夏に亡くなった。木綿子さんの両親もおばさんやおじさんも、健在だ。だが、前から店の手伝いをしていて、手芸にも詳しい木綿子さんが継ぐことになったらしい。

僕より七歳上の三十五歳なのだけれど、そう見えない。

しかし、「若い」と言ってしまうのも、違う。

顔は小さくて、手足は長くて、初めて会った時に「こんなにキレイな人は見たことがない」と思ったくらいの美人だ。完璧と感じる横顔のラインに、ショートカットがよく似合っている。自分で作ったというシャツやワンピースをいつも着ているのだけれど、どれもかわいらしいデザインで、お客さんから「同じものが作りたい」とよく聞かれる。女優やモデルみたいなのに、近寄りがたい雰囲気では全然なくて、よく笑っている。

ミシンに向かう真剣な横顔は年相応の大人っぽさがあるし、聡子さんやお客さんと話す時は十代の女の子みたいな顔をすることもあるし、僕の心配をする表情は「お母さんみたいだ」と感じる。

年齢や見た目で判断のできない、ちょっと不思議な人だ。

何を話しているのか、木綿子さんは楽しそうな笑い声を上げる。

声のする方を見たら、目が合った。

「どうかした？」木綿子さんが聞いてくる。

「お昼ごはん、どうしますか？」

「オムライスがいい」笑顔で言う。

「わかりました」


いとや手芸用品店の外観は真っ白で、よく見ると西洋風の花や草木の装飾が施《ほどこ》されている。絵本の中に出てくる砂糖菓子でできた家みたいで、商店街では少し浮いて見える。

三階建ての一階が店で、二階は倉庫や作業部屋と住居スペースが半々になっていて、三階には木綿子さんの部屋とおばあちゃんの使っていた部屋の他に納戸《なんど》がある。僕は、おばあちゃんの部屋に、寝泊りさせてもらっている。

五年くらい前に外壁を塗り直したみたいで、外から見る分にはキレイなのだけれど、中は古い。昭和中期に建てられたのではないかと思う。お風呂や洗面所やトイレなど、部分的にリフォームされているし、壁紙は何度か張り替えられているようだ。トイレは、木綿子さんがイギリスから個人的に輸入したという水色地に白い花や小鳥の柄の壁紙で、SNS映えしそうなデザインになっている。汚く感じることはないのだが、天井の低さや床板の冷たさに、年月を感じる。

でも、僕は新しい家よりも、この方が落ち着く。

ずっと住んでいたアパートも五年間働いていた洋食屋も、似た雰囲気だった。

品出しを終えて二階に上がり、台所に立つ。

台所とダイニングは、住居スペースでありながら、パートさんたちの休憩所にもなっている。トイレや洗面所も、パートさんたちが使うから、店の営業中は誰かしらが出入りしている。

そのせいか、ここに住んでいるのは僕と木綿子さんだけなのだけれど、ふたりで暮らしているという感じはしない。

店に出る用の青いエプロンを外し、料理をする用の黄色いエプロンをする。

冷凍庫からラップに包まれたごはんを出し、野菜の入った棚から玉ねぎを取り、冷蔵庫から卵とソーセージを出す。本当は鶏肉がいいのだけれど、なかった。

玉ねぎをみじん切りにして、ソーセージは五ミリ幅で切る。

その間に、レンジでごはんを解凍しておく。

フライパンを出して、バターを落とし、焦《こ》げないようにゆっくりと玉ねぎを炒《いた》める。

台風の日に見た張り紙には、連絡先の電話番号が書いてあっただけで、時給や待遇といった詳細どころか、店の名前も書かれていなかった。

外観を見て、フレンチか洋食屋だろうと考えた。

どうにか辿《たど》り着いた健康ランドで一晩過ごし、次の日の昼にアパートへ帰った。部屋は雨風に荒らされ、暮らせる状態ではなかった。そのままにしていった物干し竿が風に押されるように動いたのか、窓に大きなヒビが入っていた。少しでも動かしたら、さらに割れてしまいそうだった。

玄関に立ったまま、スマホに入れておいた番号に電話をかけると、女の人が出た。明るい声で「面接、今日でもいいですよ」と言われたから、すぐに店に向かった。

いとや手芸用品店の前に立ち、「間違えた！」と感じた。

どうしようか迷っていたら、奥から木綿子さんが出てきた。

目が合ってしまい、動けなくなった。

こっちから声をかけるよりも先に、木綿子さんが「お電話をくれた夜野《よるの》さんですね」と言い、僕の目の前に立った。

僕は男性の中では小柄な方で、木綿子さんは女性の中では背の高い方だ。ふたりとも、身長が百七十センチに二センチか三センチ足りないというところで、ほとんど変わらない。向かい合って立つと、本当に顔が目の前に来る。

信じられないくらいキレイな顔に見惚《みと》れ、「間違えました」とは言えなくなった。

木綿子さんに案内されるまま、二階に上がった。

ダイニングの椅子に座って待っていると、木綿子さんがコーヒーを淹《い》れてくれた。スーパーでもコンビニでも売っているインスタントコーヒーだったのだが、微妙においしくなかった。粉が多くて濃いし、お湯が沸騰《ふっとう》しきっていないせいで温《ぬる》いし、溶けきっていない粉が浮いている。まずいというほどではないと思いながら、少しずつ飲んだ。

履歴書も何も準備していなかったため、アパートの状況や仕事先が閉店してしまうことを、世間話をするような感覚で話した。木綿子さんは、コーヒーを飲みながら、最後まで聞いてくれた。僕としては、最後まで話した上で、レストランだったら住み込みで働きたかったと伝え、自分の勘違いを謝るつもりだった。しかし、それよりも先に、木綿子さんが「しばらく、ここに住みなよ」と言ってきた。

おばあちゃんが亡くなってから、木綿子さんがひとりで住んでいるので、部屋はあまっている。昼間は人の出入りがあっても、夜は誰もいなくなってしまう。広い家にひとりでいることは、不安もある。建物が古いから、管理も大変。そのために、住み込みの従業員を募集した。仕事が見つかるまで、住む場所が見つかるまででもいいという話だった。

七歳離れていると言っても、僕だって二十八歳の男だ。

厨房《ちゅうぼう》で重い鍋を運んだりすることもあったし、真夏の暑い日に火を使う中でも倒れないように、身体を鍛えていた。身長は高くなくても、弱々しくは見えないだろう。

それなのに、木綿子さんは、初めて会ったばかりの男と暮らすことに対する不安を、全く感じていないようだった。

僕が悪いことを考えなければ、問題ない。アパートは、とても住める状態ではないし、健康ランドで毎日寝泊りできるような金もない。引っ越し先を決めるまでの間だけでも、泊まらせてもらおうと決めた。

最初の十日間は、洋食屋の仕事もあり、休みの日だけいとや手芸用品店の手伝いをしていた。合間にアパートに行き、部屋の片づけをして、荷物を運んできた。九月の終わりのまだ暑い日に、洋食屋が閉店になった。それからは毎日店に出て、反物を裁ち、糸やビーズの品出しをしている。専門的なことはわからないため、重いものを運んだりゴミを捨てたりという力仕事では、できるだけ役に立ちたい。五人いるパートさんは、先代のころから働いていて、全員が四十代後半から五十代の女性だ。

慣れないことや細かいことに集中するうちに、次の仕事のことも引っ越し先のことも考えなくなった。探さないといけないという気持ちはあっても、身体が動かない感じがした。

玉ねぎが透き通ってきたら、ソーセージを入れて軽く炒め、解凍したごはんを入れる。塩コショウ、コンソメスープの素《もと》、ケチャップにとんかつソースを少しだけ足し、味付けをする。

最初は、木綿子さんに「料理人に、仕事以外で料理をしてもらうわけにはいかない」と言われた。しかし、木綿子さんの作る料理は、コーヒー同様にどれも微妙においしくない。食べられないほどではないけれど、毎日のことだと考えると、しんどい。別々に作るというのも、台所を使う時間をずらしたり、面倒くさくなる。僕から「住み込みの従業員である以上、家のことをするのも仕事のうちです」と話し、昼と夜の二食を任せてもらえるようになった。朝は、起きる時間が違うため、それぞれで好きなものを食べる。

中学校を卒業してすぐに、ファストフード店で働きはじめ、ファミレスやチェーンのイタリアンでもバイトをして、その後は日本食やフレンチのお店の他に、沖縄料理の居酒屋やベルギー料理の店にもいたことがある。洋食屋で正社員として雇ってもらえるようになるまで、いくつもの店で働いてきた。掛け持ちをして、休みがない時期も長かった。木綿子さんが「食べたい」と言うものは、だいたい作れる。

階段を上がる足音が聞こえて、木綿子さんが台所に入ってくる。

「できた？」

「もうすぐです」

ソーセージ入りのケチャップライスを置いておき、フライパンをもう一枚出す。温めてから油を引いて、溶いた卵を薄焼きにする。木綿子さんは、オムライスは卵トロトロにデミグラスソースよりも、昔ながらのしっかり焼いた卵にケチャップの方が好きらしい。

「おいしそうだね」嬉しそうに言いながら、木綿子さんは食器棚の引き出しからスプーンを出し、テーブルに並べる。

おばあちゃんは料理が得意だったのか、調理器具は一通り揃っているし、食器棚にはこだわって集めたと思われるお皿やカップが並んでいる。

「おいしいですよ」焼けた卵にケチャップライスを載せ、ラグビーボール形になるように巻き込んでいき、ひっくり返してお皿に盛りつける。

木綿子さんはケチャップを持ち、星を描く。

「ひかり君は、何にする？」

「何も描かなくていいです。普通にかけます」薄焼き卵をもう一枚焼く。

「描いてあげるよ」

「食べたら、一緒です」話しながら、自分の分も仕上げていく。

グラスに麦茶を入れて、作り置きしていたセロリとパプリカのマリネも冷蔵庫から出し、ダイニングテーブルに向かい合って座る。

一枚板でできた大きなテーブルだ。

家具にも、おばあちゃんはこだわっていたのだと思う。どれも、シンプルなデザインで、長く使えるものばかりだ。

「いただきます」僕と木綿子さんは、声を揃える。

木綿子さんがひと口食べて、満足そうな笑みを浮かべるのを確かめてから、僕も食べる。

自分で作った料理なんて、子供のころから飽きるほどにずっと食べてきた。

いつからか、おいしいともまずいとも感じなくなった。

料理は、生きていくための手段でしかない。

それなのに、木綿子さんと一緒にいると、おいしさや温かさが身体にも心にも、染み渡っていく。


僕の使わせてもらっている部屋には、おばあちゃんの使っていたものが今も残っている。

宝石や着物といった高価なものは形見分けして、下着や着古したシャツは捨てたらしい。ミシンなどの手芸道具は、二階の作業部屋に置いてある。残っているのは、おばあちゃんが嫁入りの時に持ってきたタンスや鏡台と旅行の時にお土産《みやげ》屋さんで買ってきた小さな置物だ。どこへ行っても、その土地の風習や名物を凝縮したような置物を買ってきていたみたいだ。海外にも何度か行っていたのか、自由の女神やエッフェル塔のミニチュアの入ったスノードームも並んでいる。

それ以外に、おじいちゃんとおばあちゃんの遺影の並ぶ仏壇もある。木綿子さんが「二階の倉庫に移す」と言ってくれたのだけれど、置いたままにしてもらった。亡くなっているとはいえ、倉庫の奥に押し込んでしまうのは、申し訳ない気がした。また、僕は、いつまでもここにいるわけではない。

母の位牌と遺影をその仏壇に並べるわけにはいかないから、タンスの上に置いた。

アパートから運んできた僕の荷物は、一年を過ごすために必要な最低限の洋服だけだ。いつも使っているリュックと紙袋に詰め込んで、冬用のアウターだけを手で抱えて持ってきた。二十年以上住んでいた部屋には、その年月分だけの荷物はあったのだけれど、いらないものばかりだった。ずっと取っておいた母親の服やアクセサリーも、まとめて捨てた。母親がよく着ていたカーディガンから、懐かしい香りがしたように感じたが、気のせいだろう。

一年分の洋服は、おばあちゃんのタンスのあいているところに入れさせてもらっている。人と一緒にごはんを食べて、足の伸ばせる風呂に入り、清潔な布団で眠る。多くの人にとって、これが当たり前の生活なのだろう。けれど、僕にとっては、異常というか、一ヵ月が経っても慣れることができない。

真夜中まで、眠れない日が増えた。

日中、できるだけ動き回り、疲れていても、目が冴えてしまう。

電気をつけて、布団に座り、ぼんやりと部屋の中を見回す。

この部屋に原因があるわけではないし、家自体は落ち着ける場所だと感じている。

スマホを持ち、部屋を出る。

廊下を挟んだ正面の部屋では、木綿子さんが眠っている。

できるだけ物音を立てないように部屋のドアを閉めて、二階に下りる。

台所で水を一杯飲んで椅子に座り、スマホでSNSを見る。

見たいものや知りたいことがあるわけではないけれど、こんな時間になっても起きている人はいて、自分だけではないと思える。

深夜番組を見ている人、ゲームをしている人、明日の仕事が憂鬱《ゆううつ》で眠れなくなっている人、動画を見つづけている人、朝まで働かなくてはいけない人、様々だ。

母親の帰ってこない夜、まだ子供だった僕は、こんなにもたくさんの人がいることを知らず、ひとりで夜空に浮かぶ月を見上げていた。

真っ暗な空が広がる中、たったひとつの光を求めた。

その時の僕は、まだ「夜野光《ひかり》」という名前ではなかった。

中学校の卒業式の日、母親から「苗字が夜野になる」と聞かされて、ひとりで過ごした夜のことを思い出した。

「起きてたの？」木綿子さんが階段を下りてくる。

「ごめんなさい。起こしちゃいましたか？」

「ううん、トイレに起きただけだから、大丈夫」そう言いながら、台所を横切り、洗面所の奥のトイレに入る。

恋人でも友達でも家族でもない男女がふたりで住むのだから、風呂やトイレのことは、気を遣うだろうと考えていた。しかし、木綿子さんが全く気にしていないみたいなので、僕も気にしないことにした。洗濯物も、最初は下着だけ分けていたが、干す場所は一緒だから隠しきることもできなくて、まとめて洗うようになった。

「お茶でも、飲む？」トイレから出てきて、木綿子さんは台所に立つ。

「僕、やりますよ」

「いいよ、これくらいできるから」薬缶《やかん》に、水道水を直接注《そそ》いでいく。

何杯分のつもりなのか、どう考えても、多い。

木綿子さんは、店のことは細かいところまで気を回すし、手芸に関してはとても丁寧だ。子供のころから、おばあちゃんや両親に教わり、自分の使うバッグや着る服を作ってきたというだけあって、高い技術を持っている。繊細な刺繍は、芸術品とも言える。

しかし、それ以外のことは、信じられないくらい雑だ。

分量というものを気にせずに料理をするから、どれも微妙においしくないのだろう。

おばあちゃんが亡くなってから、僕が住むようになるまでの一年と少しの間、ちゃんとしたごはんを食べていなかったし、掃除や洗濯はパートさんたちが手伝っていたらしい。

気持ちの全てが店のことと手芸のことに向いているから、僕が男であることも、気にしていないのかもしれない。

「ハーブティーにしようね」食器棚のガラス戸を開け、カモミールやミントのハーブティーが入った箱を出す。

マグカップをふたつ並べ、それぞれにティーバッグを入れて、沸騰したお湯を注いでいく。

周りにこぼれているが、そのままにして、カップをテーブルに運んでくる。

「どうぞ」

「ありがとうございます」

「どういたしまして」片づけはしないで、僕の正面に座る。

お湯だから、あとで拭けばいいだろう。

「あの、今度の日曜日、休みをもらってもいいですか？」僕から聞く。

「いいよ、どこか行くの？」

「前に住んでいたアパートに引っ越しの手伝いに行きたいんです」

年末の取り壊しに向けて、行き先の決まったじいちゃんたちは、順番に部屋を出ていく。大家さんも相談に乗ってくれたし、ボランティアの人たちも協力してくれて、隣に住んでいたじいちゃんは市内にある施設に入れることになった。僕と同様に、じいちゃんも荷物は少ないはずだ。でも、ゴミ捨てとか片づけとか、大変なことはあると思う。それだけではなくて、離れてしまう前に、会っておきたかった。

「大丈夫、ゆっくりしてきて」

「ありがとうございます」

「ひかり君がいてくれて、とても助かってる」木綿子さんは両手でマグカップを持ち、ハーブティーを飲む。「でも、次が決まるまでという約束だし、部屋探しとか仕事探しとかあれば、気にせずに休んでいいから」

「はい」

「友達と会ったり、デートしたりも、あるだろうし」

「友達とは会うけれど、デートはないです」

「そう」うなずき、マグカップをテーブルに置く。

「はい」今度は、僕がマグカップを持ち、ハーブティーを飲む。

十代の後半や二十代になったばかりのころは、彼女がいた。三ヵ月も持たずに別れてしまった人もいたけれど、一年近くつづいた人もいる。アパートを出て、彼女と暮らすことや結婚することを考えたこともあった。

けれど、二十二歳の春に母親が亡くなり、僕の中で何かが切れてしまった。

それからは、誰とも付き合わず、ひとりで生きていくことだけを考えてきた。

「わたしも、デートはしないから」木綿子さんが言う。

「そうなんですか?」

「うん」

「ちょっと安心しました」

「なんで?」少し驚いたような顔で僕を見る。

「恋人がいたら、僕の存在をどう思うのだろうって考えていたから」

「ああ、そうか」

「そうです」

「気にしなくていいよ」

「わかりました」

僕も木綿子さんも、ゆっくりとハーブティーを飲む。

「とにかく、ひかり君の好きなようにしてもらっていいから」

「はい」

「休みたい時には言ってくれればいい。ここを出たくなったら、明日にでも出ていってもいい」

「はい」

ここで暮らして一ヵ月の間に、木綿子さんから何度か同じようなことを言われている。

そのたびに、僕は、胸の奥が微かに痛むのを感じる。

いつか、ひとりの夜に、戻らなくてはいけない。

アパートに行ったら、階段に成瀬が座っていた。

スマホを見ていたのだが、僕に気が付いて、顔を上げる。

「自転車は？」成瀬が聞いてくる。

「捨てた」

前は、交通費を浮かすために、できるだけ自転車で移動するようにしていた。しかし、中学生のころから乗っていたため、タイヤはすり減り、ブレーキも効きが悪くなっていた。自転車屋に持っていったら、新しく買った方がいいくらい修理代がかかると言われ、引っ越しの時に廃棄した。これからどうしていくのか、ちゃんと決まってから、買う予定だ。

「電車？」

「一駅だから、歩いてきた」僕は、小さく首を横に振る。

「そうか……」

「それより、何してんだよ？」

「実家に帰ってきたから、遊びにきた」

「オレ、もう住んでないのに？」

いとや手芸用品店に住むことになって、一週間が経ったころに、成瀬には引っ越すまでの経緯を電話で話した。

「わかってるよ」

「じゃあ、なんで？」

「ひかりじゃなくて、じいちゃんたちに会いにきたんだよ。そしたら、引っ越しで、ひかりも手伝いに来るって言うから」

「ああ、そう」

成瀬とは、小学生になったばかりのころからの友達だ。

多分、成瀬と成瀬の家族がいなかったら、僕の人生は全然違うものになっていた。そして、その人生は、あまり良くないものだっただろう。料理をするようになったのも、しっかりとお金の管理をするようになったのも、働いて自分の力で生きていこうと思えるようになったのも、成瀬のお母さんが教えてくれたからだ。

家族ぐるみの付き合いと言い、成瀬はよくアパートに遊びにきて、じいちゃんたちとも仲良くしていた。

「行こう」立ち上がり、成瀬は階段を上がっていく。

「今日、美咲ちゃんは？」

「うちの母ちゃんと姉ちゃんと買い物」

「ふうん」鉄骨階段はあちらこちらが錆《さ》びて、穴の開いているところもある。

子供のころは、その穴に足を引っかけて、転げ落ちそうになった。

「服とかおもちゃとか、見にいくんだって」

「一緒に行かなくていいのか？」

「女だけで話したいこともあるし、かわいいカフェでお茶飲んだりしたいらしい」

「産まれるの、まだ何ヵ月も先だろ？」

予定は、来年の春になるころだと聞いている。

「準備しないといけないものはたくさんあるし、楽しみたいんじゃないの」

「そういうものか」

「そうだよ」

「体調は、大丈夫なのか？」

「えっ？　元気だけど」立ち止まって、成瀬は振り返る。

「お前じゃないよ。美咲ちゃんだよ」

「日による感じらしい。今日は、結構元気だった」

「それは、良かった」

嬉しさを感じつつも、なんとなく寂しくなってくる。

成瀬と美咲ちゃんは、高校の同級生だった。入学式の日、斜め前に座っていた美咲ちゃんに、成瀬は一目惚れした。僕は中学校を卒業した後は進学せず、アルバイトをしていた。成瀬には成瀬の生活があり、近所に住んでいても、たまにしか会わなくなるだろうと考えていた。しかし、成瀬は、毎日のようにアパートに来て、美咲ちゃんとのことを話した。僕が成瀬の家に行き、お母さんに家事を教わり、夕ごはんをごちそうになった後で、話を聞くこともあった。ふたりが付き合いはじめてからは、なぜかデートに呼ばれた。美咲ちゃんは、小柄で前歯が軽くのぞき、リスやハムスターに似ている。ただ、見た目の柔らかさからは想像できないくらい、性格ははっきりしている。「今日のデートには、ひかり君も来ていい。でも、次は来ないで」と言ってくれたから、楽だった。

けんかしたり、別れそうになったりしながらも、十年間付き合って、成瀬と美咲ちゃんは結婚した。結婚式は、よく晴れた日で、チャペルの前で笑い合うふたりは夢のように美しかった。ふたりの住むマンションは、僕が働いていた洋食屋から近かったから、たまに遊びにいっていた。結婚しても変わらないと言ってくれていたけれど、子供が産まれたら、そうは言っていられないことも増えていくだろう。

「手芸屋は？　どう？」成瀬が聞いてくる。

「未知の世界」

「なんだよ、それ？」

「料理以外の仕事をするのもはじめてだし、ここ以外に住むのもはじめてだし」階段を上がりきり、ずっと住んでいた部屋の前に立つ。

大家さんに鍵は返したから、もう部屋に入ることはできない。

ここだけが自分の帰る場所だと思っていたのに、今年の終わりには取り壊されて、跡形もなくなってしまう。

「ここよりも前に、住んでいた部屋はあるだろ？」

「あるけど、憶えてない」

ここに住みはじめたのは、小学校に入るよりも少し前のころだ。

それまでは、母親の恋人の家に住んでいたこともあったし、病院なのか施設なのかわからないようなところで暮らしていたこともあったし、母親の仕事先の寮みたいなところにいたこともあった。どこに対しても、怖かったという記憶しかなくて、どういう場所だったのかは、はっきり思い出せない。母親に手を引かれ、ここに来た時には「安心して暮らせる」と期待を感じたが、そんなことはなかった。

「雇い主は？」

「いい人だよ」

「引っ越しの手伝いを終えたら、あいさつに行くから」

「なぜ？」横に立つ成瀬の顔を見上げる。

成瀬は、僕よりも十センチくらい背が高い。

肌は浅黒くて、目の大きな整った顔をしている。

小学生や中学生の時は、女子に人気があった。同級生の他に先輩や後輩、同じ塾に通う他校の生徒、誰に告白されても興味のない顔をして「男だけで遊んでいた方が楽しい」と言っていた。それなのに、美咲ちゃんと出会って、一気に恋に落ちていった。

「親代わり」成瀬は、自分の顔を指さす。

「違うだろ」

「親代わりの代わり」

「はあっ？」

「うちの両親から、ひかりがどういうところに住んでるか、見てこいって言われてるから」

「……そうか」

成瀬のお母さんとお父さんの言うことは、断れない。

「とりあえず、じいちゃんの引っ越しを終えよう」

「そうだな」

廊下の先に行き、じいちゃんの部屋のドアをノックする。

チャイムがあるのだけれど、何年も前から壊れていて、鳴らない。

「はい」眠そうな顔で、じいちゃんが出てくる。

「こんにちは」成瀬が言う。

「久しぶり」僕は、成瀬の後ろから顔を出す。

「おおっ、ひかり。元気か？」じいちゃんは、嬉しそうにして、僕の腕や肩に触る。

「元気だよ」

じいちゃんとは、十年くらい前から、隣同士に住んでいた。

ここのアパートは、僕と母親が住みはじめたころは、学生や会社勤めの人が多く住んでいた。しかし、単身向けの新しいアパートが駅の周りに増えると、そういう人は減っていった。代わりに、他に住むのが難しいような、高齢者や生活保護で暮らす人ばかりになっていった。最初は警戒し合っている感じだったのだけれど、何度か顔を合わせてあいさつをするうちに、じいちゃんたちと話すようになった。じいちゃんたちは、もう十代の後半になっていた僕を見ても「小さな子供にしか見えない。みんなの孫だ」と言い、かわいがってくれた。母親が亡くなったと連絡を受け、途方に暮れていた時には、ボランティアの人たちを紹介してくれた。

そのおかげで、母親の葬式をして、お墓に入れることができた。

アパートの八部屋のうちの七部屋がじいちゃんたちになり、ボランティアの人には「白雪姫と七人の小人みたいだね」と言われていた。誰が白雪姫なのだと心の中で突っ込みつつも、間違っていない気がした。

「引っ越しの準備、終わってんの？」成瀬と一緒に部屋に上がる。

「荷物なんて、ほとんどないからな」

「持っていくのは、これだけ？」

部屋の隅《すみ》に紙袋が三つ並んでいた。二つには洋服が入っていて、ひとつには生活雑貨が入っている。あとは、いつも持っているカバンだけだ。

もともと物の少ない部屋だった。

片づけはすでに終わっていて、ずっと使っていた布団が部屋の隅に置いてある。

今後は、施設で暮らすのだから、布団を持っていく必要はないのだろう。

「なんだ、手伝うことないな」成瀬は、部屋の真ん中に座る。

「だから、無理に来なくてもよかったんだ」じいちゃんも座る。

「最後に、会いたかったから」僕も座る。

カーテンを外した窓から、光が差す。

裏が川になっていて、さえぎるような高い建物もないため、陽当たりはとてもいい。

母親は「光に溢《あふ》れている」と、嬉しそうにしていた。

その後には、必ず「わたしの大事なひかり」と言い、僕に抱きついてきた。

「……最後か」じいちゃんがつぶやく。

「本当に最後ってことじゃないよ。ここで会えるのが最後ってこと。施設にも会いにいくから」

「来なくて、いい」僕の目を見て、じいちゃんは言う。「ここでの暮らしは忘れなさい。それで、幸せになりなさい。それがここの住人、全員の願いだ」

「ここでの生活が不幸だったみたいに言うなよ」

「不幸ではなかったかもしれない。けれど、幸せではなかっただろ?」

「そんなことはない」僕は、首を振る。

ひとりで暮らし、死にたくなってしまうような夜もあった。

そういう時に、じいちゃんたちがそばにいてくれた。

じいちゃんたちの生活は、決して楽ではない。

お金に悩み、病気に苦しめられ、家族関係に振り回され、辛《つら》い思いをして生きてきた人たちだ。

その苦労や大変さから僕に厳しくするのではなくて、いつも優しくしてくれた。

「年寄りのことなんて、気にしなくていいんだ」

「……」僕はさっきよりも大きく首を振る。

「ひかりが元気でいてくれるだけで、幸せだった。いつも笑顔であいさつをしてくれる姿に、この住人は救われた。これからは自分のためだけに生きて、幸せになりなさい。みんながそれを願っている」

「……」

何も返せずにいると、成瀬が僕の背中を擦《さす》ってきた。

その手を振り払うために動いたら、堪《こら》えている涙がこぼれ落ちてしまいそうだったから、そのままにした。

アパートを出ていくじいちゃんを見送り、成瀬の実家に寄った。買い物から帰ってきたお母さんとお姉ちゃんと美咲ちゃんと喋っていたら、予定よりも帰りが遅くなってしまった。お母さんから「夕ごはん、食べていくでしょ？」と聞かれたけれど、木綿子さんに夜までには帰ると言ってある。「代わりに」と言い、根菜の煮物や鶏の唐揚げやお父さんの出張土産のクッキーを持たされた。成瀬は、美咲ちゃんとマンションに帰るのかと思ったのだが、いとや手芸用品店に帰る僕についてきた。

スマホしか持たずに出たのに、荷物が多くなってしまったから、一駅だけでも電車に乗った。二十年以上住んだ街から一ヵ月しか住んでいない街まで移動する二分くらいの間に、空がオレンジ色に染まっていった。

「隣の駅って、近すぎて、逆に来たことないんだよな」改札を抜けて、成瀬は駅前を見回す。

高架の線路を挟んで、駅の南側にも北側にも、商店街が延びている。北側は、バス通りに沿って、チェーンのファストフード店やパン屋や大きなスーパーがあり、横に広がっている。南側は、個人経営の八百屋《やおや》や魚屋の他に金物屋や小さな喫茶店とか、昔からある店が多くて、まっすぐに長くつづいている。三分くらい歩いたところに、いとや手芸用品店はある。

「オレも、来たことなかった」

「結構、店多いんだな」

「うん」

「ああ、でも、母ちゃんは、たまに買い物に来てるよ」

「そうなんだ」

「魚屋とか、スーパーよりも新鮮で安いらしい」

「それは、オレも聞いたことがあるかも」

アパートで暮らしていたころは、節約を心掛けつつも、近所のスーパーで特売日に買うぐらいのことしか、考えられなかった。成瀬のお母さんから「隣の駅に行った方が安い」と聞いたけれど、個人経営の店に馴染《なじ》みがなくて、近寄りにくい気がしていた。今は、駅の反対側のスーパーまで行くよりも、八百屋や魚屋の方が近いから、週に何度か買いにいく。どこに行っても「木綿ちゃんのところで、働いてるの？」と聞かれる。

「雇い主に、オレのこと、なんて紹介する？」成瀬は、なぜか楽しそうに聞いてくる。

「子供のころからお世話になっている、成瀬さんのところの息子さんです」

「なんで、ちょっと遠い感じにするんだよ？」

「親代わりの代わりだから」

「普通に、親友の成瀬君って言えばいいからな」

「二十代後半の男が親友とか言ってたら、なんか気持ち悪くないか？」

「気持ち悪くない」

「はい、はい」

子供のころから、僕には「友達」と言える相手は、成瀬しかいなかった。保育園や幼稚園に通っていなかった僕は、小学校に入学して、初めて子供の集団に入った。どう話せばいいのか、どう振るまえばいいのかわからず、教室の隅で黙っていた。みんなが保育園や幼稚園で習ったり、親から教えてもらったりすることをひとつも知らなかったので、授業には全然ついていけなかった。クラスで一番小さくて細くて、自分が消えてしまうように感じた。毎朝起きて、小学校に通うだけでも、精一杯だった。同級生のほとんどが僕に近づかなかった中、気にせずに話しかけてきたのが成瀬だ。

小学校四年生や五年生のころ、僕はいじめられていたことがある。家族関係のこと、毎日のように同じ服を着ていること、うまく喋れないこと、いじめに使えるネタはいくらでもあった。学年のほぼ全員に「汚いもの」として扱われる中、成瀬だけが友達でいてくれた。成瀬は、明るくて勉強も運動もできて、クラスの中心になれる存在だった。それなのに、僕といることで、陰口を叩かれることもあった。でも、「仲良くしない方がいい」と僕が言うと、成瀬は「オレが仲良くしたいと思った相手と一緒にいる」と言ってくれた。

中学校に入るころには、いじめは収まり、成瀬以外の友達も増えていった。けれど、心の底から信頼できると感じるのは、成瀬だけだった。それは、今でも、変わらない。

「そこ？」通りの先に見えた白い建物を、成瀬は指さす。

「うん」

「もっと、キレイな服で来ればよかった」

「なんでだよ」

引っ越しの手伝いのつもりだったから、僕も成瀬も汚れてもいいようなスウェットを着ている。成瀬は、不動産会社で都市開発の仕事をしている。普段は、オフィスカジュアルと言われる格好《かっこう》をすることが多い。僕は、飲食の仕事をしていた時は制服やコックコートに着替えていたし、いとや手芸用品店では荷物を運んで汚れることもあるから、Tシャツやスウェットばかり着ていて、他の服は持っていない。

「大丈夫？　スーツとかじゃなくて」

「なんのあいさつのつもりなんだよ」

「だって、住み込みなんて、洋食屋の時とかとは違う感じがするから」

「次が決まるまでで、長くいるつもりはないから」

「そうなの？」

「雇い主からも、そう言われている」

「そうなんだ」

ガラス扉が開き、お客さんが出てくる。

話しながら、木綿子さんも出てきた。

木綿子さんは、お客さんに手を振って見送るのと同時に、僕が帰ってきたことに気が付く。

「おかえりなさい」木綿子さんが言う。

「ただいま」

「誰？」成瀬が小声で聞いてくる。

「雇い主の木綿子さん」

「えっ？　おばあちゃんとかじゃないの？」

「なんでだよ？」

「手芸屋だから」

「どういう偏見？」

「だって、あんな若い女の人とは、思わないだろ?」

「オレ、言ったよ」

電話で話した時に「三十五歳のすごい美人」と言ったはずだ。成瀬は「美人って、どういう系?」と聞いてきたが、電話ではうまく説明できなくて、迷っているうちに話が逸《そ》れていった。

「お友達?」木綿子さんが聞いてくる。

「小学校のころからの友達の成瀬君です」

「はじめまして、糸谷《いとや》木綿子です」

「はじめまして」

木綿子さんと成瀬は、頭を下げ合う。

「上がってもらえば」

「すぐ帰るって言ってるんで、大丈夫です」

「中も見たい」成瀬が言う。

「なんで?」

「お茶ぐらい飲ませろ」

「わかったよ」

「どうぞ」木綿子さんは、笑顔で僕と成瀬を見る。

成瀬は、どういう感情なのか、苦いものでも飲み込んだみたいな顔で木綿子さんを見る。

「お邪魔します」

「一階が店で、二階と三階が住居スペース」

説明しながら、店の奥に行く。

裁断台にお客さんが並んでいたから、店の中はあまり見ずに、奥の階段で二階に上がる。

木綿子さんは「店のことは気にしなくていいから、ゆっくりして」と言い、レジに入った。

「うーん」階段を上がりつつ、成瀬はうなり声を上げる。

「どうした？」

「由里《ゆり》ちゃんと似てる」

「はあっ？」狭い階段で振り返り、成瀬と向かい合う。

「木綿子さん、由里ちゃんと似てる」

「どこが？」

「顔も雰囲気も」

「似てないだろ」

「笑った顔とか、そっくり」成瀬は、僕の目を見て言う。

「……似てないから」

「うちの家族も、同じことを言うと思う」

「……似てない」

否定しようとすればするほど、言葉に力が入らなくなった。

僕は誰に対して、「こんなにキレイな人は見たことがない」と思ったのだろう。

透明の細長いテグスに、二ミリしかない黄色のビーズをひとつずつ通していく。

指先でひとつ摘《つ》まんで通し、またひとつ摘まんで通す。

ネックレスになる長さまで、それを繰り返す。

「お花のモチーフにしたり、違うビーズを入れたり、変化をつけた方が良くない？」

大きな目をさらに大きく開いて息を詰め、ビーズを通しつづける真依《まい》ちゃんに聞く。

裁断台に椅子を出して並んで座り、わたしも何か作ろうかと思ったが、聞いてほしい話もあるだろうから、やめておいた。

「いいの、これで」

「彼氏、黄色が好きだったの？」

「ひまわりが好きだったから」

「ふうん」ビーズをひとつ摘まむ。

転がっていってしまわないように、ビーズはお菓子の空き缶に出した。

「車でひまわり畑にも行った」

「だったら、やっぱり、お花のモチーフにすれば」摘まんだビーズを缶に戻す。

「何も考えないで、ひとつのことに集中したい」話しながらも、姿勢は変えず、手だけを動かしていく。

「わたし、ここにいない方がいい？」

「いいよ、いて。話したいから」

「わかった」

真依ちゃんとは、高校の同級生だった。

だが、高校生のころに仲が良かったわけではないし、今も親しい友達というほどではない。定期的に連絡を取ったりすることはなくて、真依ちゃんが失恋した時にだけ会う。

気持ちの「供養」のために、真依ちゃんは好きだった男の子の好きな色で、ネックレスを作る。高校一年生の夏休み前、憧れていたサッカー部の先輩に彼女がいると知った時に作ったのが最初の一本だ。同じクラスでも、ほとんど話したことがなかったのに、「糸谷さんのおばあちゃんの家って、商店街の手芸屋さんなんでしょ？」と声をかけてきた。落ち込む気持ちを紛《まぎ》らわせるために、何か作りたいと言われ、ビーズのネックレスならば簡単にできると思い、わたしが教えた。

それから、クラスの男子と三ヵ月だけ付き合って別れた後、他校の男子と一年半付き合って別れた後、大学に入ってすぐに仲良くなったフットサルサークルの男子と十日間しか付き合わずに別れた後と、習慣になっていった。社会人になってからもつづいていたが、二年や三年と間隔は長くなった。三十歳の誕生日の前日、結婚を考えていた彼氏と別れたと聞いてから、会っていなかった。「どうしているのだろう？」と思っていたら、突然に店に来た。

「お茶、ここに置きますね」ひかり君が二階から下りてきて、裁断台にマグカップをふたつ並べる。

温かいミルクティーを淹れてくれていた。

十一月になり、急に寒くなった。

まだ夕方五時のチャイムが鳴ったばかりなのに、すでに外は暗くなってきている。

「ありがとう」マグカップを取り、ひと口飲む。

はちみつと生姜《しょうが》が入っていて、甘さの中に微《かす》かな辛《から》みがある。

作業に集中する真依ちゃんの分は、倒してしまわないように裁断台の端によけておく。

裁断台は、卓球台の半分くらいの大きさで、裁ち鋏や短めのものさしを入れる引き出しと備品を収納できる棚がついている。午前中やお昼過ぎのお客さんの多い時間帯は、ひかり君がここでひたすら反物を裁断しつづけている。夕方になって落ち着くと、常連さんたちが編み物やミシンのことを聞きにくるから、ここをテーブル代わりにしてパートの聡子さんたちも一緒になり、みんなでお喋りをする。

話が盛り上がって「長くなりそう」と感じた時は、ひかり君がお茶を出してくれるようになった。飲食を出す許可みたいなものを取っていないから大丈夫かなと思ったが、お金をもらっているわけではないし、いいだろう。おばあちゃんが生きていたころは、みんなでお菓子を持ち寄って、ミシンの使い方講座や刺繡教室を定期的に開いていた。

「上がって、夕ごはんの準備してます」わたしの耳元で、ひかり君が言う。

「うん、お願い」

「失礼します」真依ちゃんにあいさつをして、奥の階段で二階に上がっていく。

ビーズを摘まんだままで手を止めて、真依ちゃんはひかり君が上がっていった方を見る。足音が聞こえなくなってから、わたしの方を向く。

「彼氏？」

「従業員」首を横に振って、答える。

「でも、一緒に住んでるんでしょ？」

「住み込みの従業員だから」

「結構かわいい顔してるし、いいじゃん」

「んー、かわいすぎるよ。年も下だし」

「いくつ下？」

「七歳」

「ギリギリありじゃないかなあ」

「ない、ない。それより、ちょっとお茶飲んで、休めば」

「うん」真依ちゃんは、ビーズが抜けないようにネックレスを置き、ミルクティーを飲む。「ああ、おいしい。甘さが身体に染み渡っていく」

「身体が温まるように、生姜を入れてくれたみたい」

「ちょっとピリッとするね」

「うん」

話が逸れたことに安心して、わたしもミルクティーを飲む。

男女がひとつ屋根の下で暮らしていれば、そういう風に疑われるものなのだろう。

覚悟はしていたものの、聞かれるたびに、胸の辺りを不意に突かれたような気持ちになり、息苦しさを覚える。

そういう決めつけに対する嫌悪もある。

しかし、それ以前の問題として、わたしは自分に関した恋愛の話をすることが、とても苦手だ。

「木綿ちゃんにも、ついに彼氏ができたと思ったのに」マグカップを置き、真依ちゃんが言う。

「誰か、他にいるの？　そういう話、全然聞いたことないよね」

「わたしのことはいいよ。真依ちゃん、話したいことがあるんじゃないの？」

せっかく逸らせたと思ったのに、また話題が戻ってしまいそうだったから、違う方向に逸らす。

「いつも通り、失恋したわけですよ」

「うん」

「でも、今回は、いつもとちょっと違ったんだよね」

「どう違うの？」

「年齢も年齢だし」

「うん」

「絶対に結婚するって思ってた」

「真依ちゃん、三十歳の誕生日の前にも、同じこと言ってたよ」

「同じなんだけど、違うっていうか、今回の方がダメージが大きい」

「そんなに、好きだったの？」

「気持ちよりも、年齢の問題かな。子供、欲しいんだよね」

「そっかあ」

「相手、同い年だし、仕事することも理解してくれてたし、一緒に生きていける人だと思ってた。でもさ、男は若い女と付き合えるじゃん。七歳差だって、女が年上だとギリギリって感じだけど、男が年上の場合はよくあることって感じでしょ？」

「そうかなあ」

「そこそこいい会社に勤めてる人だし、高齢出産っていう年齢になった女とわざわざ結婚する必要なんて、ないわけだよ。いつからか二股かけられていて、若い方に行かれちゃった」

「うーん」

できるだけ集中して話を聞き、適切に相槌《あいづち》を打とうと思っていたのに、よくわからなくなってしまった。

「なんで、うなってんの？」真依ちゃんが聞いてくる。

「真依ちゃんと彼氏は、なぜ付き合ってたの？」

「なぜって、どういうこと？」

「好き同士だから、付き合ってたんだよね？」

「まあ、そうだけど」

「年齢とか結婚とか出産とか仕事とか、そういうことって、関係なくない？」

「木綿ちゃん、わたしたちはもう女子高生じゃないんだよ」軽く笑いながら言う。

「ん？」

「好きっていうだけじゃ、付き合ってられないよ」

「……そっか」

「そう」力強くうなずき、真依ちゃんは作りかけのネックレスを手に取る。

わたしの記憶が間違っていなければ、これは十本目のネックレスだ。

赤、オレンジ、アップルグリーン、青、紫、白、ターコイズブルー、黒、濃いめのピンク、ひまわりみたいな黄色。

何本目の人まで、真依ちゃんは「好き」というだけで、付き合っていたのだろう。

「それでも、ちゃんと好きだったよ」小さな声で言い、真依ちゃんは涙の粒を落とす。

「えっ！　ごめん、大丈夫？」備品の棚からティッシュを出し、箱ごと渡す。

「ありがとう」自分の涙に慌てたのか、ネックレスから手をはなしてしまい、通したばかりのビーズが転がり落ちていく。

「ああっ！」

床に広がった黄色いビーズを見て、わたしも真依ちゃんも叫び声をあげ、笑い合う。


店を閉めて、二階に上がると、夕ごはんの準備ができていた。

鯵《あじ》フライと千切りキャベツ、切り干し大根の煮物、ほうれん草の胡麻和《ごまあ》え、カブの糠漬《ぬかづ》け、ごはんとみそ汁。みそ汁には、お豆腐とネギとしめじが入っている。

「おいしそうだね」台所の片づけをしているひかり君に言う。

「木綿子さん、必ずそう言いますね」

「だって、おいしそうだもん」

話しながら、お茶碗にごはんをよそい、お箸や麦茶も出す。

準備ができたら、向かい合って座る。

「いただきます」声を揃えて言う。

ひかり君がうちに住むようになって、最初に「良かった」と思ったのが、はじめてふたりでごはんを食べる前に「いただきます」と言い合った瞬間だった。

去年の夏におばあちゃんが亡くなり、三階建ての広い家にひとりで暮らすことになった。月に一度くらいのペースで母親や父親が来るし、いとこの修《しゅう》ちゃんや他の親戚が来ることもある。営業中は、パートさんたちもいるから、常にひとりというわけではない。けれど、誰もいない夜は、あまりにも長かった。

三十歳になるまで、実家で両親と暮らしていた。父親の転勤が決まり、北海道に行くことになった。三年間の予定なので、単身赴任をするという話もあったが、母親も一緒に行くと決めた。そのころ、わたしは新卒で入った会社を辞め、フリーで手芸関係の仕事をしながら、おばあちゃんの手伝いをしていた。実家は、商店街の先にあったため、大学生のころからたまに店に出て、作業部屋も借りていた。北海道でも仕事ができないわけではないが、東京と同じようにというわけにはいかなくなる。おばあちゃんの病院の付き添いもあったから、両親とは一緒に行かず、店に住むことにした。三年が経って、東京に戻ってきた両親は、前に住んでいた一軒家は売り、ふたりで生活するのにちょうどいい広さのマンションに暮らしはじめた。そこに、わたしの部屋はない。わたしは、そのまま、おばあちゃんと暮らしつづけた。

ひとり暮らしをしたいと思ったことは、何度もある。誰のことも気にしないで、夜遅くまでテレビを見たりラジオを聴いたりしながら、刺繍や編み物がしたかった。友達を家に呼んで、たこ焼きパーティーとかもしてみたかった。しかし、刺繍も編み物も、両親やおばあちゃんがいた方が、わからないことをすぐに聞ける。パーティーをするほど仲のいい友達はいない。自分がひとり暮らしに向いていないことは、おばあちゃんが亡くなって、数日のうちに察した。ただただ寂しさと家事の面倒くささが募《つの》るばかりだった。

「ソース、使います？」ひかり君が聞いてくる。

「ん？」

「鰺フライに、何かけます？」

「あっ、ソース」

「はい」席を立ち、ひかり君は冷蔵庫からソースを出す。「タルタルソースも作ろうか迷ったんですよ。でも、木綿子さん、鰺フライに何をかけるかわからなかったから」

「ありがとう」ソースを受け取る。「タルタルソースって、作れるの？」

かけすぎると良くない気がしたから、サッとかけるだけにして、ソースをひかり君に渡す。

「簡単に作れますよ」

「次は、タルタルソース作ってほしい」

「いいですよ」ひかり君は、鰺フライに軽くソースをかけて冷蔵庫に戻し、座り直す。「他に、作ってほしいものとか食べたいものとかありますか？」

「何が作れる？」

「うーん、だいたいのものは」

「……だいたい」

実家にいた時は、母親に料理をしてもらっていた。ここに引っ越してきてからは、おばあちゃんに昼ごはんと夜ごはんを作ってもらっていた。おばあちゃんが入院して、はじめて自分で料理をしてみたが、全然できなかった。手先は器用な方だという自信はある。手芸に関することであれば、できないことはほとんどない。料理だって同じで、ネットや本で調べて、書いてある通りに作ればいいだけと思ったのに、なぜかうまくできなかった。ハンバーグは表面ばかり焦げて中は生焼けのまま、餃子《ぎょうざ》は皮から具がはみ出し、鶏の唐揚げはオイル漬けみたいになってしまった。

商店街のお弁当屋さんやお惣菜屋さんで買ってきた方が早くて安全と思い、諦めた。ひとりだと、食べる気が起きず、お菓子で済ませたこともある。

「寒くなってきたから、シチューとか作りましょうか？」話しながらも、ひかり君は鯵フライを食べる。

指が細くて長いからか、正しく持ったお箸の動きがとてもキレイに見える。

「シチュー、食べたい」

「ホワイトシチュー、ビーフシチュー、どっちがいいですか？」

「どっちも！」

「じゃあ、明日は、ホワイトシチューにしましょう。それで、来週、時間の余裕がありそうな日に、ビーフシチュー作ります」

「あっ、グラタンが食べたい」

「いいですよ」

「あとね、おでん！」

「作れます」

「冬場は、ダイニング寒いんだよね」カブの糠漬けをもらう。

おばあちゃんの大事にしていた糠床がある。聡子さんがどうにか生かしておいてくれたものを、ひかり君が引き継いでくれた。

「すでに、ちょっと寒くないですか？」

「うん。だから、作業部屋に、そろそろコタツを出そうと思う」

「コタツ！」ひかり君は目を輝かせ、お散歩に行く前の子犬みたいな表情をする。

「コタツ、嬉しい？」

「憧れだったから！」

「コタツが？」

「コタツのある家に、住みたかったんです」喜びすぎたことを恥ずかしがるように、下を向く。

「そっかあ、じゃあ、明日にでも出そう。それで、冬の間は、作業部屋のコタツで、夕ごはん食べよう」

「いいんですか？」また子犬みたいになり、顔を上げる。「匂いとか汚れとか、気になりません？」

「いいよ、気にしないで。おばあちゃんがいたころは、そうしてたから。運ぶのがちょっと面倒くさいけど」

「大丈夫です。それは、僕がやるから気にしないでください」

「コタツで、シチューとかグラタンとかおでんとか、食べよう」

「はい！」

嬉しそうな顔のまま、ひかり君はごはんを食べ終えて、食器を流しに運んでいく。

ひかり君が母親とふたりきりで、苦労して生きてきたことは、ここに住む前の面接の時に聞いた。中卒で、働いてきたことも知っている。個人的なことだから、詳しくは聞いていない。それでも、彼が「普通」や「当たり前」という生活をしてこなかったことは、一緒に暮らすうちに、なんとなくわかった。

店のお客さんやパートさんの評判はいいし、仕事はしっかりできる。料理以外に、掃除や洗濯もできて、一通りの家事を問題なくこなす。言葉遣いや振る舞いは、とても常識的だ。どんな時でも、自分を優先させることはなくて、わたしやパートさんを気遣ってくれる。こちらが頼りすぎてしまっているくらいだ。みんなから「いい子を雇ったね」と言われる。わたしも、最初は、そう思っていた。

けれど、いい子すぎるのだ。

自分がどうしたいかなんて、考えずに生きてきたのだろう。

ずっと一緒に暮らしていけるわけではない。

もともと、レストランだと勘違いして、連絡してきたらしい。今は、前に働いていた店の閉店やアパートの取り壊しが重なり、疲れが溜まっている。しばらく休んだら、次の働き先と住む場所を探しはじめる。

それまでの数ヵ月の間だけでも、彼が安心して、望む暮らしができるようにしてあげたかった。


作業部屋を整理して、コタツを出そうとしていたら、修ちゃんが来た。

修ちゃんは、十歳上のいとこで、税理士をしている。

税理士になる前から、いとこや手芸用品店の経理の仕事を手伝っていた。今は、月に一回は必ず店に来て、帳簿をちゃんとつけているかとかお金の動きとかを確認してくれる。

「仏壇、ずっとあのままなの？」コタツ布団を広げながら、修ちゃんが言う。

「移動しようとは思ったんだけど、ひかり君が気にしないって言うから」

「叔父《おじ》さんは、なんて言ってんの？」

「お父さんも、気にしてない」

「でも、あれじゃ、手を合わせられないじゃん」広げた布団の上にキルトをかけ、天板を置く。

「それ、修ちゃんだけだよ、気にしてんの」

ひかり君には、もともとおばあちゃんが使っていた部屋に、住んでもらっている。仏壇を移動させようと思っていたのだけれど、ひかり君は別にいいと言ってくれているし、うちの両親も特に何も言わなかった。父親も母親も、ひかり君に「お邪魔させてもらうね」とだけ言って部屋に入り、手を合わせていた。

「叔父さんや叔母《おば》さんが気にしないのは、あの子のことを木綿ちゃんの彼氏だと思ってるからじゃないの？」

「ええっ！　そんなこと、思ってないでしょ」

「普通は、そう思うだろ」修ちゃんは、スーツの袖口を叩く。

　コタツ布団を広げた程度で、汚れたりしないと思うが、気になるのだろう。ズボンの裾《すそ》やお尻の辺りも見ている。

「思わないよ。修ちゃんだけだから、そんなこと言ってるの」

「思うって！」

「面倒くさいなあ」

　コタツがセットできたから、作業部屋を出て、ダイニングに移動する。

「ちょっと待っててね」修ちゃんに言い、店に下りる。

　レジには聡子さんが入っていて、ひかり君はフェルト生地のコーナーでお客さんと話していた。小学校低学年くらいの男の子と一緒にフェルトを選んでいるようだ。正方形のフェルトが入った引き出しの前にふたりでしゃがみ込み、色を見比べている。

　最初は、お客さんに何を質問されても答えられず、すぐにわたしや聡子さんに聞きにきていたけれど、対応できることが少しずつ増えてきている。

「修ちゃんが来たから、しばらく上にいます」レジにお客さんがいなくなった隙に、聡子さんに言う。

「わかりました」

「ひかり君のこと、お願いします」

「大丈夫です」

話す声が聞こえたのか、ひかり君は立ち上がってわたしたちの方を見る。手を振って「気にしないで」と伝え、わたしは会計ソフトの入ったノートパソコンを持って、二階に上がる。

ダイニングでは、修ちゃんがドリップバッグでコーヒーを淹れていた。

「飲むだろ?」そう言って、マグカップをテーブルにふたつ並べる。

「うん、ありがとう」

テーブルに向かい合って座り、修ちゃんはノートパソコンを見て、帳簿を確認していく。

待つ間、わたしはコーヒーを飲む。

ひかり君が用意してくれるごはんを食べて、お茶やコーヒーを飲むうちに、他の誰かが作ってくれたものや淹れてくれたものを、そんなにおいしくないと感じるようになった。自分の作る料理のまずさは、もともと自覚していた。けれど、インスタントコーヒーやティーバッグのお茶なんて、誰が淹れても同じだと思っていた。それなのに、ひかり君が淹れると、ずっとおいしくなる。お昼の時間が取れない時に急いで食べるカップラーメンでさえも、ひかり君が用意してくれた方がおいしい気がする。お湯の温度やタイミングが違うだけで、味が変わるものなのだろう。

前は、張り切って、お茶を淹れてあげたりしていた。でも、最近はひかり君に全て任せている。料理人にお願いするのは悪いとは思うけれど、わたしの作ったごはんや淹れたお茶のせいで、味覚が鈍ってしまったら、そっちの方が申し訳ない。

「あいつ、大丈夫なのか?」パソコンを見たまま、修ちゃんが言う。

「あいつ?」マグカップをテーブルに置く。

「夜野君」

みんなが「ひかり君」と呼ぶ中で、修ちゃんだけが頑《かたく》なに「夜野君」と苗字で呼んでいる。

「大丈夫だよ。仕事はちゃんとやってくれるし、お客さんやパートさんたちの評判もいいし、近所の人にも気に入られてる」

「他の人がどう思うかっていう問題じゃないんだよ」顔を上げて、パソコンを閉じる。

「どういう意味？」

「本当に、恋人っていうわけじゃないんだよな？」

「住み込みの従業員だよ。ちゃんと給料も払ってるでしょ」

「恋人と住むことを悪いって言ってるわけじゃないからな」

「どういうこと？」

「ん？」

「むしろ、逆だよ。夜野君が木綿ちゃんの恋人ならば、問題ない。今は、従業員っていうことにして、養ってるみたいな形になっていても、経理上問題がなければ、何も言うことはない」

「恋人でもない年頃の男女がふたりで住むのは、おかしいっていう話だよ」

「ああ、そういう話ね」

両親が来た時、気にしているんだろうなという雰囲気は感じたけれど、何も言ってこなかった。家族仲はいい方だと思う。でも、なんでも話すというわけではない。恋愛のことを両親から聞かれたことは、二十歳の時に一度あっただけだ。多分、娘が三十五歳まで独身だったら、親は結婚や子供や将来のことを心配するものなのだろう。父親も母親も、鈍感なフリをしてくれている。

たった一度、「彼氏とかいないの？」と母親に聞かれた時、わたしは何も答えられずに黙ってしまった。いないとしても、軽い感じで返せばよかった。それができなくて、気まずい空気に覆われていった。それから、両親だけではなくて、おばあちゃんや他の親戚からも、冗談でもそういうことを聞かれたことはない。

もしも誰かが何か言ってくるとしたら、修ちゃんだとは思っていた。

お互いにひとりっ子で、他にいとこもいないから、修ちゃんとは兄妹のように育てられてきた。

「ひかり君、わたしより七歳も下だよ。男の人って感じじゃないもん」

「七歳差ぐらい、気にするほどじゃないだろ」

「だって、まだ二十代だよ」

「すぐに三十代になる」

「そんな先まで、ここにいない」

「どうかな？」

「ずっと料理の仕事をしてきた子だから。今は、ちょっと休んでるだけ」

「そうか」

修ちゃんは、冷めてしまっているコーヒーを飲む。

子供のころ、修ちゃんには、なんでも話していた。大きくなるにつれて、遊んだりお喋りしたりする機会は減っていったけれど、進学や就職の時には相談に乗ってもらった。フリーで仕事をしていた時には、経理事務以外のことのサポートもお願いしていた。真依ちゃんと話した時以上に、誤魔化すことに苦しさを覚える。

「でもさ、木綿ちゃんがそう思っていても、向こうがどう考えているかは、わからないだろ？」

「うーん」

「七歳差ぐらい、大人になれば、大したことはない」

「そうかな？」

「オレが子供のころ、木綿ちゃんは小さな赤ちゃんでしかなかった。中学生ぐらいになっても、小さな女の子だった。背は高くても、まだまだ子供でしかなかった。大学生になって、やっとお姉さんという感じになった」

「うん」

「三十五歳と四十五歳になった今では、ふたりとも大人同士として、仕事の話をしている。子供のころの十歳差と大人になってからの十歳差は、全然違う」

「そうだね」

今でも、わたしにとって修ちゃんは「大きなお兄ちゃん」という感じだ。でも、関係性が子供のころと違うというのも、確かだ。

「けど、ひかり君は、なんか違うんだよね」

「どう違うんだよ？」

「幼いというか、子供っぽいというか、子犬みたい」

さっき店で見たひかり君の姿を思い出す。

小学生の男の子と一緒になって、真剣な顔でフェルトを選んでいた。わたしの方を見た時には、飼い主を見つけたような顔で笑っていた。

「そんなかわいいものじゃないだろ。あいつ、結構身体鍛えている感じだし、子犬とか言ってたら、いきなり噛《か》みつかれるぞ」

「……やめてよ」

「みんな、何も言わないけど、そういうことを心配している。男女がふたりで住むっていうのは、そういうことだからな。夜中、何かあっても、誰も助けてくれない」

「ひかり君は、そんなことしない」

「わかんないだろ」

「……しないから」

席を立ち、冷たくなったコーヒーを流しに捨てて、マグカップを洗う。

心配してくれる気持ちは、わかる。

わたしの言っていることに、説得力がないということも、理解している。

それでも、疑いをかけられて、一方的に責められるのは、気分が悪い。

けれど、わたしだって、最初からひかり君を信じていたわけではないのだ。


修ちゃんが帰った後も、ダイニングに残り、淹れ直したコーヒーを飲む。

流しの向こうにある窓から陽が差す。

マグカップをテーブルに置く音が響き渡る。

この家は、父親や修ちゃんのお母さんである伯母さんがまだ子供のころに建てられた。おじいちゃんの実家は仕立屋で、おばあちゃんの実家は呉服屋だった。もともとは、ここも仕立屋だったのだけれど、時代が変わるうちにスーツや洋服をオーダーで作る人は減っていった。子供のワンピースやバッグを作る相談を受けたり、ズボンやスカートの裾上げの対応をしたりするうちに、細かい仕事の注文が多くなった。改装して、クリーニングと仕立て直しの店にするか、手芸用品店にするか相談して、いとや手芸用品店ははじまったらしい。

仕立屋のころは職人さんが出入りしていて、手芸用品店になってからはパートさんが出入りしている。住み込みで働く人がいた時期もあった。家のどこにいても、人の気配を感じた。柱には、伯母さんの貼ったシールや父親がものさしを振り回してつけた傷が残っている。それでもなのか、だからこそなのか、おばあちゃんが亡くなった後は、急に静かになってしまった。お祭りの後、一気に人がいなくなった街に、ひとりだけ残されたみたいな気分だった。

うちの両親や伯母さんや伯父さんと話し合い、修ちゃんが手続きをしてくれて、わたしが店を継ぐことは決まっていた。家族だけではなくて、パートさんや商店街の人たちもフォローしてくれるから、そのことに不安はない。それでも、この家に、ずっとひとりで暮らしていくのだと考えると、耐えられないと感じた。

長く働いていたパートさんがひとり辞めたというのもあり、両親とパートさんたちに相談して、住み込みの従業員を募集してみることにした。服飾の専門学校に通っているような女の子が来てくれればいいと考えていた。

九月中旬の台風が上陸した日、店頭の照明がつけっぱなしだったことを思い出し、一階に下りた。従業員募集の張り紙もはがしておいた方がいいだろうと思い、外に出た。強い雨が降り、風も吹く中、裏口から店の正面に回った。そこには、雨でびしょ濡れになった男の子がいて、今にも泣きだしそうな顔で、張り紙を見ていた。わたしと同じくらい身長があり、大人の男性のはずなのに、心細そうな姿が捨てられた子犬のように見えた。家の中に入れてあげたくても、声をかけられなかった。迷ううちに、彼はいなくなってしまった。

次の日、電話がかかってきた。

すぐに、彼だとわかった。

面接をして、子供のころから「夜野光」という名前だったわけではないこと、母親はひかり君の知らないところでひとりで亡くなったこと、食べていくことだけ考えて料理の仕事をしてきたことを聞いた。わたしは、今思えば、とんでもなくまずいコーヒーを出し、彼の話し方や振る舞いを見ていた。母親のことを話す時、とても寂しそうな顔をした。ひかり君は「よく見ずに、間違えてしまって、すみません」と頭を下げ、帰ろうとした。考えていた条件と違うし、知らない男の子と住むことはできない。彼の望む仕事でもなかった。そのまま帰らせるべきだったのかもしれない。

けれど、それはできないと感じ、引き留めた。

両親や修ちゃん、聡子さんや真依ちゃんの前では、平気なフリをしているけれど、わたしだって不安がなかったわけではない。

夜中、ふたりきりになった状況で襲われたら、逃げられないだろう。

だが、あの時のわたしは、それでもいい気がしていたのだ。

三十五歳になったのに、わたしは恋人がいたことがない。

あの台風の日は、誕生日だった。

年齢をひとつ重ねたことに、恐怖を感じた。老いに対する恐怖とは違う。自分が他の人と違う生き物になっていくようで怖いというか、気持ち悪いのだ。友達の多くは、結婚して子供がいる。真依ちゃんみたいに結婚していない友達もいるけれど、何人かの男性と付き合い、ちゃんと恋愛をしている。いつまでもひとりで、子供のころのまま、家族や友達と刺繡や編み物ばかりしているのなんて、わたしだけだ。誰かのためではなくて、ただただ自分のかわいいと感じるものだけを作りつづけている。

ひかり君が悪い男で、みんなが心配しているようなことをしたら、とりあえずわたしは処女ではなくなる。そしたら、この気持ち悪さから逃れられるのではないかという気がしていた。

しかし、ひかり君は、そんなことは絶対にしない。

一緒に暮らして、一ヵ月半以上経つが、仕事中にわたしの不注意で身体がぶつかったり、ものさしや裁ち鋏の持ち方を教えたりした時以外では、指先だって触れ合うことがなかった。

疑うだけ、失礼だ。

今は彼女がいないみたいだけれど、前は普通に付き合っていた女の子がいたみたいだし、友達の成瀬君が遊びにきた時には「由里ちゃん」という女の子のことを話していた。ひかり君もいつか、結婚や将来のことを考えるようになり、ここを出ていく。

そしたら、わたしは、またひとりになる。

別に、恋人のいないことを気持ち悪いとは思わない。好きになった人が好きになってくれないこともあるだろう。巡り合わせの問題もあり、うまくいかないことも多いのだと思う。そういう人たちは、いつかうまくいく時がくれば、恋人ができて、ひとりではなくなる。

けれど、わたしは、ずっとひとりだ。

恋人ができることもないし、結婚することもないし、子供を産むこともない。

わたしは、恋愛感情が理解できないのだ。


パソコンを持って、店に下りると、真依ちゃんが来ていた。

聡子さんとひかり君と裁断台の前に立ち、並べたビーズを見比べている。ビーズアクセサリーの作り方の本も置いてあった。

「昨日の今日で、もう失恋したの？」真依ちゃんに聞く。

「違うよ！」

「じゃあ、どうしたの？」

「自分の作りたいものを考えようと思って」

お客さんが来たので、聡子さんはレジに入る。ひかり君は、わたしと真依ちゃんの邪魔になると思ったのか、倉庫で検品すると言って、二階に上がっていく。

「コタツ出したから」階段を上がっていくひかり君の後ろ姿に声をかける。

「ありがとうございます」振り返り、笑顔で言う。

「少し休んでもいいよ」

「はい！」嬉しそうに返事をして、階段を駆け上がっていく。

子犬ではないとしても、弟ができたみたいだ。

でも、本当の姉弟だったら、もっと言いたいことを言い合ったりできるのだろう。

「いい子だよね」ビーズアクセサリーの本をめくりながら、真依ちゃんが言う。

「うん」

「本当に、好きじゃないの？」

「やめて。それ、言われすぎて、疲れた」

「ごめん」真依ちゃんは、本を閉じて裁断台に置く。

「いい子だし、かわいいとは思う。でも、そういう好きではない」

「本当に、他に誰もいないの？」

「いないよ」

椅子を出し、わたしと真依ちゃんは、裁断台の横に座る。

真依ちゃんの方を向くことを気まずく感じ、わたしは裁断台の上に並ぶビーズの入ったケースを見る。いつもの二ミリサイズのものだけではなくて、たくさんの色と大きさのものがあった。

「みんな、木綿ちゃんを心配してるんだよ」

「だから、ひかり君は、そんなことしないよ」

「……ん？」

「えっ？」顔を上げ、真依ちゃんを見る。

「そういう心配じゃない」首を横に振る。

「どういう心配？」

「木綿ちゃんに幸せになってほしいって、みんな思ってる」

「あー、うん、あー」

どう返したらいいかわからず、言葉にならない声を発してしまった。

友達同士で「誰が好き？」みたいなことは、小学生のころから話していた。わたしは「かわいいな、かっこいいな」と思うことはあっても、誰かを特別に好きになるということがわからなかった。同じように「誰もいない」と言っている友達もいたし、そのうちわかることだろうと思っていた。しかし、中学生になっても、高校生になっても、わからないままだった。十代半ばぐらいまでは、なんとなく誤魔化せた。恋人がいたことのない友達は、わたし以外にも何人かいた。しかし、大学生になると、急に誤魔化すことが難しくなった。いつが境目だったのかは、はっきりしない。ある時から、「彼氏がいたことないなんて、おかしい」と言われるようになった。なぜか、わたしが嘘《うそ》をついていると責める人も出てきた。「本当のこと言いなよ。彼氏、いるんでしょ？」と問い詰められても、苦笑いするしかできなかった。

男の子と全く付き合ったことがないわけではない。二十歳になって少し経ったころ、「好きだ」と言ってくれた男の子と三回だけデートした。彼は、とても優しかったし、見た目に対しては「かっこいい」と思うこともあった。それなのに、帰り道で手を繋《つな》がれた瞬間に「気持ちが悪い」としか感じられなかった。感触やタイミングの問題ではない。得体の知れないものに触られたようで、恐怖に近い嫌悪感を覚えた。友達の言っている「好き」とも、違うのだという気がした。別の男の子とも会ってみたが、シネコンで映画を観ている最中に手を握られ、思わず悲鳴を上げた。もともと友達として仲良くしていた男の子でも、ふたりで買い物に行った時に軽く肩を叩かれただけで、「嫌だな」と感じた。

大学を卒業して、新卒で入社したのは手芸用品を扱う会社で、わたしが配属された部署は、女性ばかりだった。独身の人、結婚している人、子供がいる人、それぞれの事情があるため、恋愛の話はしてはいけないことのようになっていた。飲み会は滅多になくて、みんなでごはんを食べにいくとしても、話題になっているカフェとかだった。話す内容は、仕事に関することや手芸のことで、個人的なことは親しい人同士だけで話した。わたしは同期や年齢の近い先輩や後輩とも話さなかったからか、なぜか「長く付き合っている彼氏がいる」という噂《うわさ》になっていた。知らないところで、噂は大きくなり、商社に勤める年上の彼氏ができあがっていた。ふたりでいるところを見かけたと言われたが、修ちゃんだろう。楽でよかったのだけれど、このままでいいとは思えなかった。恋愛の話から遠ざかっていくことに、危機感も覚えていた。

子供が欲しいという気持ちがあったから、どうしても割り切れなかったし、諦められなかったのだ。

どうにかして、自分の人生に「恋愛」という出来事を残しておきたかった。

まだ出会っていないだけで、いつかは「好き」と思える人が現れるかもしれないと願いつづけた。

でも、もう無理なのかもしれないと感じることが起きた。

「恋愛や結婚だけが幸せじゃないけどね」真依ちゃんが言う。

「あー、うん」

「女の幸せは、結婚。なんて、古い考えでしかないとも思うし」

「うん」

気持ちを静めるために、ひかり君がお茶を持ってきてくれないかと思ったが、二階で検品をしているだろう。

「それでも、わたしは、やっぱり、結婚したいし、子供が欲しい」

「子供は、わたしも欲しいよ」思わず、言ってしまう。

好きな人と結婚して、子供を産み、両親やおばあちゃんがしてくれたように、自分の作った服を子供たちに着せてあげたかった。お稽古ごと用のバッグだって、体操服や上履きを入れる袋だって、なんでも作れる。子供と一緒に、生地の柄や素材を選ぶのは、楽しいだろう。十代の半ばぐらいまでは、そういう将来を当たり前のように、信じていた。

「えっ？　そうなの？」驚いた顔で、真依ちゃんはわたしを見る。

「うん」

「木綿ちゃんは、フリーランスだった時もあるし、今は店を任されてるし、意外とバリバリ働きたいタイプなのかと思ってた」

「仕事は好きでも、そこまでではないかな。家族とかいとこに助けてもらって、どうにかなってるだけだし」

「そうなんだ」

「真依ちゃんこそ、バリバリ働いてるでしょ」

真依ちゃんは、大学も有名な私立に通っていたし、新卒で入社したのは誰もが知っているような広告代理店だった。今は、転職を何度かして、ベンチャー企業にいる。月曜から金曜までフルタイムで出社しなくてもいいらしい。週に最低限の勤務時間を働いていれば、休みは自由に取れて、リモートワークもできる。昨日、黄色いビーズでネックレスを作りながら、そう話していた。条件のいい会社で働けるのは、彼女が優秀な証拠だ。それなのに、若い女の子にフラッと行くような男に、傷つけられてしまう。

「働くしかないからねえ」

「ふうん」

「けど、しばらくは、仕事や恋愛よりも、自分のことを考えようと思う」

「どういうこと？」

「今まで、男の人に合わせすぎた。今の会社の自由な感じも、彼の忙しさに合わせて休みが取れるとか、考えてた。そうしているうちに、自分がなくなっていってしまった。二十代半ばまでは、もっと自分主体で、彼氏と付き合えてた。でも、二十代の後半になって、結婚や子供のことを考えるようになったら、嫌われたくない気持ちが強くなって、自分を出せなくなった」

「そうなんだ」

わかるような気がしなくもないと思いながら、相槌を打つ。

自分のこととしては、よくわからないのだけれど、同じ悩みを持つ友達を何人か見てきた。彼氏や夫に合わせるうちに、服装や趣味だけではなくて、人間性まで変わってしまったような友達もいた。

わたしは、彼女たちとは、逆のことで悩んでいるのかもしれない。

両親や修ちゃんに対する愛情はあるし、とても大事に思っている。でも、自分の好みや生活を変えられてしまうほど、他人を強く思うことはない。常に自分の「好き」が最優先で、自分のことばかり考えている。自分の周りをグルグル回りつづけ、めまいを覚える。

「好きだった男の好きな色じゃなくて、自分の好きな色で好きなものを作ってみようと思って、

「今日は来たの」

「そっか」

「ただただビーズを通すだけのネックレスしか作ったことがないから、ちょっと凝《こ》ったものにチャレンジしてみたい」真依ちゃんは、ビーズアクセサリーの本を開く。

　動物や花のモチーフのかわいらしいアクセサリーが並んでいるけれど、真依ちゃんには合わない感じがする。

「そういうかわいいの、好き？」

「いや、好きじゃないな」本を閉じ、違う本を開く。「もっとかっこいいのがいい。アジアンテイストとかかな」

「ネックレスがいい？　ブレスレットの方が短いし、大きめのビーズを使ったりすれば、簡単に作れるよ。日常的にも、使いやすいと思う。天然石のビーズとか、色も豊富だし」

「パワーストーンみたいなもの？」

「そういうものもある」

「恋愛運、上がる？」

「そういう話ではないでしょ」

「そうなんだけど」裁断台に積まれた本を次々にめくっていく。

「うーん」

「色は？」

「赤系？　青系？」

裁断台に並べているビーズ以外にも、店の在庫や発注できるビーズを考える。

「あっ、こういうのがいい」

真依ちゃんは、ターコイズの天然石を使ったブレスレットを指さす。

二十五歳の春、その色を好きだった彼氏と別れ、泣きながらネックレスを作った日のことは、今も憶えているのだろうか。


真依ちゃんが帰り、お客さんも減り、外は暗くなったのに、ひかり君が下りてこない。検品して、コタツを見て、そのまま夕ごはんの準備をしているのだろうか。

「ちょっと、上を見てきますね」聡子さんに言い、二階に上がる。

階段を上がってすぐのところに倉庫に使っている部屋がある。ドアが閉まっていたから、開けてのぞいてみたけれど、ひかり君はいなかった。廊下の奥に進んで、台所を見てみる。ここにも、いない。夕ごはんの準備も、できていなかった。物音がしないから、トイレや洗面所にいるわけでもなさそうだ。

台所もダイニングテーブルの周りも、キレイに片づけられている。流しの水切りカゴには、修ちゃんとわたしの使ったマグカップが並んでいるだけだ。

ひかり君なんて、いなかった気がしてくる。

わたしがひとりで住んでいた時は、掃除が行き届かなくて、もっと雑然としていた。テーブルには、駅の向こうにあるスーパーのチラシや宅配ピザのメニューが置きっぱなしになっていた。水切りカゴには、いつも使うグラスやマグカップが常に並んだままだった。こんなにキレイになっているのは、わたしや修ちゃん以外の誰かが整理してくれたからだとわかっているのに、全てが幻だったように思えてくる。

いつか、ひかり君はいなくなってしまい、またひとりの夜に戻るのだと急に実感した。

胸の辺りに空洞ができ、そこを強い風が吹いていくように感じた。

深呼吸して、グラスに一杯水を飲む。

奥の作業部屋を見にいく。

襖《ふすま》を開け、部屋の中を見渡す。

ミシンや裁縫箱や毛糸と刺繍糸の入った引き出しが並ぶ中、たくさんのクッションや編みぐるみに囲まれ、ひかり君はコタツにもぐりこんで、眠っていた。

わたしの作った小鳥の柄の刺繍が入ったクッションに抱き着き、顔を半分埋めている。

口を半開きにして、赤ちゃんみたいな寝顔だ。

不安になったことがバカバカしくなってしまい、わたしもコタツに入る。

コタツ布団の上に掛けたキルトは、おばあちゃんの作ったものだ。ピンクや黄色の小花柄の生地を組み合わせて、大きな花柄が描かれている。全て手縫いで、完成するまでに半年以上かかった。わたしが会社勤めをしていたころ、おじいちゃんの亡くなった後に、おばあちゃんはこれを作った。

ひかり君は、ゆっくりと動き、目を覚ます。

まだ半分眠っている目で、わたしを見る。

「おはよう」

わたしが言うと、ひかり君は目を開き、驚いた顔をして身体を起こす。

「……おはようございます」

「よく寝れた？」

「はい、いや、えっと、ごめんなさい」焦ったように言いながら、なぜか顔や髪を触る。「少しコタツに入ってみようと思っただけで、寝るつもりはなかったんです」

「いいよ、大丈夫」

「すいません、あの、ちょっと、トイレ行ってきます」ひかり君はコタツから出て、作業部屋から出ていく。

去年の冬は、ひとりでコタツに入り、ひたすら刺繍をしていた。ひとりで生きていく寂しさから目を逸らすために、手元の作業に集中した。真っ白な生地に小鳥の柄の刺繍をしながら、おばあちゃんがキルトを作った時のことを考えていた。あの時、おばあちゃんは、おじいちゃんのことを思い出しながら、針を進めたのだろう。わたしには、そんな風に思う相手はいない。

「本当にごめんなさい」襖が開き、ひかり君が戻ってくる。

「気にしないで」

「はい」ひかり君は、しょんぼりした顔でコタツに入る。

「疲れてない？」

「大丈夫です」

「本当に？」顔をのぞき込む。

「ちゃんと食べて眠れているので」

「そう」

ここに住みはじめてから、ひかり君があまり眠れていないことは、気が付いていていた。夜中に起きて、三階の寝室から二階に下りていく足音を何度か聞いた。ひかり君はできるだけ音を立てないようにしている。それでも古い家だから、そっと歩くだけで床や壁が軋《きし》む。

コタツで眠ってしまったのは、それだけ疲れている証拠なのだけれど、それだけ安心できる場になってきた証拠でもあるのだろう。

「木綿子さん」

「何？」

「引っ越し先や仕事先が決まるまでっていう約束のことなんですけど……」スウェットの袖口のほつれを引っ張りながら、話す。

「うん、何かあった？」

「全然、探してないんです」

「探す時間ない？　お店のことは気にしなくていいんだよ」

ひかり君が「休みたい」と言うのは、前に住んでいたアパートの人たちの引っ越しを手伝いに行く時ぐらいだ。一度、成瀬君が来ただけで、他の友達と遊びにいったりすることはない。仕事の面接に行ったり、引っ越し先を探しにいったりもしていないようだった。ただ、そういったことは、今はリモートでもできる。どうしているのか気になりつつも、詳しいことは聞けていなかった。

「そうじゃなくて、しばらくここにいても、いいですか？」

「えっ？」

「僕、普通の暮らしみたいなことを知らないんです。母親とふたりで住んでいたアパートには、よく母親の彼氏が来ました。その彼氏と母親が結婚して、法律的に家族だった時期もあります。でも、どう考えても、あれは普通の家族ではありませんでした。彼氏も父親も、憶えられないくらいに、しょっちゅう変わりました。長くつづいた人でも、数ヵ月という感じです。そのうちに、母親は家に帰ってこなくなりました」

「うん」

「ごめんなさい。なんか、重い話をしてしまって」

「いいよ、気にせずにつづけて」

「前のアパートに住んでいたじいちゃんたちは、幸せになってほしいと僕に言います。じいちゃんたちの考える幸せは、お金持ちになってほしいとか有名になってほしいとかではないです。多分、普通になってほしいということなのだと思います」

「ああ、うん」

さっき、真依ちゃんはわたしに「木綿ちゃんに幸せになってほしいって、みんな思ってる」と言った。それも、同じで「普通になってほしい」ということだったのだろう。

「ここにいれば、僕にも、普通の暮らしができる気がします」

「そう？」

「何が普通なのかは難しいところなのですが、木綿子さんと一緒にごはんを食べて、聡子さんたちと働いて、お客さんと話して、お風呂に入って、あたたかい布団で眠る。それだけで、充分です」

「そうだね」

「迷惑はかけないようにするので、もうしばらくここにいさせてください」

「いいよ、大丈夫」

不安そうにしていたひかり君の目は、嬉しそうに輝きだす。

赤いフェルトを丸く切っていく。

丸く、丸く、丸く。

鋏を進めていくが、なめらかに円を描くことはできず、角《かど》ができてしまう。

「……切れない」颯太《そうた》は手を止めて、悔しそうに下を向く。

「大丈夫だよ。この角を切り落としていけば、丸にできるから」木綿子さんが言う。

「……うん」細かく鋏を動かし、角を切る。

しかし、角を切ったら、別の角ができて、その角を切ったら、また別の角ができ、その角を切るということを繰り返すうちに、小さくなっていってしまう。

「ひかり！」鋏を置き、颯太はレジに立つ僕を見る。

颯太は、まだ小学校二年生なのだけれど、僕のことを呼び捨てにする。工作の道具をたまに買いにきていて、何度か質問に答えるうちに、友達のようになった。今日は、フェルト生地を使って、アルバムの表紙を作るための材料を買いにきた。そのまま裁断台の端に座り、作業をしている。クリスマスにお母さんにプレゼントするらしい。

「なんだよ」レジから離れ、颯太の隣に座る。

交替するように、木綿子さんは立ち上がり、反物の整理に行く。

「……できない」

「絵柄、変えれば」

「うーん」

家で描いてきたという下描きを見つめ、颯太は悩んでいる顔をする。クリスマスツリーの絵で、赤くて丸いオーナメントがいくつもぶらさがっている。緑のフェルトを使い、ツリーはすでに切ってある。あとは、赤のフェルトで、丸を作り、布用のボンドで貼っていけばいい。

「でも、三角や四角にはできないから」

「そうだな」

直線ならば、うまく切れそうだけれど、颯太のイメージしているものとは、違ってしまう。

「どうしよう」

「この端っこは、また使うの？」ツリーを切った後の緑のフェルトが少しあまっている。

「ううん」颯太は、首を横に振る。

「じゃあ、まずは、ここを使って練習してみれば」

「うん！」僕の顔を見て、大きくうなずき、鋏を取る。

緑のフェルトを切り、小さな丸を作っていく。

集中する時のクセなのか、口を尖《とが》らせている。

「上手、上手」横で見ていた聡子さんが言う。

褒められると恥ずかしいみたいで、颯太は口元を緩めながらも何も言わずに、手を動かしつづける。

その姿を見ていると、初めて料理をするようになったころの自分を思い出した。

もう二十年も前のことだ。

母親の帰ってこない日がつづき、僕は流しの下に置いてあったカップラーメンやスナック菓子を食べて、生活をしていた。それまでにも、同じようなことはあった。いつもは、どんなに長くても、一週間も経てば、母親は帰ってくる。食べ物と少しのお金を置いて、すぐに出ていってしまうとしても、ずっと帰ってこないということはなかった。しかし、その時は、十日経っても帰ってこなかった。僕がちゃんと食べていないことや洗濯をしていないことに、最初に気が付いたのは、成瀬のお姉ちゃんだ。小学校の廊下で「ひかり君、今日の夜は、うちに来なさい」と命令された。そのころ、二歳上のお姉ちゃんは、絶対に逆らえない存在だった。

成瀬の家で、お風呂に入らせてもらい、洗濯までしてもらって、夕ごはんをごちそうになった。何かしないといけないと思い、夕ごはんの準備を手伝った。僕が見ていたら、成瀬のお母さんが包丁の使い方や火を使う時に気を付けることを教えてくれた。それから、簡単に作れる料理を、成瀬の家に遊びにいくたびに教わるようになった。母親の残してくれる少しのお金を集めてスーパーに行き、チョコレートやポテトチップではなくて、お米や卵やソーセージを買った。僕が「普通」と言われるような家の子ではないことを、成瀬のお母さんは気が付いていたのだろう。それで、成瀬とお姉ちゃんに、ちゃんと見ておくように言ってくれたのだと思う。

「颯太君。外、暗いよ。帰らないでいいの？」木綿子さんが裁断台に戻ってくる。

「……うん」颯太は、小さくうなずく。

「お家の人、心配しない？」

「お母さん、仕事だから」

「そう……」困ったような顔をして、木綿子さんは僕を見る。

詳しく聞いたわけではないから確かではないが、颯太は駅の反対側にあるマンションにお母さんとふたりで住んでいるようだ。学童とかには、入っていない。近くに住む叔母さんがたまに来るみたいだけれど、いつもはひとりで留守番をしている。

「もう少し練習したら、送っていってやるよ」僕から颯太に言う。

「ひとりで帰れるからいい」

「いいから。スーパーも行きたいし」

「じゃあ、スーパーまで一緒に行ってやるよ」

「そうしよう」

僕と颯太のやり取りを見て、木綿子さんは安心したのか、笑顔になる。

成瀬が言うように「由里ちゃんと似てる」とは、僕は思わない。

でも、たまに不意の表情が似ていると感じることはある。

そう感じるたびに、胸の奥をギュッと握りつぶされたような気持ちになる。

颯太の歩幅に合わせて、商店街を歩いていく。

いつもよりもゆっくりだからか、周りの景色が目に入ってくる。

十二月になり、それぞれのお店の店頭にはクリスマスらしい装飾が施されている。カフェのメニューが書かれたボードは電飾に彩られ、魚屋のレジには小さなツリーが置かれ、肉屋の店頭にはチキンの予約受付中というチラシが貼ってある。いとや手芸用品店でも、クリスマス柄の生地を扱っているし、ツリーの飾りつけに使えるようなものも売っているから、見本と合わせて店内を装飾している。

去年まで、年末年始はずっと働いていた。ファストフード店にいた時は、チキンを揚げつづけた。居酒屋にいた時は、忘年会や新年会のコースメニューを用意しつづけた。洋食屋にいた時は、クリスマス特別メニューを作りつづけた。どこの店でも、仕事として、知らない誰かのために料理をしていただけだ。決められたことをする日々を送るうちに、街はいつも通りの姿に戻っていった。

いとや手芸用品店は、クリスマス前は手作りのプレゼントを作るための材料を買いにくる人で、少し忙しくなるみたいだけれど、二十四日や二十五日は暇らしい。二階の台所には、オーブンもある。せっかくだから、できたものを買ってきたりせず、鶏を丸ごと焼いてみようと考えている。お昼に出せば、パートさんたちにも食べてもらえる。

「木綿ちゃんとひかりは、夫婦なの？」隣を歩く颯太が聞いてくる。

「違うよ」

「姉弟？」

「それも、違う」

「友達？」

「ちょっと違うかな」

木綿子さんとふたりで、ごはんを食べたりお茶を飲んだりしながら、たくさんのことを話している。作業部屋のコタツで夕ごはんを食べるようになってからは、片づけた後もテレビを見ながら喋っていたりするから、ふたりで過ごす時間が増えた。けれど、友達ではないだろう。

「じゃあ、どういう関係？」

「木綿子さんが雇い主で、僕は従業員」

「ふうん」

わかっているのか、わかっていないのか、颯太はいまいち納得していないような顔でうなずく。

僕と木綿子さんの関係を店の常連さんや商店街中の人も気にしている。

ただ、年齢が離れているからか、恋愛関係にあると考える人は、少ない。しつこくそう言ってくるのは、木綿子さんの友達の真依さんくらいだ。常連さんには「見習いの子？」とか「ご親戚？」とか聞かれることが多い。商店街の人たちは、最初のころは「どう？　仕事や街には慣れた？」と遠巻きに気にしている感じだった。何度か買い物に行くうちに「お前みたいなのが木綿ちゃんの彼氏のはずがないよな」と失礼なことを言われるようになった。一応のフォローとして「ひかりは、まあまあかわいい顔してるし、悪い奴じゃない。でも、木綿ちゃんは、特別なんだ」と言われた。木綿子さんが特別というのは、僕も感じていることなので、愛想笑いだけ返しておいた。他の人から見ても、木綿子さんは「こんなにキレイな人は見たことがない」と思えるくらいの美人なのだということもわかり、安心した。

「お母さん、何時ころに帰ってくるの？」僕から颯太に聞く。

「いつもは、七時。たまに、遅くなる」

「夕ごはんは、どうしてんの?」

「お母さんが作ってくれる」

「仕事から帰ってきてから?」

「うん」颯太は、僕の目を見上げて、うなずく。

誰かに聞かれたら、そう答えるように言われているのかもと思ったが、どこまで踏み込んでいいのかがわからなかった。

小学校二年生の男子の平均身長なんて知らないけれど、颯太は小さい方ではないと思う。頬っぺたはふっくらしていて、顔色もいいし、健康状態に問題はないように見える。洋服も、いつもキレイなものを着ている。エコバッグを常に持っていたり、必要なものをちゃんと揃えてもらえている。お小遣いも、適切にもらっているようだ。話し方には、まだ幼さを感じるが、言っていることが理解できないというほどではない。

僕が同じ年のころは、誰がどこからどう見ても、問題のある家の子という感じが丸出しだった。ちゃんと食べていなかったから、他の子よりも成長が遅くて、クラスで一番小さかった。いつも同じ服を着て、持ってくるように言われたものは何も用意できない。言葉も教えてもらったことがないから、うまく話せない。そのくせ、母親から「こう聞かれたら、こう答えなさい」と教えられたことだけは、はっきりと話せた。担任の先生が熱心だったりしたら、親戚や施設に連絡されていただろう。

母親が他の家のお母さんと全然違うということには、なんとなく気が付いていた。自分は辛い目に遭っているということも、ぼんやりと理解していた。それでも、母親と離れたくなかった。物心がついた時には、母親を「守ってあげないといけない存在」と考えるようになっていた。母親が悪者とされないために、僕はいくらでも嘘をついた。成瀬のお母さんに習った通りに料理をしたのも、僕が健康になれば、誰にも何も言われなくなると思ったからだ。

父親がいない、母親がいない、両親ともにいない、そういう家庭で暮らす子供はたくさんいる。家庭事情は様々であり、それがそのまま不幸の理由になるわけではない。僕だって、よく知らない誰かに「大変だったでしょ？」とか「辛かったね」とか言われると、それは違うという気がする。大変なことも辛いこともたくさんあった。けれど、母親といられることは、僕の人生で一番の幸福だった。

本当のことなんて、本人にしかわからない。

だから、偏見で、颯太を見たくないと思っている。それでも、ちゃんと食べているのか、虐待みたいなことはされていないのか、母親は本当に帰ってきているのか、気になる。成瀬一家みたいに、強引さと温かさを持って、踏み込んでいきたいのだけれど、躊躇《ためら》う気持ちに負けてしまう。僕は、颯太にとって、友達の家族とかではなくて、たまに行く店の従業員でしかない。下手したら、不審者とか言われるかもしれないし、余計なことはしない方がいい。そう思うのは、何もできない自分に対する言い訳でしかないのだろうか。

「お店、また行っていい？」颯太は、作りかけのアルバムとフェルトやボンドの入った青いエコバッグを胸に抱える。

「いつ来ても、いいぞ」

「ひかりは、いつもいる？」

「買い物に行ったりすることもあるけど、すぐ帰ってくる」

「どこか、遠くに行ったりしないの？」

「うーん」

五年以上前、彼女がいたころは、休みの日に出かけることもあった。最近は、成瀬と美咲ちゃんのデートに呼ばれることもなくなったし、自分の生活圏から出ることは、ほとんどない。

「僕は、冬休みにおばあちゃんの家に行く」

「そうなんだ」

「うん」前を向いて、大きくうなずく。

「おばあちゃんの家、どこ？」

「あっち」まっすぐに前を指さす。

「近くなのか？」

「ううん」小さく首を振る。

「あっちって、どこ？」

「北の方。新幹線に乗っていく」

「そっか。新幹線、楽しみだな」

「電車は、もう好きじゃない」

「そうなんだ」

「嫌いになったわけじゃないけど、好きじゃないんだ。電車は、子供の趣味だから」

「そういう考え、良くないぞ」

「どういう考え？」颯太は顔を上げて、僕を見る。

「好きになることに、子供とか大人とか、関係ない」

「だって、お母さんに、そう言われたんだもん」

「どう言われた？」

「子供みたいなことしないで。って」

「そうか」

親子の間で、どういうやり取りがあって、そう言われたのかはわからない。教育方針みたいなものもあるだろう。颯太のお母さんは、そこまで考えて言ったことではないのかもしれない。でも、母子家庭の歪《いびつ》さのようなものを感じた。子供は、母親の言葉や態度を全て吸収してしまう。

そう考えるのも、偏見でしかないとわかっているのに、母親が僕に言ったことやしたことが次々に思い出される。

誰かの家の事情に、自分の家の事情を重ねてはいけないと考えても、止まらなくなる。

「ここで、いいよ」颯太の言葉に、意識が引き戻される。

「家の前まで、送る」

「この先、もうちょっと行ったところだから大丈夫。スーパーに行くんだろ？」

「本当に、大丈夫か？」

「うん」

「じゃあ、また店で」

「じゃあな」

「あっ、オレ、いない日もある」

「えっ？　いつ？」

「ああ、でも、十二月の終わりだから、颯太はおばあちゃんの家に行ってる時かも」

ずっと住んでいたアパートが取り壊されて完全になくなってしまう前に、もう一度だけ見ておきたかった。

「わかった」

「じゃあな」

「バイバイ」

手を振りながら、颯太はひとりで住宅街を歩いていく。

子供のころ、大人に対して「心配しすぎだ」と感じたことがあった。しかし、今は、その気持ちがよくわかる。

この辺りで事件なんて起きたことはないし、治安はとてもいい。暗くなっていても、まだ六時前だから、仕事帰りや買い物帰りの人もたくさんいる。それでも、どこからか突然現れた悪い大人に、颯太がさらわれてしまうかもしれない。男の子だから大丈夫なんていうことはないのだ。

角を曲がるまで、小さな後ろ姿がさらに小さくなっていくのを見送る。

スーパーで買い物をしてから店に戻ると、木綿子さんはいなくて、真依さんが来ていた。

「こんばんは」ビーズの棚を見ている真依さんにあいさつをする。

「あっ、おかえりなさい」

真依さんは、自分のためにビーズのブレスレットを作るようになったら、アクセサリーを作ることが楽しくなったみたいで、会社帰りによく来る。休みの日に来て、木綿子さんや聡子さんに、作り方を教わっていることもある。

奥に行き、買ってきたものを裁断台に置く。

「木綿子さん、上ですか？」端布を丸めている聡子さんに聞く。

「出かけた」

「こんな時間に？」

いとや手芸用品店に定休日はなくて、木綿子さんは毎日店に出ている。聡子さんや他のパートさんに店を任せて、出かけることもたまにあるが、昼間の数時間だけだ。問屋街まで反物を見にいくとか、大手の手芸用品店にうちの店で扱っていないものを買いにいくとか、商店街の会合とか、仕事関係の用事であることが多い。個人的な用事は、映画を観にいくぐらいだろう。

「木綿ちゃんだって、夜に出かけることぐらいあるでしょ」真依さんがビーズを持って、裁断台の前に立つ。

「まあ、そうですけど……」

「ひかり君には、言えない用事だってあるんじゃないかな」

「……はい」

一緒に暮らして、たくさんのことを話していても、お互いをよく知っているわけではない。僕は、母親や成瀬のことを話すが、木綿子さんが自分の過去を話したことはなかった。常連さんや商店街の人たちのこと、映画やテレビの感想、作りたいもの、他愛のないことばかりだ。家族はお父さんとお母さんだけではなくて、いとこの修一《しゅういち》さんや他の親戚も、たまに店に来るから会ったことがある。友達は、真依さんの他にも、近所に住んでいて子供がいるような中学校や高校の同級生がたまに来る。よく知っているつもりになってしまっていたけれど、木綿子さんの三十五年の人生のほんの一部を知っているだけなのだ。

「商店街の忘年会」聡子さんが言う。「ちょっと顔出すだけで、すぐに帰ってくるって」

「ああ、そう言えば、聞いてました」

年末年始の各店のキャンペーンや休業日を確認した後、忘年会をするらしい。木綿子さんはお酒が飲めないから、そういう集まりを苦手としているので、すぐに帰ってくるだろう。

「僕も知ってる用事でした」真依さんに言う。

「今日は、そうだとしても、そのうちに何かあるかもしれないじゃん。木綿ちゃん、高校生の時、すっごいもてたんだから」

「へえ」

「顔がいいからね」

「その言い方、なんか失礼ですよ」

「スタイルもいいし、性格だって明るくて優しいし、趣味は手芸で持ち物の趣味もいいし」

「うーん」

木綿子さんがもてたというのは想像できるけれど、真依さんの話す理由は表面的なことでしかない気がする。

「うちの高校の生徒だけじゃなくて、他校の男子にも、人気があったんだよ」

「その中に、彼氏がいたんですか？」

「知らない」真依さんは、首を横に振る。「同じクラスでも、たまに話すぐらいで、そこまで仲いいわけじゃないから。でも、ほとんどの男子は、遠くから見てるだけで、話しかけることもできなかったんじゃないかな」

「そうですか」

商店街の人たちと同じだ。木綿子さんのことを「特別」と言いながらも、近寄ろうとはしない。

「木綿ちゃん自身は、もてることに気づいてなかったのかも。話しかけられたら、誰とでも気軽に話すから、それだけで勘違いしてる男子もいた」

「へえ」

「今だって、ふたりで遊びにいく相手ぐらいいるでしょ」

「いない、いない」聡子さんは、笑いながら言う。「木綿ちゃんは、手芸のこと以外に興味ないから。恋愛のことなんて、話したこともない。好きなもの作って、ひかり君の作ってくれるおいしいごはんを食べていられれば、充分なの」

「ひかり君、責任重大だね」なぜか嬉しそうにして、真依さんは僕を見る。

「なんでですか？」

「胃袋つかんじゃったじゃん」

「いつの時代の表現ですか？」

「なんで？」

「だって、胃袋をつかむなんて、女性が男を落とすための考え方じゃないですか？」

「まあ、そうだね」

「そういうの、ダサいですよ」

「嫌だ、嫌だ、若者はダサいという言葉で、ババアを簡単に否定する」

「真依さん、ババアじゃないでしょ」

「お姉さんっていう感じ？」

「それも、違う」思わず、笑い声を上げてしまう。

「なんで、笑うの？」

「いや、呼び方にこだわるところは、おばさんっぽいと思って」

「三十五歳は、おばさんじゃありません！」

「わかってますよ」

僕と真依さんと聡子さんが裁断台で話していると、入口のガラス扉の向こうにスーツにロングコートを羽織った男性が立っているのが見えた。

会社帰りなのか、若い男性だ。と言っても、僕よりも年上だろう。三十歳くらいではないかと思う。背は、高いというほどではないけれど、低くもない。快活そうで、営業の人という雰囲気だ。

何か探しているのか、ガラス扉に顔を近づけて、店の中を見回していた。

常連のお客さんは、高齢の女性や子供のものを作るお母さんたちが多い。真依さんみたいに、手作りアクセサリーの材料を買いにくるのも、女性ばかりだ。でも、工作の道具も扱っているから、男性客が全くいないわけではない。もちろん、刺繡や編み物をする男性もいる。珍しくはないのだが、慣れない男性には、手芸屋というのは入りにくい場所だろう。僕だって、ここで働くまでは、入ったこともなかった。針や糸程度のものならば、百円均一やコンビニでも買える。

店の中に入るように案内しようか迷っていたら、恐る恐るという感じで、その男性はガラス扉を開けた。

棚の間をすり抜けて、裁断台まで来る。

「いらっしゃいませ。何かお探しですか?」聡子さんが聞く。

「糸谷木綿子さんは、いらっしゃいますか?」

「お約束されていますか?」

「いえ」

「糸谷は、今、出かけているんです」

「いつ帰られますか?」

「先に、お客様のお名前とご用件を教えていただけますか?」

「あっ、いや、その」男性は、気まずそうに下を向く。

僕と真依さんは黙って、聡子さんと男性のやり取りを見る。聡子さんも知らない人ならば、業者さんとか店に関係のある人ではないのだろう。

「すみません、また来ます」頭を下げ、そのままの姿勢で店から出ていく。

「何、あれ?」真依さんが言う。

「なんでしょう?」僕が言う。

「新しくできるショッピングモールに入れてもらうか、不動産屋からもらったお金で別の土地に店を開くか」

「そうなったら、この店は、どうなるんでしょう?」

「だって、ここ、持ち家でしょ。駅周辺の再開発みたいな話は、何年も前からあるし、地上げ屋みたいなことかもよ。商店街の集まりでも、そのことを話してるのかもよ」

「えっ?」

「不動産屋とかじゃない?」

僕と真依さんが好き勝手に話しているのを制するように、聡子さんは無言でにらんでくる。

「……すみません」真依さんが小声で謝り、僕も小さく頭を下げる。

「不動産屋だったら、名刺ぐらいは置いていくでしょ」聡子さんが言う。

「そうですよね」僕が言う。

「まあ、でも、訳がありそうではあるから、また来た時のために、ひかり君も気にしておいて」

「はい」

「木綿ちゃんにも、報告しておく」

「わかりました」

「お願いね」

「はい」

「前に会ったことがある気もするから、木綿ちゃんの個人的な知り合いかもしれないし」

そう言いながら、聡子さんは丸めて値札を貼った端布を持ち、裁断台から離れる。

真依さんは、聡子さんが端布を並べるワゴンで作業しているのを確認してから、僕の方を見る。

「元カレとかかな？」小さな声で言う。「まあまあかっこよかったよね」

「元カレっていう言い方もダサいですよ」

「じゃあ、なんて言うの？」

「わかんないです」

今は、木綿子さんには彼氏はいないみたいだ。

でも、前は、いたのだろう。

どんな人だったのか、少しだけ気になった。


川の音が聞こえると思い、目が覚めた。

カーテンを開けて外を見ても、そこに川はない。

ここは、アパートではないのだと思い出す。

絹糸のような雨が街を灰色に染めていた。使わせてもらっている部屋からは、商店街を見下ろせる。まだ、どこの店も開いていないが、市場から帰ってきたのか、花屋や八百屋の前ではバンの後ろのドアを開けて、荷下ろしをしていた。

布団に包《くる》まり、ぼんやり見下ろす。

子供のころから、冬の雨が苦手だ。

いつ電気やガスや水道が止められるかわからない毎日の中で、寒さは「死」に繋がっているように感じられた。敷いたままの布団の上に座って、ひとりで凍えながら母親を待っていた。雨が降ると、部屋に閉じ込められた気分になった。小さく丸くなり、部屋中を覆いつくすような恐怖に耐えつづけた。死ぬことが怖かったわけではない。まだ十歳にもなっていなかった僕は、人が死んでしまうということを理解していなかった。ただ、そうなったら、母親と二度と会えなくなることだけは、わかっていた。「お母さんと会えなくなったら、どうしよう」とばかり考え、開くことのないドアを見つめた。帰ってきた母親が抱きしめてくれれば、それで良かった。

だから、久しぶりに帰ってきて、しばらくアパートにいるという母親の隣に知らない男がいた時には、急激に気分が落ち込んだ。僕は、母親とふたりでいられれば、充分だった。それ以上のものを望んだことなんてない。でも、母親は、そうではなかった。恋人や夫として、隣にいてくれる男性をいつも必要としていた。その男が母親の顔や身体しか見ていないとしても、僕に殴ったり蹴ったりする以上の暴力を振るうとしても、お金のことや他の女の人のことで揉めて数ヵ月で別れることになるとしても、誰もいないことには、一日だって耐えられなかったのだ。

窓から離れ、母親の遺影を見る。

中学校の卒業式の日、母親は急に帰ってきた。僕が小学生のころは、どんなに長く家をあけても、数週間だった。それが、徐々に延びていき、数ヵ月になった。法律的に夫であり、僕の父親でもある男と数ヵ月間、アパートにいたこともあった。だが、出ていってしまうと、しばらく帰ってこなかった。

母親がお金を置いていってくれることはほとんどなくなっていたけれど、祖父母から支援してもらえるようになっていた。僕を妊娠した時、母親はまだ高校生だった。家族と絶縁して、恋人と暮らすようになったらしい。しかし、その恋人は、すぐに出ていってしまった。別の男と付き合っている時に、僕は産まれた。祖父母は、母親のことをずっと心配していたようだ。ある日、中学校まで僕に会いにきた。親戚という存在がこの世界にいると考えたこともなかったため、とても驚いた。おじいちゃんやおばあちゃんがどんな人かと想像すら、したこともない。

祖父は僕でも知っているような有名企業に勤めていて、あと数年で定年退職するということだった。裕福そうなふたりに「詐欺《さぎ》かもしれない」と思いながら、話を聞いた。ふたりの語る母親の思い出を最後まで聞き、「本当の祖父母だ」と納得した。気分の浮き沈みの激しさも、落ち着きのなさも、勉強が全くできないことも、見た目の良さだけでカバーしてきた。その姿は、僕の知る母親そのものだった。笑っているだけで、周りにいるほとんどの男性が、母親を好きになった。「かわいい、かわいい」とばかり言って、育ててしまったことを祖父母は後悔していた。女の子だから、それでいいと思っていたらしい。

その時、母親は男のマンションにいた。電話して「学校におじいちゃんとおばあちゃんが来た」と話したら、「ついていったら、駄目だからね」とだけ言われた。祖父母は、僕と暮らしたいと望んでくれていたのだが、母親のその言葉は強かった。僕も、アパートを出る気はなかった。それでも、一日だけ、祖父母の家に泊まってみたことがある。アパートから車で三十分くらい行った先の住宅街にある一軒家だ。キレイすぎて違和感を覚えるばかりだった。母親がアパートに帰ってくるかもしれないと思うと眠れず、夜中に車で送ってもらった。僕が「ごめんなさい」と謝ると、祖父から「生活費を支援させてほしい」と言われた。

お金がないと暮らしていけないことも、母親が僕のためにお金を稼ぐ気がないことも、母親の恋人や夫が子供とは言えないくらい成長した僕にお金をくれないことも、わかっていた。中学校を卒業するまでという約束で、支援をお願いした。祖父は「高校や大学にだって、通っていい」と言ってくれた。でも、働けるようになったら、すぐに働きたかった。僕が稼げば、母親はずっと一緒にいてくれるのではないかと考えていた。

久しぶりに帰ってきた母親は「卒業、おめでとう」と言い、僕に抱きついてきた。いつか母親よりも大きくなるのだと思っていた。しかし、僕の身長は、母親とほぼ同じくらいで止まってしまった。一度も会ったことのない生物学的な父親は、あまり身長が高くなかったのかもしれない。母親は、妙に感じるほど、機嫌が良かった。どこで手に入れてきたのか、卒業式に出る母親の見本みたいなネイビーのパンツスーツを着て、パールのネックレスをしていた。僕の腕や頬に何度も触り「わたしのひかり、世界で一番かわいい」と言いつづけた。中学校まで一緒に歩く途中、僕は携帯電話で、母親の写真を撮った。

卒業式が終わって、アパートに帰ってきて少し休んだ後、母親は「苗字が夜野になるから」とだけ言い、出ていった。僕の用意した夕ごはんは、ひと口も食べなかった。何度か料理を作ったのだけれど、食べてもらえたことは、一度もない。いつも、用意する間に、どこかへ行ってしまう。冷めたごはんだけが残った。

それから、母親と会うことはなかった。電話をかけても繋がらなくなり、声を聴けることもなくなってしまった。役所に行って、自分の戸籍がどうなっているのか調べ、「夜野光」になったことを確認した。

七年が経ち、北の方の知らない街で、母親が亡くなったことを聞いた。電話の向こうの女性は機械のような声で話し、悪い夢としか思えなかった。けれど、どうしようもない現実だった。しばらくバイトの休みをもらい、僕は遺骨を引き取りにいった。最期の時、母親はひとりだったようだ。苗字は「夜野」のままだったが、男とはとっくに別れていた。海沿いの、物置小屋みたいな木造の一軒家に住んでいた。苦手な夜の仕事をして、飲めない酒を飲んで、どうにか生活していたらしい。雨の降る日、頭が痛いと言って早退して、そのまま連絡が取れなくなった。部屋には、最低限とも思えない荷物しかなかった。窓からは、太陽を反射させて輝く海が見えた。

母親は、光を求めつづけていたのだろう。

片づけをしながら、ずっとそばにいなかったことを悔やんだ。拒絶されても、逃げられても、離れてはいけなかった。

遺影にできる写真は見つけられなくて、僕が中学校の卒業式の日に撮った写真を使うことにした。ずっと笑っていたのは、僕と一緒にいられることが嬉しかったからなのか、息子の義務教育が終わって子育てから解放されることを喜んでいたからなのか、それとも別の理由があったからなのか、確かめることはできない。この写真を撮った時、母親は、まだ三十二歳だった。永遠に届かないと思っていたのに、今の僕と四歳しか変わらないし、木綿子さんよりも年下なのだ。

布団をたたんで隅に寄せ、部屋を出る。

まだ起きるには、少し早い時間だ。

木綿子さんは寝ているからと思い、静かに階段を下りる。

しかし、木綿子さんはすでに起きていて、ダイニングで電気ストーブに当たりながら、コーヒーを飲んでいた。

「おはようございます」

「おはよう」

「早いですね？」

「なんか、眠れなくて」

「朝ごはん、何か作りましょうか？」

いつもは、僕も木綿子さんも朝はあまり食べないし、お店の開店準備もあるから、別々で軽く済ませる。

「ううん、いいや」木綿子さんは、首を横に振る。

まだ半分眠っているような、ぼんやりした顔をしている。

ただ、最近は、寝起きとか関係なく、こういう顔をしていることがよくある。

あのスーツにロングコートの男が来てからだ。

聡子さんが木綿子さんに「お客さんが来た」と話した時、僕はすぐ近くでアクセサリーパーツの検品をしていた。木綿子さんは「ああ、そうなんですね」とだけ返事をして、二階に上がった。相手が誰か、すぐにわかったようだった。どういう相手なのか気になるが、聞けずにいる。

風が強くなってきたみたいで、雨が窓を打つ。


雨が降りつづいていて、土曜日なのに、お客さんが少ない。

外が薄暗いからか、店の中の明るさに違和感を覚える。

ぼうっとしてしまいそうになるが、忙しい時にはできない仕事を進めていく。聡子さんと他のパートさんたちは、店頭と倉庫の在庫を確認して、発注する商品を決める。木綿子さんは、パソコンで経理事務の仕事を進める。僕は、脚立を出してきて、棚の上の掃除をする。

ガラス扉が開き、お客さんが入ってくる。

「いらっしゃいませ」脚立の上から入口の方を見る。

男性ひとりと女性ふたりで、男性が女性のうちのひとりの足元を過剰なくらい、気遣っている。

気遣われていない方の女性は僕に向かって、手を振ってくる。

成瀬と美咲ちゃんと成瀬のお姉ちゃんだった。

「何？　どうしたの？」手を振り返し、脚立から下りる。

「ひかりがちゃんと働いてるか、見にきた」お姉ちゃんが言う。

「先に連絡してくれればよかったのに」

「急に来ることを決めたから」成瀬が言う。

「身体は？　大丈夫？」美咲ちゃんに聞く。

トートバッグには「おなかに赤ちゃんがいます」と書かれたマタニティマークを付けているけれど、お腹はそれほど大きく出ていないみたいで、コートを着ていると妊婦とはわからない。それでも、雰囲気が変わったように感じた。もとからの柔らかさが広がり、成瀬と美咲ちゃん自身を包みこんでいる。

「大丈夫」笑顔で、美咲ちゃんは僕を見る。

「子供のために、何か作りたいんだって」美咲ちゃんのお腹の辺りを見ながら、成瀬が言う。

「何がいい？　服？　カバン？」

「うーん」迷っている顔をして、美咲ちゃんは店の中を見回す。

幼稚園や小学校に通う子供がいるというお母さんやお父さんには、巾着袋におすすめの生地とかお稽古ごと用のバッグを作るセットとか案内できるのだけれど、これから産まれてくる赤ちゃんには何を薦めればいいのだろう。身近に小さな子供がいたことがないから、必要なものが思い浮かばなかった。

「ご案内しようか？」パソコンを閉じて、木綿子さんがレジから出てくる。

「お願いします。前にも来た成瀬と妻の美咲ちゃんと成瀬のお姉ちゃんです」三人を紹介する。

「はじめまして、糸谷です」

「はじめまして。これ、みなさんでどうぞ」お姉ちゃんが雨除けのビニールに包まれた紙袋を木綿子さんに渡す。

「ありがとうございます」木綿子さんが受け取り、そのまま僕がもらう。

紙袋の中には、成瀬家がよく行く洋菓子屋のクッキーセットが入っていた。今日は休憩がゆっくり取れそうだから、二階のダイニングテーブルに置いておけば、パートさんたちも食べるだろう。ポットにコーヒーや紅茶を用意しておこう。

木綿子さんと美咲ちゃんは、どういうものが作りたいのか話しながら、反物や毛糸を見ていく。

「似てるだろ？」小さな声で、成瀬がお姉ちゃんに聞く。

「似てる」

「それ、見にきたのか？」僕がふたりに聞く。

「違うけど……」お姉ちゃんが言う。「でも、気にはなってた。ひかりが由里ちゃんと似た女の人と一緒にいるっていうのは、ちょっとね」

「似てねえよ」

「ひかりから見たら、似てないのかもね。でも、わたしは、由里ちゃんと何回かしか会ったことがないから、顔をはっきり憶えてるわけじゃないの。ひかりのことをかわいがってる姿しか見たことないし。由里ちゃんとずっと一緒にいて、色々な顔を知ってたら、似てるようには見えないのかも」

「オレだって、もう憶えてないけどな」

成瀬とお姉ちゃんの話す「由里ちゃん」というのは、僕の母親のことだ。母親は、成瀬や他の友達のお母さんと比べて、ずっと若かった。「おばさん」という感じではなかったし、本人もそう呼ばれることを嫌がった。しかし、「お姉さん」と呼ぶのも、違うだろう。結果として、「由里ちゃん」と呼ばれていた。

母親は、誰もが見惚れるくらいの美人だった。でも、髪は長かったし、安くて薄っぺらい露出の多い服ばかり着ていた。機嫌のいい時と悪い時の差が激しくて、さっきまで笑っていたのに、急に怒り出すようなことがあった。短い髪で、いつも自分で作った清潔感のある服を着ていて、どんな時も優しくしてくれる木綿子さんとは、少しも似ていない。

初めて会った時、僕が木綿子さんに感じた「キレイ」には、彼女の穏やかさや親切心も含まれている。

「色、どうしよう？」美咲ちゃんが成瀬に聞く。

「何、作るの？」成瀬は、美咲ちゃんの横に立ち、自然な感じで腰を支える。

「毛糸の靴下」

「産まれるの春だよ。必要？」

「穿《は》かなくても、飾っておいたら、かわいくない？　作ってみたいし」

「じゃあ、美咲の好きな色にすれば」

ふたりが話している姿を、僕とお姉ちゃんは、少し離れたところで見る。

成瀬とは、小学生のころから一緒にいて、高校生や大学生や社会人になって、変わっていく姿をずっと見てきた。信頼できる両親がいて、仲のいいお姉ちゃんがいて、人生で一番の宝ものと思える恋人がいる。成瀬と自分では根本的なところが違うのだと何度も考えてきた。産まれてくる子供を、成瀬は命を懸けて守っていくのだろう。家族同様に、成瀬が僕を大事に思ってくれていることは、わかっている。

それなのに、劣等感のようなものを感じてしまう。

僕の中にも、母親とよく似た感情の激しさがある。小学生や中学生のころは、自分を抑えられなくて、教室で暴れてしまったことが何度かあった。いつも必ず、成瀬が止めてくれた。働きはじめてからは、止めてくれる人が近くにいなくなり、人間関係で問題を起こして、店を転々とした。そのうち、表に出してしまうことが怖くなり、穏やかに暮らすことを望むようになった。人と必要以上に関わらず、料理に集中した。今は、どんな感情も、自分の中だけに収めている。

「ここで、ひかりが楽しく暮らせているんだったら、それでいいからね」僕を見て、お姉ちゃんが言う。

「楽しいよ。コタツでごはん食べたりしてる」

「そう」お姉ちゃんは、少しだけ笑う。

「でも、いつまでも、いられるわけじゃないから」

「そうなの？」

「しばらくはいていいって言われてるけど、木綿子さんに恋人ができたりしたら、出ていくことになると思う」

「そっか」

「うん」

「困ったら、いつでも、うちに来ていいからね。お母さんもお父さんも、会いたがってる」

「ありがとう」

毛糸を選ぶ美咲ちゃんと成瀬に、木綿子さんは真剣な顔で編み方を説明している。


夕ごはんの片づけを終えて、湯呑みに自分の分と木綿子さんの分の緑茶を淹れる。

雨はまだやんでいない。

家全体が水分を吸収して、冷え込んでいるように感じる。

成瀬が持ってきてくれたクッキーがあまっていたからお皿に出し、湯呑みと一緒にお盆に載せて、作業部屋に運ぶ。

「雨、やみませんね」コタツの上にお盆を置く。

木綿子さんは刺繍をしていたから、倒してしまわないように少し離れたところに、湯呑みとクッキーを並べる。

「明日は、晴れるみたいだよ」手元から目を離さず、木綿子さんが言う。

「そうなんですね」

クッキーを食べて、お茶を飲み、木綿子さんの作っているものを見る。

黒い生地に赤や紫や黄色の花が咲き、青い鳥が飛んでいる。

全体的に強めの色が使われているけれど、バランスがいいから、奇抜な感じにはならない。青い鳥ばかりが目立つのではなくて、花と調和が取れている。

一週間くらい前から作っていて、もうすぐ完成しそうだ。

「それって、カバンとかにするんですか？」

「巾着袋にしようかな。それか、和装に合うバッグ。お正月に着物を着た時に持ったら、かわいくない？」

「着物、着るんですか？」

「着ない」木綿子さんは顔を上げて、僕を見る。

「じゃあ、誰が持つんですか？」

「うーん」考えこみつつも、手を進めていく。

毎日、夕ごはんを食べた後、木綿子さんは必ず何か作っている。刺繍をしていることが多いが、ミシンでシャツやスカートを縫っている時もある。型紙通りに切って縫い合わせるだけのものならば、一晩もかからずに仕上げていく。他に、ビーズアクセサリーを作ったり、編み物をしたりもしている。

作品は増える一方で、作業部屋には木綿子さんが刺繍したクッションがコタツを囲むようにして、何個も転がっている。棚には、一時期凝っていたというピンク色のうさぎやオレンジ色のくまの編みぐるみが積まれていて、今にも崩れそうだ。三階の納戸には、木綿子さんやおばあちゃんが作って、置き場のないものがしまわれている。

「あっ、お正月、どうする？」手を止めて、木綿子さんは話題を変える。

「店は、どうするんですか？」

「三十一日から三日までは、お休み」糸の始末をして針を抜き、作りかけのもの用のカゴに畳んだ生地を入れる。

「そうなんですね」離れたところに置いておいた湯呑みとクッキーを木綿子さんの前に並べる。

「ここにいてもいいし、どこか出かけるならば、言ってね」

「木綿子さんは、どうするんですか？　実家に帰ったりするんですか？」

「お父さんとお母さんは、温泉に行くみたい。だから、わたしは、ここでゆっくりする予定」

「ここに親戚が来たり？」

「来ないんじゃないかな。修ちゃんも、奥さんの実家に行くみたいだし」

「じゃあ、僕も、ここにいます」

　中学校を卒業した後も、祖父母は僕を気にかけてくれていた。しかし、連絡を取る回数は、徐々に減っていった。ふたりの親切心を感じても、うまく応えることができなかった。血の繋がりがあるというだけでは、愛情を持ちつづけられない。成人して、保護者のサインが必要ではなくなると、連絡する用事もなくなった。そのうちに、僕から連絡をすることはなくなり、祖父母からも何も言ってこなくなった。

　母親が亡くなった時、久しぶりに電話をかけた。祖父が入院していて、母親の葬式には来られないということだった。お墓のことも、全て任せると言われた。そう話す祖母の声は、安心しているように聞こえた。家を出た娘を気にかけること、その娘の息子の世話をすることに、疲れていたのかもしれない。どれだけ月日が経っても、祖父母が母親にお線香を上げたいとかお墓参りをしたいとか言ってくることはなかった。今は、ふたりが生きているのかどうかも、知らない。

お正月だからって、帰るような場所は、どこにもない。

けれど、木綿子さんの両親や親戚が来るならば、邪魔になるから、どこかへ行った方がいいかもしれないと考えていた。三日間くらいだったら、健康ランドとかに泊まってもいい。でも、木綿子さんがいて、誰も来ないのだったら、ここにいさせてもらおう。

「お節《せち》、作れる？」木綿子さんは、クッキーを食べる。

「作ったことないけど、作れると思いますよ」

洋食屋では、年末に洋風お節セットを販売していた。ローストビーフや伊勢エビのグラタンの入ったものだから、木綿子さんの考えるお節とは、違うだろう。

「じゃあ、大晦日はてんぷら揚げて、お蕎麦《そば》食べるでしょ。それで、一日はお節食べながら、ゆっくりしよう。あと、何か、いつもと違うもの食べたりもしたいね」

「いつもと違うものって、なんですか？」

「何がいいかな？　何、作りたい？」

「うーん、木綿子さんの食べたいものを言ってください」

「どうしようかな？　スーパーは、二日から営業するんだって。だから、お正月になってから考えて、急にお願いしてもいい？」

「いいですよ」

「楽しみだね」笑顔を輝かせ、木綿子さんは僕を見る。

「僕は、お正月も、ずっと仕事っていう感じがします」

「ああ、そっか。たまには、家事休みたいよね」

「そんなこともないですけど……」

「じゃあ、一緒に作れるようなものにする？」

「だったら、餃子とかですかね？」

「いいね。前に作って失敗したから、教えてほしい」

「簡単ですよ」

「二日は、餃子で決まりね」

「具材、ちょっと変わったものとか、考えておきます」

「うん！」楽しそうに、うなずく。

料理は、生活の手段でしかなかった。自分の食べるものが必要だったし、お金を稼ぐためにできることが必要だった。十代で高校にも行っていないから、雇ってもらえる仕事は限られていた。好きとか嫌いとか考える余裕なんてなくて、それしかできないから選んだだけだ。楽しみにすることではなかった。それなのに、木綿子さんと話していると、この人に次は何を作ろうという気持ちが湧いてきて、喜ぶものを作ってあげたいと思うようになった。

「餃子、皮から作れる？」木綿子さんはティッシュで指先を軽く拭き、針と糸をまた手に取る。

「できますけど、大変ですよ」

「せっかくだから、やってみたい！　ひかり君がいたら、失敗しないだろうし」

「プレッシャーかけないでください」

「失敗したら、それはそれでいいよ。焼いたり茹でたりしたら、一緒でしょ」

「……はい」

「代わりにっていうわけじゃないけど、お正月はひかり君も手芸してみれば？」

「うーん」

いとや手芸用品店で働きはじめて、三ヵ月近く経つ。やっと反物がまっすぐに切れるようになったという程度で、まだまだわからないことばかりだ。仕事をおぼえるためにも、何か作った方がいいのだろうと思いつつ、手を出せずにいる。

「ボタン付けくらいは、できる？」

「……できません」

「そうだよね。いつも、スウェットばかりで、ほつれてるし」

「……はい、すみません」

取れた場合に付けられないから、ボタンのある服は避けてきた。仕事の制服のボタンが取れた時には、店で一緒に働く人にお願いして、付けてもらった。スウェットの袖口が擦り切れてしまい、糸が出ている。手芸屋として良くないとは、感じていた。

「ほつれてるところは、縫い合わせておくね」

「直せるんですか？」

「できるよ」

「へえ」飛び出た糸を引っ張る。

「お客さんにも聞かれるかもしれないから、教えるね。せっかくだから、他にも、できることを増やしていこう」

「はい」

「余計なお世話だったら、言っていいから」

「そんな風に思いません。大丈夫です」

他の誰かに言われたら、面倒くさく感じてしまいそうなことでも、木綿子さんから言われるのは気にならなかった。

木綿子さんは、生地を広げ、刺繡のつづきを進めていく。僕は、お茶を飲んでクッキーを食べながら、その手元を見る。テレビがついているのだけれど、音楽の代わりという感じで、ふたりとも見ていなかった。

「作ったもの、売ったりしないんですか？」

お店のお客さんには、そういう人も多いようだ。ネットで、自分の作ったアクセサリーやバッグを売っている。手作りのものを売るサイトやアプリはいくつかあり、結構な額を稼いでいる人もいるらしい。

「前はね、そういうこともしていたの」手を止めず、木綿子さんは話す。

「はい」

「でも、ちょっとトラブルが起きて、やめちゃった」

「そうだったんですね」

「この前、わたしがいない時に、男の人が来たでしょ？」

「……はい」

「作ったものを売っていた時に、知り合った人」

「……はい」

「仕事上の関わりしかなかった人で、今はもう関係ないから、気にしないで」

「わかりました」

「二度と来ないでほしいって、頼んだから」

話しながら、木綿子さんは針を進めていく。

いつもよりも、動きが速くなり、雑に見えた。


午前中に届いたものの検品と品出しを終えて、二階に上がる。

エプロンを外して台所に置いておき、三階の部屋からダウンジャケットを持ってくる。ポケットにスマホを入れて、一階に下りる。

「ひかり君」レジに入っていた木綿子さんが僕の方に来る。「もう行くの？」

「はい。すぐに帰ってきます」

「わたしも、行っていい？」

「えっ？」

これから前に住んでいたアパートを見にいく。

十一月の終わりに全住人が出ていった。じいちゃんたちは、ボランティアの人の協力もあり、全員が無事に引っ越し先を見つけることができた。解体工事が進んでいて、年内には更地になる。年明け、しばらく経ったら、マンションが建つらしい。

「ひかり君が住んでいたところ、見ておきたいから」

「いいですけど、もう何もないのに近いですよ」

「それでも、見たい」

「はい」

「それで、帰りに甘いものでも、ちょっと食べよう」

「店は、大丈夫ですか？」

「聡子さんたちにも、出かけるって言ってある」

クリスマスが終わると、商店街は一気に正月ムードになった。いつもと違うものを売り、慌ただしくしている店も多い。書き入れ時という感じで、活気がある。その中で、いとや手芸用品店は、なんだかのんびりしている。店全体の大掃除をして、お正月の飾りも用意して、修一さんのおかげで経理事務もほぼ終わり、あとは休みを待つだけだ。

「すぐに準備するから、待っていてね」木綿子さんは、階段を駆け上がって、二階に行く。

「急がないでいいですよ」後ろ姿に向かって言う。

待つ間、落ち着かなくて、レジや裁断台の周りの掃き掃除をする。掃いても掃いてもキリがないくらい、糸くずや綿ぼこりが出てくる。

木綿子さんと出かけることは、たまにある。

と言っても、駅の向こうのスーパーに行く程度だ。

ほぼ毎日、一緒に昼ごはんと夕ごはんを食べているけれど、外で食事をしたことは一度もない。

「お待たせ」コートを着て、小さなバッグを肩にかけ、木綿子さんは階段を下りてくる。

「じゃあ、行きましょう」ほうきとちり取りをレジ裏に置く。

「何かあったら、連絡ください」木綿子さんは、聡子さんにお願いする。

「ゆっくりしてきて」

「はい」

パートさんたちに手を振り、木綿子さんと僕は店の正面のガラス扉から外に出る。

空気が乾燥していて、冷たい風が吹く。

歩くつもりだったが、木綿子さんと一緒だから電車で行くことにする。

商店街には、正月用のお飾りの店も出たりしていて、いつもと人の流れが違うように見えた。

自転車や車も通るので、周りに気を付けながら、駅へ向かう。

「本当に、何もないですよ」僕が言う。

「いいから、いいから」

「仕事サボって、甘いものが食べたいんですか?」

「それも、ちょっとある」僕を見て、木綿子さんは笑う。

身長が同じくらいだからか、並んで歩くと、母親と一緒にいるような感覚になった。でも、母親の身長に追いついてから、ふたりで歩いたことは、中学校の卒業式の日だけだ。いつも、高いところにある顔を見上げ、追いかけていた。懐かしいと感じる気持ちは、幻でしかない。

「何、食べたいんですか?」

「うーん、ひかり君は何がいい？」

「なんでもいいですよ」

「それは、なし」

「じゃあ、クレープがいいです」

「クレープ屋さんなんて、この辺りにはないよ。隣の駅にある？」

「ないですね」

「お洒落《しゃれ》なガレットみたいなのだったら、カフェにあるけど」

「ああ、それは、ちょっと違います。普通の生クリームとチョコとバナナがいいです」

「わたしは、いちごの方が好きだな」

「いちごも、いいですね」

「お正月、クレープ作る？」

「餃子は、どうするんですか？」

「どっちも！」嬉しそうに言う。

「二日の朝の気持ち次第にしましょう」

「なんで？」不満そうにする。

「クレープは、お正月休み明けの昼ごはんとかでも、いいかもしれませんね。パートさんたちの分も作れば、中の具材を何種類も用意できます。二日は、ふたりだから、クレープも餃子も作ると、どちらも中途半端になる気がします。作っても、軽めのおやつ程度かな」

「そっか。みんながいた方が良さそうだね」

「はい」

「クリスマスのチキンも、みんな喜んでくれたし、たまにはいいかな。でも、仕事じゃないのだから、無理しないでね」

「大丈夫です。ありがとうございます」

クリスマスイブと当日は、二階のオーブンでチキンを焼き、パートさんたちにもお昼に食べてもらった。火加減がわからず、イブは少し焦がしてしまった。それでも、みんなが「おいしかった」と言って、喜んでくれた。料理の仕事をしていた時は、ずっと厨房にいたから、お客さんと接することはなかった。喜んでもらえることに、嬉しさと同時に恥ずかしさを覚えた。

「ひかり！」

駅前まで来たところで声をかけられ、振り返る。

颯太がいて、小さな手を大きく振っている。

身体に合わない大人用のリュックを背負っていた。隣には、大学生くらいの女の子が立っている。

「どうした？」

「これから、おばあちゃんの家に行く」僕と木綿子さんに、駆け寄ってくる。

「ひとりで行くのか？」

「おばちゃんも一緒」

「はじめまして」

颯太を追いかけてきた、大学生くらいの女の子にあいさつをする。近くで見ても、若い。十代ではないとしても、僕より年下だろう。何も聞かず、颯太のお母さんを僕よりずっと年上と考えていたが、そんなことはないのかもしれない。母親が僕の年齢の時、僕は小学校五年生だった。それなのに、親という存在は、常に自分よりも年上という気がしてしまう。

「はじめまして。颯太から話は聞いています」颯太の叔母さんは、僕と木綿子さんに頭を下げる。

「面倒を見ていただいているようで、申し訳ないです」

「うちは、大丈夫ですよ」木綿子さんが言う。

「姉もわたしも、仕事とか色々あって」頭を上げても、顔は下を向いたままで目を合わせず、何かを隠すように早口になる。

「気にしないでください」

子供をひとりにしておいて、その態度はないだろう。僕の母親は、成瀬のお母さんに対して、笑いながら「新しい彼氏ができたんです」とか「また、再婚できそうなんです」とか、はっきり言っていた。悪いと思っていない態度に、今は疑問を感じる。嘘をつくことも適当に誤魔化すことも多かった。けれど、常に堂々としていた。

「電車、来ちゃうよ」颯太が言う。

「あっ、じゃあ、失礼します」彼女は、また頭を下げる。

叔母であって、母親ではない。

彼女を責めるようなことではないし、家族だけでは抱えきれない問題もあるのだろう。

「じゃあね！」僕を見上げ、颯太は手を振る。

「クリスマスプレゼント、お母さんは喜んでくれたのか？」

それだけは、確認しておきたかった。

颯太は、練習を繰り返し、何度も失敗して、プレゼントのアルバムを仕上げた。本当は、その努力を、母親に見てもらうべきだった。

「うん！」大きくうなずく。

「そっか、良かったな」

「また、遊びにいくね」

「またな」

「バイバイ！」

先に歩いていく叔母さんを追って、颯太は改札に入っていく。

「わたしたちも、電車に乗るんだけどね」木綿子さんが言う。

「一本、後にしましょう」

「そうだね」

「母親は、行かないのでしょうか」

「それぞれ、事情はあるから」

「はい」

「やっぱり、帰りにクレープ食べよう！」明るい声で、木綿子さんが言う。

「お店、ないですよ」

「電車に乗って、遠くまで行ってもいいから」

「そんなに遠くまで行かなくても、三駅先の駅ビルに入ってます」

「じゃあ、そこに行こう！」

そのクレープ屋は、前は駅ビルの屋上にあった。

十年くらい前に屋上全体がフットサル場になり、クレープ屋は一階の入口横に移転した。

今日と同じような冬の寒い日、屋上の隅のベンチに座って、母親とふたりでクレープを食べた。

バニラアイス入りのチョコバナナクレープを食べて「アイス、冷たいね」と言い合いながら、僕も母親も笑っていた。

わかっていたことなのに、実際にアパートがなくなったところを見たら、想像した以上のショックを受けた。

工事は休みだったのか、今日の分はもう終わったのか、誰もいないし、解体に使う道具やショベルカーも置いてなかった。

えぐられたような状態の一階の部屋が残っていて、端の方に瓦礫《がれき》が積んである。

僕と母親の住んでいた二階の部屋は、もう欠片《かけら》も残っていない。

見上げても、空が広がっているだけだ。

陽が暮れて、夕焼けに染まった空は、紫色に変わっていく。

見落としてしまいそうな細い月が出て、星が光る。

川の向こうから強い風が吹き抜けていく。

木綿子さんが一緒に来てくれて、良かった。

ひとりだったら、帰る場所を見失っていたかもしれない。

黒の花柄のレース、紫のサテン、緑を基調としたチェックのツイード、リバティプリントのピンクのスリーピングローズ、テニスをするスヌーピー。

裁断台に、いくつもの素材と柄の生地が積み上げられる。

ひかり君は、注文された長さに合わせ、次から次に生地を裁断していく。

レースやサテンのような薄手の生地は、力加減が難しい。力を入れすぎると、生地が寄っていき、裁断面がギザギザになってしまう。逆にツイードのような厚手の生地は、力を込めて思い切りよく裁断する必要がある。

働きはじめたころ、ひかり君は生地を裁断するたびに「失敗した……」と言い、落ち込んでいた。今でも、たまに失敗してしまうことはあるのだけれど、どの生地をどういう風に扱えばいいかわかってきたみたいで、焦らずにできるようになってきた。まっすぐに裁断できると嬉しいのか、たまにひとりで笑っている。

「スカート、新作ですね？」裁断を待つ司《つかさ》さんに声をかける。

去年の終わりごろに来た時に買った、黒と赤の格子柄《こうしがら》の生地で作った膝上丈のフレアスカートだ。襟《えり》がフリルになった白いブラウスを合わせ、まっすぐで長い足には黒地に赤いバラの模様が入ったタイツを穿き、十センチヒールの黒いエナメルのパンプスを履いている。

司さんは、身長が百八十センチあるので、ハイヒールを履くと、見上げるほどに大きくなる。

金髪のストレートロングのウィッグをかぶり、今日のテーマは『鏡の国のアリス』といったところだろう。

「お正月に作ったの」

「スカートの広がりもキレイにできてるし、いい感じですね」

「前に木綿ちゃんに教えてもらったから」

「今度は、何を作るんですか？」

「サテンにレースを重ねたスカート、冬の間に着るチェックの襟付きワンピース、スリーピングローズは前に買った帆布《はんぷ》生地のあまりでランチバッグを作る裏地にして、スヌーピーは下の子のレッスンバッグ。ワンピースは子供たちにも、お揃いで作ろうと思ってるから、生地が足りなくなった場合は買い足しにくるかも」

「紫のサテンに黒のレースは、素敵になりそうですね」

「できたら、着てくるから」

「ぜひ」

生地の裁断が終わり、司さんはレジに進む。

レモンやサクランボが描かれた果物柄のトートバッグに、生地を入れる。もちろん、トートバッグも手作りだ。

「ありがとうございました」

後ろ姿を見送ると、司さんはガラス扉を出たところで振り返り、笑顔で手を振る。

わたしとひかり君と聡子さんは、並んで手を振り返す。

「寒くないんでしょうか？」ひかり君が言う。

「えっ？」

「コート着てなかったから」

お正月の間は晴れの日がつづいて、春が来たかのように暖かかった。しかし、この数日は、とても寒い。明日の夜から、雪が降るという予報だ。

「お洒落は、がまんだから」

「身体を冷やすのは良くないし、風邪《かぜ》ひいちゃいますよ」話しながら、ひかり君は裁断台を片づけていく。

「気になるの、そこなんだね？」聡子さんが聞く。「前にも、司さんと会ってるんだっけ？」

「いや、多分、はじめてです」思い出そうとしているのか、ひかり君は斜め上辺りを見る。

ひかり君がうちに来てからも、司さんは何度か来ている。いつもは平日の仕事帰りにフラッと寄って、必要なものだけを買い足していく。時間帯を考えると、ひかり君は二階で夕ごはんの準備をしているころだ。会っていたとしても、服装が全然違うから、同一人物だとわかっていないのかもしれない。

平日の司さんは、髪も短いし、チャコールグレーやネイビーの細身のスーツを着ている。スーツのサイズ感だけではなくて、ネクタイの柄や靴下の素材まで細かいところにこだわった着こなしで、海外のファッション誌のモデルみたいだ。白髪の交じった髪は、清潔感を損なわないように、マメにカットしているらしい。

スカートを穿いたり、ワンピースを着たり、ウィッグをかぶったりするのは、週末だけの趣味だ。

「男の人だって、わかってる？」

「ああ、はい」

聡子さんに聞かれて、ひかり君は少しも表情を変えないでうなずく。

「あれ？　男の人なんですか？」ひかり君は、わたしに聞いてくる。

「そうだよ」

「身体や声は男性でも、女性なのかと思ってました」

「司さんは、身体も心も男性。女性っぽい服装の時は、言葉遣いも少し変わるけど、男性。雑貨を輸入する会社の社長さんで、自分自身でヨーロッパに買い付けに行ったりもするから、色々な服装に興味があるみたい。でも、身長が高くて、既製品だとスカートやワンピースは海外でもなかなかないから、作るようになったんだって」

「そうなんですね」

「小学生と中学生の娘さんもいる愛妻家」

「お嬢さんたち、かわいいレッスンバッグやワンピースをパパに作ってもらえて、いいですね」

「そうだね」

「返反《へんたん》してきます」ひかり君は、裁断台に積んだままになっていた反物をキャスター付きの縦長のカゴに入れて、棚に戻しにいく。

おじいちゃんやおばあちゃんが働いていたころから、司さんは店に来ていた。わたしも最初に会った時には驚いたし、パートさんの中にはこっそり笑う人もいた。残念なことだけれど、それが普通の反応なのだろう。最後の最後まで、おじいちゃんは理解しきれないみたいだった。

何年も前から「多様性」ということが言われるようになり、様々な人がいるのだと頭ではわかっている。それでも、どのように接すればいいのかは迷う。わたしだって、「多数派」ではない。「少数派」である自分を、世間の目にさらすのは、とても勇気のいることだ。その勇気の奥に隠れた繊細な部分に誤った触れ方をすれば、相手を傷つけてしまう。

何も気にせず、ひかり君は司さんの姿をそのまま受け入れた。

それは、彼なりのポリシーなのだろうか。それとも、彼の生きてきた環境がそういう考えを作り上げたのだろうか。もしくは、それ以上の差別を彼が受けてきたからなのだろうか。

わたしのことを話しても、ひかり君だったら、驚かずに受け入れてくれるかもしれない。

そういう期待は、迷惑でしかないだろう。


外に出ると、雪のにおいがした。

予報よりも早めに、雪が降るのかもしれない。

コートのボタンを留め、商店街を抜けていく。

年末年始の活気はなくなり、街はいつも通りの姿に戻っている。イベントは、嫌いではない。店にいつもと違う商品を置いたり、みんなで飾り付けをしたりするのは、楽しい。今年は、ひかり君がクリスマスにチキンを焼いてくれて、お正月にお節料理を作ってくれた。二日の夜には、ふたりで餃子を作った。前にひとりで作った時にはうまく包めなかったが、ひかり君に教えてもらったら、キレイにできた。ただ、その高揚感や特別感がずっとつづくと、少し疲れてしまう。普段通りの生活が一番いいという気がする。

高架下を通り、駅の反対側に出る。

スーパーの前の道を進み、ドラッグストアの先の角を曲がり、チェーンのコーヒーショップに入る。

英語の目立つメニューも、ゆったりしたソファー席とローテーブルの並ぶお洒落な店内も、潑《はつ》剌《らつ》とした店員さんも、なんとなく落ち着かない。

二十代のころは、会社勤めをしていて、昼休みや帰りに同僚とこういうお店に入ることはあった。季節限定の果物を使ったデザートみたいなドリンクを飲みながら、お喋りをした。フリーランスだった時も、打ち合わせでたまに来ていた。店の仕事だけするようになってからは、全く来なくなった。

自動ドアを入ったところに立ち、店内を見回すと、奥のソファー席に座っていた男性がわたしに気が付き、立ち上がる。

小さく頭を下げ合う。

レジカウンターの前を通り、席の間を抜けて、奥まで行く。

「お久しぶりです」彼が言う。

「お久しぶりです」わたしも言う。

うながされて、わたしは壁側の席に座る。

早めに来たのか、彼の前には、飲みかけと思われるカップが置いてあった。

「……飲み物、買ってきます」テーブルに置いてあった財布とスマホに手を伸ばす。

「自分で買ってくるので、大丈夫です」話しながら、わたしはコートを脱ぐ。

「そのワンピース、自分で編んだんですか？」

「ああ、はい」

今日は、ベージュのタートルネックのニットワンピースを着ている。タイトにすると体形がはっきり出てしまうため、少し大きめに編み、丈も長めにした。去年の冬に編んだものだ。

「素敵ですね」そう言いながら、彼は笑顔になる。

「ありがとうございます」

「コーヒーでいいですか？　ラテとかにしますか？」

「あっ、じゃあ、ラテでお願いします」

「ちょっと待っていてください」

レジに向かう彼の後ろ姿を見ながら、畳んだコートをテーブルの横にあったカゴに入れる。

彼、日向《ひなた》君は、出版社に勤める編集者だ。フリーランスのころに一緒に仕事をしていた。

ＳＮＳに、刺繍したクッションカバーや編みぐるみの写真を載せ、手作りのものを個人で売れるサイトでアクセサリーやバッグを売っていた時に、声をかけてくれた。最初は、ＳＮＳで活躍する作家を特集した雑誌の取材だった。一ページに刺繍をしたバッグとわたしの写真が載った。

そのころはまだ会社勤めをしていて、サイトで作品を売るのは、仕事に影響しない範囲と考えていた。ＳＮＳのフォロワーも少なかったし、月に数個売れればいいという程度だ。「活躍なんてしていない」と一度は断ったのだが、日向君が熱心に「僕が糸谷さんの作品が好きなんです」と言ってくれたから、取材を受けた。

できあがった記事を見ても、最初は「記念になるかな」ぐらいにしか考えていなかった。おばあちゃんが商店街の本屋さんで雑誌を買い、店のレジのところに飾っていた。喜んでくれている姿に、良かったと感じ、それで終わる話だと思っていた。しかし、雑誌が発売された直後から、急激に購入希望者が増えた。一時的なことだろうと考えていたが、ＳＮＳのフォロワーも増え、口コミも広がっていく。ひとりでは注文に対応しきれなくなった。

会社の先輩や同僚に相談したら、「せっかくのチャンスだし、挑戦してみれば」と言われ、フリーランスになることを決めた。実家にいた時は母に手伝ってもらっていた。手狭になってしまい、いとや手芸用品店の三階の空き部屋をアトリエにすることにした。両親が北海道に行ってからは、そのままわたしの部屋になった。足りない材料は、すぐに店に取りにいける。おばあちゃんやパートさんに制作や発送を手伝ってもらい、お金のことや事務的なことは修ちゃんにお願いした。日向君が企画を通してくれて、本も出すことになった。ワンピースの型紙が付いているような本の他に、なぜかわたしのライフスタイルを載せたような本まで出した。

忙しくて倒れそうになった時も、ＳＮＳで中傷されて心が折れそうになった時も、うまく作れなくて手が止まってしまいそうになった時も、日向君が励ましてくれた。

「お待たせしました」日向君がカップをふたつ持って、戻ってくる。

自分の分も、買い直したようだ。

「お金、後で払います」

「大丈夫ですよ。経費ですから」

「でも、仕事は、もうしないので」

「そうだとしても、大丈夫です」

「……はい」

どれだけ言ったところで、日向君はお金を受け取ってくれないだろう。それならば、早めに切り上げた方がいい。

「元気そうで、良かったです」

「ありがとうございます」

「今も、何か作っているんですか？」

「習慣みたいなものなんで」

「新作、いくつか見せてもらえませんか？」

「すみません。無理です」目を見てしまわないように、カップに視線を落とす。

名前の通り、日向君の周りは、陽の光が溢れている。

常にまっすぐで、世の中の暗い部分なんて一度も見たことのないような顔をして、よく笑う。

仕事をしていた時は、彼の明るさに何度も救われた。

しかし、最後には、その健《すこ》やかさを苦しく感じるようになった。

「仕事のことは、すぐに考えなくていいです」

「はい」

「何年経っても、復帰しようと思えないならば、諦めます」

「はい」

「けど、少しでも、迷う気持ちがあったら、考えてほしいんです」日向君は、リュックから透明のファイルを出し、わたしが見やすい向きにして、テーブルに広げる。「実は、いくつか企画も考えてきたんです。ワンポイント刺繍に特化したものとか、前に出したバッグの本の第二弾とか、ライフスタイルブックもまた出せたらいいと思って」

「復帰することは、ないので」ファイルを押し戻す。

日向君は、残念そうな顔をして、ファイルを閉じる。

リュックにはしまわず、膝の上に置く。

テーブルを挟んで、席は充分に離れているし、日向君は身体が大きい方ではない。成人男性の平均ぐらいだろう。それなのに、圧迫感を覚える。

「糸谷さんの作品には、ファンがたくさんいます」

「……ごめんなさい」頭を下げる。

わたしにも、好きな作家は、たくさんいる。

かわいらしい柄の生地、絶妙な色合いの毛糸、貝やガラス細工のボタン、全てを人が作っている。自分には思いつくこともできないようなビーズの組み合わせのイヤリング、家で洗濯することなんて一瞬も考えていない素材とデザインのスカート、おとぎ話を集約させたようなキルト。手に入れることはできなくても、見られるだけで、幸せだ。

それらがなくなってしまったら、生きていく楽しみがなくなるとさえ、思うこともある。

自分の作ったものが、そんなに大層なものだとは考えていない。けれど、購入者の中には、商品が届いた時にどれだけ嬉しかったのか、SNSに書いてくれる人もいた。わたしがSNSを閉じ、サイトの販売ページも削除した後には、「残念」と嘆いて心配してくれた人もいる。

「お店、男性も雇うようになったんですね？」カフェラテを少し飲んでから、日向君が聞いてくる。

「もともと、女性限定というわけではないので」

「そうなんですね」

「はい」

「彼は、服飾の専門学校に通っているとか、そういう人ですか？」

「いえ。見た目は幼いけど、二十代後半なので、日向さんとそれほど変わりません」

「僕は、今年で三十二歳になりましたよ」

「そうですか」

初めて会った時、日向君は二十代半ばで、わたしも二十代後半だった。その時のままのような気がしてしまうが、年月が経っている。

「じゃあ、彼もフルタイムで、ずっと店にいるんですか？」

「あの、他のパートさんと違って、住み込みで働いてもらっています。家のこともお願いしているので」

「住み込みの人なんて、前はいませんでしたよね？」

「最近はいませんでしたけど、昔はいたんです」

「じゃあ、彼だけではないっていうことでしょうか？」

「今は、彼だけです。多分、今後も」

「おばあ様と三人で暮らしているんですか？」

「祖母は一昨年の夏に亡くなって、今は彼とふたりです」

「……そうなんですね」声が小さくなっていく。

「はい」

会話の流れとしては、おかしくないはずなのに、噛み合っていない感じがする。

「電話でもお願いしたんですけど」息を吐き、日向君を見る。「もう連絡してこないでほしいんです。仕事をする気はありません。他の誰が来たとしても、全て断ります。店には、絶対に来ないでください。今日は、それを言うために、お会いしたんです」

「僕は、もう二度と、糸谷さんに自分の気持ちを向けたりしません」日向君は、まっすぐにわたしを見る。「仕事として、付き合います。それでも、駄目でしょうか？」

「駄目です」

はっきりと言い、わたしはコートを持って立ち上がり、そのまま店から出る。


「木綿子さん」

コートを手に持ったまま、急いで帰ろうとしていたら、後ろから声をかけられた。

振り返ったら、ひかり君がいた。

スーパーに行っていたみたいで、エコバッグを両手に提げている。

「買い物ですか？」

「ううん」首を横に振る。「……ちょっと」

「ちょっと？」

「……友達とお茶飲んでいて」

相手は友達ではないし、カフェラテはひと口も飲まなかった。

ひかり君との関係は、雇用主と従業員でしかない。全てを正直に話さなくてもいい。

それでも、嘘をついたことに罪悪感を覚えた。

「ひかり君は、スーパーに行ってたの？」聞きながら、コートを羽織る。

「クレープの材料、買ってきました」

「……クレープ？」

「年末に話したじゃないですか」ちょっとだけ寂しそうな顔をする。

「ああ、うん、憶えてるよ」

「良かったです」嬉しそうに、パッと表情を輝かせる。「天気予報見たら、雪だったんで、明日や明後日はお客さん少ないと思って。そしたら、お昼の休憩をゆっくり取れるから」

「明日は、混むかも」

「えっ？　そうなんですか？」

「雪降ったら、部屋にこもることになるから、その間に何かを作ろうっていう人は、結構いる」

「そうなんですね」今度は、眉間に皺《しわ》を寄せ、考え込んでいるような顔をする。

こんなにも素直に感情が顔に出るようになったのは、最近のことだ。

うちに来たころは、生地がまっすぐに裁断できなくて悩んでいたり、商品のことがわからなくて困っていたりすることはあったけれど、感情を出さないように抑えているみたいに見えた。楽しそうにお喋りしていても、お客さんやパートさんに合わせているのだろうと感じた。ひとりになることに不安があったのか、わたしのことをよく探していた。そのくせ、わたしには、誰に対するよりも、気を遣っていたのだと思う。

聡子さんや他のパートさんたちと打ち解け、真依ちゃんや颯太君と仲良くなり、友達の成瀬君もたまに遊びにくる。

生活に慣れて、肩の力が抜けてきたのだろう。

大人の男性だとわかっているけれど、どうしても「子犬」と感じてしまう。

拾ってきた時は、警戒心丸出しで険しい顔をしていたのに、慣れるうちに表情が柔らかくなる。そういう犬や猫の画像をＳＮＳで見たことがある。

「でも、忙しい時だからこそ、お昼やおやつを用意してもらえるのは、助かるよ。どうしても、食事がおろそかになってしまうから」

「そうですか？」ひかり君は、嬉しそうな顔に戻る。

「何、買ってきたの？」エコバッグの中をのぞく。

「生クリームとチョコレート、いちごとバナナ。あと、しょっぱい系もあるといいかと思って、ツナやチーズやレタスも買いました」

「アイスクリームは？」

「冷凍庫にあります」

「良かった」

「ただ、ちょっと予算オーバーという感じはします」言いにくそうにしながら言う。

「いいよ。気にしないで」

「果物は、八百屋さんの方が安いんですけど、スーパーでまとめて買った方が楽だなって思って」

「うん、うん。大丈夫だから」

「なんか、もうちょっとうまくできたかなって」

「楽な方を選んで」

「はい」

ひかり君は、しっかり節約を考えてくれている。

わたしがひとりで暮らしていた時は、毎日のようにお惣菜やお弁当を買っていたから、どうしても割高になっていた。ふたり分だから、食費は上がったけれど、無駄は減った。

「月に一回は、贅沢《ぜいたく》する日にしよう」

「贅沢する日?」首をかしげ、ひかり君はわたしを見る。

「先月のチキン、今月のクレープみたいに、楽しくておいしいものをみんなで食べる日。パートさんへの福利厚生だよ」

「なるほど」

「そう考えれば、予算オーバーも気にならないでしょ」

「いや、それでも、気になりますよ」

「普段の食費とは別に、経費から出す！」

「修一さんに怒られませんか？」

「ああ、怒られるかも」

話しながら、わたしもひかり君も笑う。

日向君と会って、落ち込んでいた気持ちが回復していく。

けれど、このままでは、前と同じことが起きてしまうかもしれない。自意識過剰とも感じるけれど、しっかりと線は引いておいた方がいい。

「ごめん」

「どうしました？」

「わたし、ひかり君に甘えすぎだよね？」

「ん？」立ち止まり、言っていることの意味がわからないという顔で、ひかり君はわたしを見る。

「ごはん、あれが食べたいとかこれが食べたいとか。掃除や洗濯まで、任せてるし。お店の仕事までしてもらって」

「住み込みの従業員ですから」

「でも、わたしのリクエストに応えるのは、仕事じゃないでしょ」

「うーん」エコバッグを持ち直し、歩き出す。「仕事かどうかは微妙なところなんですけど、食べたいものを言ってもらった方が助かります。食事の用意をする上で、一番大変なのって、献立を考えることなんです。昨日はパスタだったからとか、季節のものとか、冷蔵庫に何があまってるからとか、判断材料はいくつかあっても、迷う日もあります。そういう時は、木綿子さんが食べたいと言っていたものを思い出すんです」

「ふうん」

「だから、リクエストしてください」

「わかった」

「食費とか生活用品費とか、ちゃんともらっているし、給料も充分にもらえているから、気を遣わないで大丈夫ですよ」

「給料、充分かなあ」

店を閉めた後、夕ごはんの用意や片づけをしてもらっている時間は、給料を払っていない。本来は残業になるのだけれど、どこまでが仕事で、どこからがプライベートなのか、わかりにくい。給料が出ると落ち着かない、ひかり君からもそう言われたため、無給になってしまっている。ちゃんとした休みは、月に一日もない。

「充分です。家賃や光熱費もかからないから、貯まる一方ですし」

「不満があれば、言ってね」

「今のところ、特にありません」笑顔で、言い切る。

「本当に?」

「店の仕事も、今まで知らなかったことを知れるから、楽しいし」

「そう?」

「あと、生地の裁断がうまくできると嬉しいです。何枚もつづけて裁断してると、気持ちが安定する感じがします」

「それは、良かった」

ずっと働いていたお店が閉店になったこと、子供のころから住んでいたアパートが取り壊されたこと、大きな出来事がつづき、ひかり君の心は自分で感じている以上に、疲れているのではないかと思う。店で働くことで、その気持ちが少しでも楽になるといい。

年末に、取り壊されるアパートを一緒に見にいった。ひとりで行かせたら、帰ってこない気がしたのだ。帰りに寄ったクレープ屋で、ひかり君はチョコバナナクレープを食べながら、お母さんのことを話した。

「生活のことは？　どう？」

「うーん」

「あるでしょ？」ひかり君の顔をのぞき込む。

「洗濯機で洗えない服を洗濯機に放り込むのは、やめてください」

「……ごめんなさい」

疲れていたり考えごとをしていたりすると、脱いだものをそのまま洗濯機に入れてしまう。気に入っているニットを何枚か、ひかり君に救ってもらった。

自分で洗濯していたら、確認せずに洗濯機をまわし、縮めていただろう。

「それくらいです」

「絶対、他にもあるよ」

「他のことは、どうにかなるんですよ。でも、うっかりニットを縮めてしまっていたらって思うと、ちょっと震えます。木綿子さんの大事なものだから」

「大事なものを雑に扱って、申し訳ない」

「あと、アクセサリーをダイニングテーブルの上に放置しておくこともありますね」

「気を付けます」

「あとは」

「もういいや。だいたいわかる」

だらしないところは、できるだけ隠そうと思っていた。けれど、全てばれている。ふたりで暮らして、一緒に働いているのだから、隠しきることはできない。

「木綿子さんも、僕に不満があったら、言ってくださいね」

「あるけど、言わない」

「なんですか?」焦っている表情になる。

「嘘。何もない」

「本当ですか?」

「前は気を遣いすぎって感じだったけど、最近はそういうこともなくなったし」

「……ごめんなさい」

「なんで、謝るの?」

「ちょっと気が緩んでたかなって思って」

「いいよ。楽に暮らして」

「ありがとうございます」

店の前に着き、ひかり君はエコバッグを肘にかけて、ガラス扉を開けてくれる。

「やっぱり、気を遣ってる」

「いいから、入ってください」

「ありがとう」

お礼を言って、先に店に入る。

ひかり君は、聡子さんたちに「明日のお昼は、クレープです！」と言い、裁断台にエコバッグを置く。

パートさんたちが喜んでくれて、ひかり君も嬉しそうにする。

コートを脱ぎ、ポケットに入れていたスマホを確認する。

日向君からメールが届いているかと思ったが、修ちゃんから帳簿の確認に関する連絡が送られてきているだけだった。


予報通りに雪が降った。

夜遅くに降りはじめた雪は、朝までの間に街を白く染めた。

わたしの部屋からはカーテンを開けても、商店街の裏の細い通りしか見えない。それでも、積もっているのは確かめることができた。

まだ降りつづいていて、やみそうにない。

雪が全ての音を吸い込んだかのように、とても静かだ。

ただ、時間の問題もあるのだろう。

起きるには少し早くて、外を歩いている人も少ない。

天気のせいもあり、薄暗い。

目が覚めてしまったので、ニットカーディガンを羽織り、厚手の靴下とスリッパを履き、部屋から出る。二階に下りて、台所の電気ストーブをつけてからトイレに入り、手を洗い、髪を梳《と》かす。台所に戻って、薬缶でお湯を沸《わ》かす。コーヒーという気分ではなかったため、ハーブティーを淹れる。

前は、ハーブティーが苦手だった。

フリーランスになったばかりで、どれだけ注文を受けていいかわからなくて、仕事も自分自身のこともコントロールできず、パニックを起こしていた時に、日向君が勧めてくれた。わたしが甘い香りのものやスパイスが強いものは苦手と話していたからか、スッキリとした爽やかなものだった。「これだったら、大丈夫」と思い、ハーブティーを飲むようになった。

最初に取材を受けてから五年以上、日向君と仕事をしていた。

仕事の用事がなくて、しばらく連絡を取らないこともあった。それでも、数ヵ月という程度だ。関係性が途切れることはなかった。他の出版社からも取材や本の出版の依頼が来たことはあったが、なんとなく仕事しにくいと感じ、断った。作品よりも、売上や知名度に興味があるように見えた。日向君は、もともとスポーツ誌の編集者になりたくて、出版社に就職したらしい。それなのに、趣味の本や雑誌を作る編集部に配属された。不本意でも腐らず、しっかり勉強していた。わたしの作る刺繍やニットを大事にしてくれた。だから、信頼して、「ライフスタイルブックを作りましょう！」と依頼された時も、受けた。

彼の中で、仕事相手に対する好意が恋愛感情に、いつ変わったのか、わたしにはわからない。

恋愛感情が理解できないからというのは理由にならないかもしれないけれど、わたしは人に好かれているのかどうかもよくわからないのだ。家族が大切に思ってくれていることはわかるし、パートさんたちに嫌われていないこともわかる。でも、友達がどう思っているのかは、よくわからない。ひかり君と成瀬君みたいに、お互いが「親友」と思い合っている友達は、わたしにはいない。真依ちゃんのような、仲いいというほどではないと思っている相手との方が付き合いは長くつづく。

ライフスタイルブックが完成して、先のことを相談する時に、日向君から「恋人として、付き合ってほしい」と言われた。驚いてしまい、わたしは「ごめんなさい」としか返せなかった。彼は、すぐに頭を下げて「申し訳ないです。仕事相手に、こんなことを言うべきではありませんでした」と謝った。何度も「気にしないでください。忘れてください」と言い、仕事の話をつづけようとした。けれど、前と同じようには話せなくなり、その日は帰ることになった。

十日くらいあけて、もう一度会ったけれど、お互いの間に流れる気まずい空気を払拭《ふっしょく》することはできなかった。

大学生のころにデートした男の子たちとは違う。彼らは、すぐに他の女の子と付き合うようになった。わたしではない誰かでも、良かったのだろう。

日向君は、わたしのことを特別に思ってくれていた。常識的なことがわからない人ではないし、気持ちを言うかどうするか、とても迷った上でのことだったのだと思う。傷つけてしまっただけではなくて、彼の納得するような答えを返せないことが、とても苦しかった。彼のことが嫌いだったわけではない。好きになれたらいいとも考えた。人と同じように恋愛ができない、と正直に話せばよかったのかもしれない。けれど、何度考えても、言えないとしか結論を出せなかった。理解してもらえないばかりではなくて、人と違うことを過剰に同情される気がした。

そのころ、おばあちゃんの体調が悪くなっていた。わたし自身も調子を崩すようになり、しばらく休むことを決めた。北海道にいた両親には、電話で報告した。母親からは「ちょっと働きすぎじゃないかって、心配してた」と言われただけだ。修ちゃんに話すと、疑っているような顔はしていたけれど、何も聞いてこなかった。パートさんたちには、おばあちゃんの手伝いと店のことに専念すると伝えた。タイミングを見て、SNSや作ったものを売るサイトのアカウントを削除した。日向君には「介護があるから」と話すと、連絡してこなくなった。

自分には恋愛感情がないと、はっきり自覚している人もいるらしい。

恋愛感情はないけれど、性欲はある。恋愛感情も性欲もない。恋愛感情はないけれど、パートナーはほしい。恋愛感情もないし、パートナーも求めない。「アセクシャル」や「アロマンティック」と呼ばれるということは、ネットで知った。

自分はみんなと違うのではないかと考え、何度もネットで調べ、セクシュアリティ診断みたいなものも試してみた。

しかし、納得できる答えは、出なかった。

自分がどこに分類されるのかわからなくて、輪郭が失われていくような気持ちになった。

恋愛ドラマや映画は楽しく観られて、素敵だなと思うこともある。性的なシーンを見るとドキドキするが、性欲はほぼないに等しい。人間としての機能がひとつ足りないようで、自分のことを気持ち悪く感じることはあるけれど、一生しないでいいならばしないでいい。気持ち悪く感じるのは、自分に対してだけで、差別意識とは違う。家族以外の男性に触られること自体、とても苦手だ。トラウマになるようなことがあったわけではなくて、子供のころからそうだった。まだ赤ちゃんのころ、父親や祖父や修ちゃん以外の男性から抱っこされると、顔を真っ赤にして泣いたらしい。握手ぐらいのことでも、できるだけ避けたい。その苦手意識から、もしも恋愛するとしたら、相手は男性なのだという気がした。女性に対しては、苦手意識もなければ、特別な好意を抱くこともない。子供は欲しい。誰かと家族になりたいという気持ちは、とても強い。

自分の中に潜るように分析していっても、一番奥深いところに辿り着けない。

これから先も、誰かを好きになることが絶対にないと言い切れるほど、自覚しているわけではないのだ。

三階からドアの開く音が聞こえたから、ひかり君が起きたのだと思ったが、下りてこなくて、足音は廊下の奥へ向かっているようだった。

しかも、走っている。

カップをテーブルに置き、わたしも三階に上がる。

ひかり君は、廊下の奥の階段を上がり、屋上に向かったのだろう。

二階にも三階にもベランダはないため、洗濯物は屋上に干している。雪が降ることを考え、昨日のお昼にプランターや植木鉢を家の中に入れた。干したままになっている洗濯物も、ないはずだ。

「どうしたの?」鉄製のドアを開ける。

オフホワイトのフリースの上下に裸足のままサンダルを履き、ひかり君は屋上の真ん中に立って、空を見上げていた。

積もった雪に、足跡が付いている。

「雪ですよ！」

「見れば、わかる」

「すごくないですか？」嬉しそうに声を上げ、屋上を駆け回る。

「風邪ひいちゃうよ」

「大丈夫です！」

司さんには「身体を冷やすのは良くない」とか言っていたのに、自分のことは全く気にしていない。

誰も足を踏み入れていない新雪で遊べることが楽しくてしょうがないようだ。

息を切らしながら、自分の足跡を見て、ひとりで笑っている。

「すごーい」ひかり君は屋上の端まで行って柵を掴《つか》み、街を見下ろす。

「そんなに？」サンダルを履き、わたしも屋上に出る。

厚手の靴下を穿いていても、サンダルでは雪が入り込む。

髪や肩に雪が積もっていく。

お店を開けるまで、まだ時間があるし、あとでシャワーを浴びて温かいものでも食べれば、いいだろう。

「こんな景色が見られるなんて、思わなかった」遠くを見て、ひかり君が言う。

「わたしも、知らなかった」隣に立ち、わたしもできるだけ遠くへ目を向ける。

ここに住み始めてから、はじめて雪が降ったわけではない。けれど、去年や一昨年の冬は、屋上に出ようなんて考えもしなかった。

白く染まった街は、ずっと先まで広がっている。

わたしもひかり君も、柵を両手で摑んだまま、街を見下ろす。

見慣れた街は、いつもと姿を変えた。

世界はとても広くて、たくさんの人がいるのに、ふたりしかいないような気分になってくる。

「夏は、花火も見えるよ」わたしが言う。

「えっ！　そうなんですか？」

「向こうの方に」花火の上がる辺りを指さす。

「楽しみにしておきます」

「あっ、でも、夏だし、結構先だから」

それまで、この子は一緒にいてくれるのだろうか。

そう思ったら、急に、涙がこぼれ落ちた。

「どうしました？」心配そうに、ひかり君はわたしを見る。「寒いですか？　どこか痛いですか？」

「ごめん。風で、目が。寒い時って、たまにない？」よくわからない言い訳をしてしまう。

「部屋に戻りましょう。朝ごはん、クレープの残りのチーズで、リゾットでも作ります」

「うん、お願い」

ひかり君がドアを開けてくれて、部屋の中に戻る。

修ちゃんに帳簿の確認をしてもらっている間、娘の更紗《さらさ》ちゃんと一緒に絵本を読んだりぬいぐるみを並べたりして、遊ぶ。

いとこの子供だから、従姪《いとこめい》というらしいが、気持ちとしては「姪っ子」と感じる。遊びにいくと、更紗ちゃんは張り切って、買ってもらったばかりの絵本やおもちゃを見せてくれる。リビングのソファーに並べて一通りの説明をした後は、ダイニングテーブルで仕事をする修ちゃんのまわりを駆け回り、またリビングに戻る。お絵描きをして、折り紙を折り、やりたいことが目まぐるしく変わっていく。

しかし、興奮しすぎたせいか、電池が切れたように、突然に寝てしまった。

わたしの膝の上に座って、保育園のお友達についてお喋りしながら眠りに落ちていき、抱きついてくる。ギュッと抱きしめ、子供の体温の温かさを感じる。

「ああ、ごめんね」修ちゃんの奥さんの香織《かおり》さんが台所から出てくる。

「大丈夫、あったかい」

「二階に連れていくね」香織さんは細い腕で、軽々と更紗ちゃんを抱き上げる。「コーヒー淹れたから、ゆっくりしていって」

「はあい」

「何かあれば、声かけて」リビングダイニングから出ていき、香織さんは更紗ちゃんを抱いたまま、二階に上がっていく。

台所に行き、コーヒーをもらう。

三年前に建てた家は、まだキレイで、微かに新築のにおいがする。

更紗ちゃんは、修ちゃんと香織さんが結婚して十年が経ち、産まれた。夫婦ともに三十代半ばになったころから不妊治療をはじめたものの、なかなか子供ができず、香織さんが四十歳になった時に、諦めることを決めた。身体的にも年齢的にも、可能性がないわけではなかったが、精神的な辛さに疲れてしまったようだ。ふたりで生きていくと決めて、これからの生活を話し合っていた時に、自然と妊娠した。家族が増えることになり、一気に人生設計を変えて、この家を建てた。

不妊治療にお金はかかったのだろうけれど、修ちゃんは税理士の仕事で結構稼いでいるみたいだし、香織さんは堅実な会社に勤めている。細かいところまでこだわって建てた家は、とてもお洒落で、機能的にできている。キッチンカウンターからは、家族のいるリビングダイニングが見渡せて、リビングは吹き抜けになっているから二階の様子がわかり、大きな窓からは自然の溢れる庭が見える。外からのぞかれないように、高い塀に囲まれているのだが、木々が並んでいるため、圧迫感がない。床暖房だから、家中がほどよく暖かい。家具は、ナチュラル系のシンプルなデザインのもので、統一されている。

SNSで見かける憧れの家のようで、何度来ても「すごい」と感じる。

「どう?」

カップをふたつ持って、ダイニングテーブルの横に立つ。ひとつを修ちゃんの前に置く。

「問題ないんじゃない?」

「良かった」修ちゃんの正面に座る。

「どこか、気になるところあった？」

「店の経費は、大丈夫だろうなって思ってたけど、家計簿の方」

個人的に使うお金も、店の利益から出ているため、修ちゃんにチェックしてもらっている。わたしの給料として、適切な額しか使っていないつもりだが、見てもらっておいた方がいい。このまま、わたしが子供を産まなければ、土地や建物の他にも財産の全てを、更紗ちゃんが相続することになるだろう。今、店を任されているのはわたしでも、先祖代々のものであり、わたしだけのものではない。

「家計簿、前よりしっかりしてきたし、問題ない」

「ひかり君が節約を考えて、商店街のお店とスーパーやドラッグストアを使い分けてくれているから」

「ふたりになったから、もっと増えるかと思ったけど、無駄な出費がなくなってる」

「月に一回だけね、パートさんへの福利厚生で、ひかり君がちょっと贅沢なランチを作ってくれることになったんだけど、いいよね？」

「ちょっと贅沢って？」

「クリスマスにチキン焼いた。今月は、クレープ」

「クレープ？」

「ホットプレートでクレープの皮を焼いて、中に入れるものもたくさん用意して、それぞれで好きなものを巻いて食べたの。手巻き寿司みたいにして。材料費は、そんなにかかってない」

「それくらいだったら、大丈夫」

「良かった。ありがとう」

帳簿と家計簿のデータの入ったＵＳＢを返してもらい、バッグにしまう。

「夜野君とは、何も問題ない？」修ちゃんは、コーヒーを飲む。

「楽しく暮らせてる」

「それならば、いいけど」

「修ちゃんが心配するようなことは何もないよ」

「前に言ったようなことは、もう心配してない。ただささ……」

「何？」

「木綿ちゃんは、人との距離感を間違える時があるから」

「ああ、うん」

人の気持ちがいまいちわからないため、子供のころから何度かトラブルに遭ってきた。小学生や中学生の時は、友達との間にすれ違いが起き、軽くけんかしてしまう程度だった。高校生になると、男の子に付きまとわれたりするようになった。待ち伏せされ、商店街で急に腕を引っ張られたことがあった。触られたことに驚き、わたしは悲鳴も上げられなかった。肉屋のおばさんが気が付き、助けてくれた。向こうは、わたしと親しくしていると思っていたらしい。大学生のころは、男の子とうまく付き合えないことにも、友達の話に合わせられないことにも、落ち込むことがつづいた。社会人になってからは、誰かと特別に仲良くなることをやめた。会社の同僚として、適切な距離を取り、関わるだけにした。

事件になるほどの大きなトラブルに遭ったことはないし、誰もが似たような問題は抱えているのだろう。でも、それを「若いうちには、よくあること」と考えることが、わたしにはできなかった。

わたしの危うさをわかっているから、修ちゃんは頑なに「夜野君」と呼び、親しくなりすぎないようにしているのだろう。

「ひかり君に対して、このままだと良くないのかなって、思う時はある。でも、多分だけど、わたし以上に、ひかり君の方が人との距離の取り方が下手なんだと思う」

「そうなの？」

「子供のころに色々あったからっていうのは、偏見でしかないとも思うけど、彼の人格形成に影響がないわけがない。パートさんたちにもお客さんにもかわいがられているし、問題を起こすことはない。でも、誰に対しても踏み込まないというか、踏み込ませないというか、見えない壁がまだある」

雪を見てはしゃいだりして、素直だと思う時もある。彼自身の過去については話してくれるし、自分のことを隠そうとしている感じはしない。けれど、話せないことや人に知られたくないことを、まだまだ胸の奥に押し込めているようにも見える。多分、成瀬君にも、隠しているようなことがある。無理に話させる気はないし、話す必要もない。けれど、話せる誰かに、いつか出会えるといい。

わたしに個人的なことを聞いてくることも、ほとんどない。話の流れで、当たり障りのないようなことを少し話した程度だ。店によく遊びにくる颯太君の家庭事情も、気になっているようだが、聞き出そうとしたりはしない。

「一緒にごはん食べたり、お茶飲みながらお喋りしたり、ふたりでいることはとても楽しい。けど、ちゃんと距離を持って付き合えているから、同居人としてはいいのかも」

「そうか」

「夕ごはん食べた後、テレビ見ながら、お喋りできる相手がいるっていうだけで、幸せだなって感じる」

「うん」

「バラエティ番組とかクイズ番組って、ひとりで見ても、そんなにおもしろくないんだよね。でも、誰かがいて、笑ったりクイズに参加したりしながら見ると、一気に楽しくなる」

「そうだな」

「できるだけ長くいてもらいたいんだけど」

「けど？」

「なんか、急にいなくなっちゃいそうな気がする」

相手に踏み込めないのは、わたしも同じだ。

ひかり君について、想像するばかりで、何も理解できていない。

「長くいてもらえたら、家計管理の面でオレも助かるけどな」

「うーん」

「まあ、色々ありそうだし」

「色々ね」

わたしも修ちゃんも、コーヒーを飲む。

庭には、更紗ちゃんの作った雪だるまが残っていた。

「この前、日向君と会った」

「仕事？」

「ううん、断ったから」

「また仕事すればいいのに」

「もう、しないよ」

「木綿ちゃんがそれでいいんだったら、いいけど。誰かに気を遣って、やりたいことを諦めたりすんなよ」

「うん」

「おばあちゃんの介護、木綿ちゃんに任せてしまっていたし、ずっと気になってた。店のことも、これで良かったのか、考えることもある。何かやりたいことがあるならば、店を閉めて、好きなことをしてもいい」

「お店の仕事は、大丈夫だよ。パートさんたちのことも好きだし、つづけていきたい」

「そうか」

「それ以外で、自分の作ったものを売る仕事は、もう少しがんばりたかったっていう気持ちは、ちょっとあるかな」

自分の好きなものやかわいいと感じるものを喜んでくれる人がいると知ることは、わたしにとっても喜びだった。作品を通してだったら、誰かと共感し合えると思えた。

けれど、ライフスタイルブックを出した時に、その喜びは、違和感に変わっていった。日向君が希望して企画した本の中にいるわたしは、知らない誰かのようだった。そこに載せた服やバッグや裁縫道具は、気に入っているものばかりだったのに、何かが違うと感じた。それまでのキャリアや将来のこと、本音を語っているような顔をして、嘘ばかりついていた。経歴を詐称したとかではなくて、感情的な問題だ。「普通」の人のフリをした。そういう本だし、そういう仕事だからと思っても、読んでくれた人の感想が届くたびに、割り切れない気持ちは強くなった。

「本を出したりはしなくても、作ったものを売るのは、そろそろ再開してもいいんじゃない？」

「うーん、考える」

「再開するんだったら、相談に乗るから」

「ありがとう。あっ、香織さんに渡してほしいものがあるんだ」

立ち上がり、ソファーに置いておいたトートバッグを修ちゃんに渡す。中には、年末年始に作った巾着袋やポーチや子供用の手袋が入っている。香織さんや更紗ちゃんが使うものは抜いてもらい、残りはフリマやバザーの商品で出してもらっている。納戸に置ききれないし、ずっとしまったままにしておくと、生地が傷んでしまう。

「ちょっと多いんだけど、いいかな？」

「評判いいし、すぐに売れちゃうから、いいよ」

「良かった」

「糸谷木綿子の作品が地域のフリマや子供会のバザーで売られているって知ったら、日向君は卒倒するだろうな」

「だから、ばれないようにして」

「親戚が作ったっていうだけで、詳しいことは話さないように言ってあるから」

「お願い」

「やっぱり、再開しろよ」修ちゃんは、トートバッグの中から刺繍した巾着袋を出す。

「これだけでいいっていう気もするんだよね」

わたしの知らないところでも、誰かが喜んでくれているならば、それで充分だ。


帰りの電車で、見たことのある人がいると思ったら、司さんだった。

今日は、グレーのスーツの上に黒のロングコートを羽織っている。

「こんばんは」向こうもわたしに気が付く。

「こんばんは」並んで立つ。

「今日は、お店は休み？」

「いえ、パートさんたちに任せて、わたしは税理士さんのところに行ってました」

「そうか、もうすぐ確定申告だから」

「はい」

「お店の経営は、大変でしょう」

「家族から引き継いだお店ですし、手伝ってくれる人もいるので」

「手伝ってくれる人は、パートナー？」

「いえいえ、いとこです」

「それは、失礼」

「大丈夫です。気にしないでください」

「自分は偏見で見られたくないと思っているのに、人のことを偏見で見てしまう」

司さんは、スーツを着ている時は、ゆっくり話す。

その声に集中するうちに、周りのざわめきが遠のいていく。

窓の外は、暗くなっていき、電車が夜に向かって進んでいるように見える。

「偏見で見られることは、多いですよね？」わたしから司さんに聞く。

「とても」

「それは、辛くないですか？」

「辛かったよ」

「今は？」

「他の誰に批判されても、理解してくれる妻と娘たちがいる」

「奥様、という呼び方でもいいでしょうか？」

恋人や配偶者に対する呼び方をこだわる人もいる。

司さんは、さっきわたしに「パートナー」と言った。

それは、別に「恋人」と限定したわけではなかったのだろう。ビジネスパートナーとも考えられる。気遣いが感じられたから、失礼だとは思わなかった。

「大丈夫だよ、奥様で」

「奥様は、最初から気にされなかったのですか？」

「妻は、もともと仕事上の知り合いだった。会社が輸入した商品を扱う雑貨店で働いていた。自分の好きなものにこだわり、より良いものに触れていたいと話していて、価値観が近いと感じた。だからというわけでもないのだろうけれど、スカートを穿いたりワンピースを着たりすると言っても、あまり驚かれなかった。最初は、おもしろがっていたのかもしれない。こういう素材で、こういうものを作ってみてはどうかと、アイデアをくれるようになった。そのうちに、男女という考えは意味のないものに変わり、大事な友人になり、家族になった」

「友人から家族になったのですか？」

「そうだね」

「恋は？」

「恋をしていた時期もあるけれど、それよりも愛が強かった」

「そうなんですね」

「服装のこと以外にも、社会には辛いことや苦しいことがたくさんある。その全てを分かち合える妻がいて、愛と幸福を与えようと思える娘たちがいるから、好きに生きられる」

「うらやましいです」

外は、すっかり暗くなった。

窓ガラスは鏡のようになり、電車に乗るわたしたちの姿を映し出す。

「木綿ちゃん、あなたも、人に言えないようなことがあるのかな？」

「……はい」横に立つ司さんを見上げ、うなずく。

「僕に言う必要はないよ」

「はい」

「けれど、いつか、誰かに言えるようになることを願っている」

「ありがとうございます」

ひかり君に対し、わたしは同じことを考えている。

共感してくれる人、理解してくれる人がいなくても、生きていくことはできる。

他の人たちと同じようにできないことを「普通ではない」と言って、批判する人は未だに多い。笑われたり、バカにされたりすることを避けるため、黙っていた方が賢いのかもしれない。わかったような顔をされるのも、違うと感じるだろう。みんなとは違う「かわいそうな人」と扱われ、同情されるのは、絶対に嫌だ。

そういった態度を取らなかったから、司さんはわたしにも何かあると考えたのだと思う。

今まで通り、誰にも話さず、生きていくことはできる。

自分のことなんて、深く考えなければ、なんとなく幸せなまま、毎日は終わっていく。

自分のことは、それでいいのだ。

けれど、ひかり君が同じような思いを抱えているならば、わたしはそれを聞ける人でいたい。

「昔はね、笑われたりするたびに辛かった」司さんが話しだす。「けれど、最近は、若い子に驚かれたり、珍しがられたりすると、安心する時もある。それが健やかな反応だから。その子には、人生を圧《お》し潰すような、悩みや苦しみはないのでしょう」

「はい」

「お店に新しく入った、木綿ちゃんと同じくらいの背丈の、生地を裁断してくれた子」

「ひかり君ですか？」

「そうかな」

「ごめんなさい。えっと、夜野です」

店の従業員なのだから、お客さんに対しては、苗字で呼ぶべきだ。

「夜野光、いい名前だね」

「そうですね」その名前になるまでの事情は、わたしが話すことではない。

「彼は、何も反応しなかった」

「はい」

「子供みたいな幼い顔をして、どれだけのことを内に秘めているのだろう」

「……はい」

今日の夕ごはんは、チキングラタンだと言っていた。

ホワイトソースから準備するらしい。

前にも作ってくれて、わたしが「おいしい」といつも以上にしつこく言ったから、また作ってくれることになった。

ふたりの好きなクイズ番組のスペシャルが放送されるから、一緒に見ることも約束している。

ごはんの後、お茶を飲みながら食べるために、ケーキでも買って帰ろう。

ひかり君は、チョコバナナクレープ以外、何が好きなのだろう。

茶色い木目模様のボタンを左手で押さえ、針と黒い糸を通していく。

四つの穴から順番に針を出し、からまってしまわないように糸をしっかりと伸ばす。

じいちゃんの水気が抜けたような皺やシミの目立つ手は、迷うことなく動いていき、コートにボタンを留める。

「自分で、できるんだ」裁断台の前に並んで座り、僕はじいちゃんの手元を見る。

「これくらい、誰でもできるだろ」糸を切り、ちゃんと留まっているか確認する。

「……できない」

　自分でも何か作ろうと思って、正月休みの間に教わるつもりだった。しかし、お節を食べて餃子を作り、コタツでぼんやりテレビを見て昼寝をして、スーパーの先にある神社に木綿子さんとふたりで初詣《はつもうで》に行って、休みは終わってしまった。木綿子さんは、いつも通りに刺繡をしたり編み物をしたりしていたのだけれど、僕は見ているだけだった。ボタンぐらい付けられるようになろうと考えているが、何もできないまま、月日が過ぎていく。

「今まで、どうしてた？」コートを軽く畳んで、横に置いたカバンの上にかける。

「誰かに付けてもらうか、取れたままか。できるだけボタンのない服を着てる」

「そうか……」呆《あき》れたように言い、じいちゃんは玄米茶を飲む。

アパートで隣に住んでいたじいちゃんがいとや手芸用品店に来てくれた。コートの一番上のボタンが取れそうだったから、木綿子さんが「付けておきますよ」と言ってくれたのだが、じいちゃんは針と糸を買い、自分で付けた。

僕とじいちゃんが話しているのを、木綿子さんとパートさんたちは、なぜか笑いを堪えるような顔で見ている。

親と一緒にいるところを友達に見られるって、本来はこういう感じなのかもしれない。

壁の薄いアパートで、ずっと隣に住んでいたから、他の人には見られたくないような姿も、じいちゃんにはたくさん知られている。働いていた店で揉めてしまって泣きながら帰ってきた時も、飲めない酒を飲まされて階段の下で気を失いそうになっていた時も、何があっても部屋に呼ばなかった彼女が押しかけてきて玄関前でけんかになった時も、じいちゃんが「どうかしたか？」と声をかけてくれた。僕も、じいちゃんが元気にしているのか、常に気にしていた。

ちょっと落ち着かない感じがするし、恥ずかしいような気もするけれど、僕の大事な人であるじいちゃんをお世話になっている木綿子さんと会わせることができて、誇らしい気持ちが湧いてくる。

本当の親である母親といた時は、母親の顔や後ろ姿ばかり見ていて、周りのことなんて考えられなかった。成瀬や他の友達がいる時でも、母親は僕に触って抱きついてきた。そのことに、反抗する気持ちが芽生える前に、どこかへ行ってしまった。

「ゆっくりしていってくださいね」木綿子さんがじいちゃんに声をかける。

「いやいや、そろそろ帰ります。この子が元気にしている姿を見られたら、それでいいんで」

「また、いつでも、いらっしゃってください」

「はい」玄米茶を飲み干し、じいちゃんは立ち上がって、コートを羽織る。

「もうちょっといればいいのに」僕が言う。

「食事の時間が決まってるからな」

「そうなんだ」立ち上がり、じいちゃんのカバンを持つ。

「帰る前に、店の中を一通り見させてもらうよ」

「案内する」

毛糸、刺繡糸、反物、ミシン、工作用の道具、説明しながら、一緒に店を見ていく。最初にここに来た時は、どこに何があるのか全くわからなかった。今は、お客さんに聞かれたら、すぐに案内できるようになった。

「どうしていくのか心配だったけれど、いい店でいい人に雇ってもらえたみたいだな」レジにいる木綿子さんを見て、じいちゃんは微笑《ほほえ》む。

「うん」

「また来るから」

「駅まで送る」

「そんな距離じゃないだろ」

「それでも、一緒に行く」

「ありがとう」じいちゃんは、小さく頭を下げる。

「送ってきます」木綿子さんに言う。

「あっ、もうお帰りになるのね」慌てたような顔で、レジから出てくる。

僕のダウンジャケットを持ってきてくれたので、受け取って羽織る。

「木綿子さん、ひかりをよろしく」

「任せてください」木綿子さんは、笑顔で返す。

「この子は、素直じゃないところもあるけれど、本当にいい子なんで」

「結構、素直ですよ」隣に立つ僕を見る。

「そうですか?」

「どうかな?」僕を見たままで、首をかしげる。

「どっちなんですか?」

「うーん」

木綿子さんと僕が話しているのを見て、じいちゃんは笑い出す。

「何?」じいちゃんに聞く。

「いや、なんでもない」

「なんでもなくないだろ?」

「じゃあ、失礼します」僕が聞いたことには答えず、じいちゃんは木綿子さんに頭を下げ、店から出ていく。

後ろからガラス扉を押さえ、僕も外に出る。

外は暗くなっていて、冬の夜らしい冷たくて澄んだ空気が商店街を包み込んでいる。空を見上げると、星が出ていた。

扉を閉じてから、じいちゃんは店の中にいる木綿子さんに小さく手を振る。

駅に向かって、ふたりで並んで歩いていく。

「寒くない？　マフラーとか持ってないの？」

「ない、ない」

「このカバン、何が入ってんの？」カバンは、僕が持ったままだ。

一泊の旅行ぐらい行けそうなチェック柄のボストンバッグだが、荷物はほとんど入っていないみたいで、とても軽い。

「財布と携帯電話」

「それだけ？」

「あとは、タオルが入っている」

「もっと小さいカバンにすればいいのに」

「カバン、それしかないからな」

「そっか」

隣に住んでいた時も、じいちゃんはこのカバンを使っていた。

お金がないと、洋服やカバンなんて、買えなくなる。アパートに住んでいた他のじいちゃんたちも僕も、何年も同じ服を着て、同じカバンやリュックを使っていた。木綿子さんだったら、マフラーも貴重品だけ入れられるような小さなポシェットもすぐに作れるだろう。新しいものを買って渡しても、じいちゃんたちは遠慮するだけだ。僕が木綿子さんに習って作ったものだったら、受け取ってくれるかもしれない。

「あの子とは、一緒になるのか？」じいちゃんが聞いてくる。

「あの子？」

「木綿子さん」

「木綿子さんは、雇ってくれているだけで、そういう関係じゃないよ」

「そうなのか」残念そうにする。「そういう気持ちもないのか？」

「うーん」

ふたりで暮らすことは、とても楽しい。木綿子さんには感謝していて、大事に思っている。彼女の役に立つ人になりたいし、笑っていてもらえるならばなんでもするし、幸せになってほしいと願っている。僕の作ったごはんを食べて、嬉しそうにしている姿を見ると、安心する。悲しいことや辛いことがあった時には、元気になれるまで、隣にいる。このまま、ずっと一緒に住みつづけたい。

けれど、この気持ちが「恋」なのか考えると、違う気がする。

恋だったら、自分の欲に負けて、関係を壊してしまっていたかもしれない。

いつでも触れられる距離にいるけれど、指先だって触れないようにしている。

コタツでごはんを食べたり、夜中にお茶を飲んだり、雨や雪が降るのを眺めたり、穏やかに暮らせることが大事で、その時間を失うような感情は、入れたくないのだ。

「ひかりが女の人を紹介してくれるなんて、今までなかったからな」

「そうだね」

彼女をアパートに呼んだことは、一度もない。成瀬のような友達は良くても、彼女は部屋に入れたくなかった。もしも母親が帰ってきたら、嫌がるだろうと考えていた。ひとり暮らし同然の部屋に呼ばないことを怒られ、押しかけられた時も入れず、そのまま別れたこともあった。

「木綿子さんのこと、大事には思ってる」じいちゃんに言う。

「そうか」

「とても大事だから、彼女の望むことを優先したい」

「大人みたいなこと言ってるけど、顔は子供に戻ったみたいだな」

「えっ、そうかな？」頬《ほお》に触る。

筋トレはつづけているし、店では品出しとかで動いている。けれど、パートさんたちが持ってきてくれたおやつを食べたり、木綿子さんと一緒に夕ごはんの後もお菓子をつまんだりしているから、少し太ったのかもしれない。

「丸くなったとかじゃないからな」見透かしたように、じいちゃんは少し笑う。

「あれ？　違うの？」

「表情が柔らかくなった。前は、成瀬といる時でさえ、緊張しているような顔をしていた。いつも何かに怯《おび》えながらも、怒っているみたいだった。犯罪者とかになってしまうんじゃないかと思っていた時もあったよ」

「……そんなことしないよ」

「理性が保てているうちはな」

「ああ、うん」

アパートに押しかけてきた彼女に対して「帰れ！」と怒鳴ったところも、じいちゃんは見ていた。女の子に暴力を振るったことはない。でも、中学生のころに、母親のことをバカにするようなことを言った同級生に、殴りかかったことはある。自分がバカにされていじめられる分には黙っていられたが、母親のことを言われるのは、耐えられなかった。

「自分のことを大事に思ってくれる人たちのことを考えて、生きていきなさい。それで、自分のことも大事にしなさい」

「ありがとう」

「あと、ボタンぐらいは自分で付けられるようになるんだぞ」

「わかってるよ」

ボタン付けどころか、マフラーやポシェットだって作れるようになって、次に会う時には驚かせたい。

「じゃあ、身体には気を付けて」

「じいちゃんも」

駅に着いたのでカバンを渡し、改札に入っていく小さな背中を見送る。

夕ごはんの片づけが終わってから、店に下りる。

電気をつけて、反物の並ぶ棚を見ていく。

財布と携帯電話を入れて肩にかけられて、長く使えるものにしたいから、できるだけ厚めの生地がいいだろう。帆布が良さそうだけれど、厚すぎると、縫いにくいかもしれない。ミシンだったら、一気に縫えるのだろうか。でも、初心者にはハードルが高い感じがする。しかし、手縫いだと、じいちゃんたち全員分の七個できあがるまでに、何ヵ月もかかってしまいそうだ。まっすぐキレイに縫える自信もない。肩ひもも丈夫なものにしたい。

「どうしたの？」木綿子さんも下りてきて、僕の隣に立つ。

「じいちゃんにポシェットを作ってあげたくて」

「ポシェット？」

「肩からかけられて、貴重品とハンカチぐらい入れられるような」

「サコッシュみたいな感じ？」

「……サコッシュ？」

「山登りとかアウトドアの時に、貴重品だけ入れておけるようなポシェットをそう言うの。軽い素材で、マチのない簡単な作りになっているもの」

「それです！　そういう感じです！」

「アウトドア用だとナイロン製とかなんだけど、街歩き用だよね」

「そうです」

「じゃあ、帆布がいいかな」

「やっぱり、そうですよね」

帆布の並んでいる棚の前に、僕も木綿子さんもしゃがみ込む。

名前の通り船の帆に使われる生地なので、厚手で丈夫にできている。トートバッグを作るために買うお客さんが多い。司さんも、ランチバッグを作ると言っていた。色の付いたものもあるが、店で扱っているのは、白と生成《きな》りと黒だけだ。生地を織る糸の太さによって、厚さが違う。

「あまり厚すぎると使いにくいだろうから、帆布の中でも薄めのものがいいよね」

「はい」

「色は？」

「みんなでお揃いっていうのは、嫌がりそうだから、本当はバラバラにしたいんですよね」

「色付きで、バッグにするのにちょうどいいような厚さの帆布、取り寄せようか？」

「いや、でも、巻きで来ちゃいますよね」

反物が巻きで来たら、二十メートルはあるだろう。サコッシュをひとつ作るのに、三十センチもあれば充分だ。

「前から扱ってみようか、迷ってたんだよね。お客さんからも、たまに問い合わせがあるし」

「でも、七色は多いです」

「白と生成りと黒はあるから、あと四色でいいでしょ」

「はい」

「今ね、たくさん色があるんだよ」レジの方へ行き、木綿子さんはノートパソコンの電源を入れる。

反物を一メートル単位でネット販売しているページを開く。微妙な色合いの差で、百色揃っているらしい。とりあえず、ここで一メートル買えばいいかと思ったが、結構高い。給料をもらっても、ほとんど使っていないから、お金がないわけではない。じいちゃんたちのためと考えれば、使っていい気がする。でも、いつかここを出ることになったら、そのお金が引っ越しや職探しの資金になる。僕には、金銭的に頼れる人が誰もいない。病気やケガをした場合も考えて、できるだけ貯めておきたかった。

「この色とか、おじいちゃんが着ていたコートに合うよ」木綿子さんは、明るい黄色の生地を指さす。

「明るすぎません？」

「服が渋めの色合いだから、これくらい明るい方がいいって」

「なるほど」

「生地を長方形に裁断して縫うだけだから、ひかり君にも作れるよ。あっ、でも、裏地も付けた方がいいかな。裏地は、端布でも充分だから、そこでコストは抑えられるでしょ。ミシンも針も糸も、わたしやおばあちゃんのを使っていいからね。それとも、ひかり君専用のお裁縫箱を用意しようか。何か作るたびに、箱の中身がひとつずつ増えていくの、成長を感じられそうでいいよね」

木綿子さんは声をはずませて、ひとりで喋りつづける。

僕は黙って、その横顔を見る。

笑っている顔を見れば「かわいい」と思うし、抱きしめたいと感じることもないわけではない。でも、衝動で、そんなことをしたら、関係を壊してしまう。お互いの気持ちを確認せず、同意のない相手に触られる気持ち悪さを、僕はよく知っている。どんなに親しくても、許可されていない相手に触ってはいけない。

「ごめん、わたしが作るんじゃないのに」夢中で喋りつづけたことの恥ずかしさを誤魔化すように、木綿子さんは笑う。

「楽しそうですね」

「だって、ひかり君がついに何か作る気になってくれたことが嬉しいんだもん」わざわざ言葉にしなくてもわかるくらい、嬉しそうにする。

「手伝ってくださいね」

「もちろん！」

「まずは、店にある三色で作ってみます。それで、できそうだったら、他をどうするか考えます」

「そうだね」僕を見て、木綿子さんは大きくうなずく。「じゃあ、デザインを決めよう」

「はい」

裁断台の前に椅子を出し、レジ下の棚から裏紙と色鉛筆を取ってくる。

ふたりで並んで座り、作りたいものを絵に描く。

角に小さく刺繡を入れられたらいいのだけれど、さすがに難しいだろう。鍵を入れられるような、小さなポケットはあった方がいいかもしれない。

僕が迷っているうちに、木綿子さんは次々に描いていく。

「色は一緒でも、デザインを変えればいいかもね」喋りながらも、手を動かしつづける。

「そんなに、色々できるかな」

「大丈夫！　わたしがついてるから」

「そうですね」

「次は、成瀬君の赤ちゃんに何か作ろうよ」

「もうすぐなんですよね」

出産の予定日は、再来月のはじめだ。少し早くなると、三月末になるので、学年が変わる。成瀬は電話で「どっちになるかドキドキするけど、どっちでもいい。どんなことでも受け入れられるし、なんでもいいっていう気がする。産まれてきてくれたら、それだけで充分」と話していた。

「スタイだったら、何枚あってもいいだろうし、簡単に作れるよ」

「……スタイ？」

「よだれかけ」

「へえ」

「お客さんから聞かれない？」顔を上げて、僕を見る。

「うーん、あったようななかったような」

慣れてきたつもりだけれど、わからないことはまだまだたくさんある。

ずっと料理の仕事をして、ひとりで生きていくつもりだった。

ここに来た時は「間違えた」と思い、仮住まいと考えていた。

知らなかったことをたくさん教えてもらい、できなかったことに挑戦して、パートさんやお客さんや商店街の人たちと話し、僕の世界は大きく広がった。

このままでいたいけれど、それは無理な願いなのだろう。

「明後日、成瀬の家に行くから、何か作ってほしいものがないか聞いてきます」

「わたしで良ければ、なんでも作るよ」

「前に毛糸を買っていったのに、靴下も何も作ってないみたいなんで」

「美咲ちゃん、また遊びにきてくれたら、わたしが教える」

「それも、聞いてみます」

成瀬や美咲ちゃんやじいちゃん、僕の大事な人たちとも、木綿子さんは仲良くしてくれる。

その優しさを、いつか手放さなくてはいけない日が来る。


タンスをずらし、ベビーベッドが置けるスペースをあける。姿見は倒れたら危ないから、寝室から書斎に移す。棚を組み立ててリビングの端に置き、テーブルの下に積んだままの雑誌や赤ちゃんのものを収納できるようにする。

僕と成瀬が力仕事をする横で、美咲ちゃんはタンスやクローゼットの中身を入れ替え、赤ちゃんの服をしまえる場所を作っていく。

成瀬から「産まれる前に部屋の片づけがしたい」と頼まれて、手伝いにきた。

「ベビーベッドは、いつ来るの？」成瀬に聞く。

「三月に入ってから」

「買ったの？」

「姉ちゃんの友達から譲ってもらう」

「そうなんだ」

「おさがりでもらえるものはもらって、レンタルできるものはレンタルする」美咲ちゃんも話に入ってくる。「子育て、めちゃくちゃお金かかるから、とにかくコストダウンが大事。部屋をキレイに保つためにも、できるだけ物を増やさないようにする。誰かに頼れることは徹底的に頼るつもりだから、ひかり君もよろしくね」

「えっ？」

「たまに飯作りにきて」作業が終わり、成瀬はリビングのテーブルに広げた説明書やドライバーを片づける。

「おい」僕は、ゴミをまとめる。

「それ、助かる」美咲ちゃんは、台所で手を洗い、電気ケトルでお湯を沸かす。

お腹は、誰がどう見ても妊婦とわかるくらい、大きくなっている。スウェット素材のグレーのワンピースが丸く膨らんでいた。

性別は、女の子らしい。

ただ、子供が何を好きになるかはわからないから、女の子向けのものと決めつけずに、ピンクや黄色の他にベージュや水色、テイストの違う服や小物を用意しているようだ。

築年数は経っているものの、西海岸風にリノベーションされているマンションは、床はフローリングで壁は真っ白で、寝室や書斎のドアは青い。この前まで、夫婦ふたり暮らしの部屋だったが、赤ちゃんのものが徐々に増えてきている。書斎はいずれ、子供部屋にするつもりらしい。

「頼まれれば、なんでもするけど」子供が産まれたら疎遠になるなんて、心配しなくてもよさそうだ。

ふたりとも、平然と僕を呼びつけるつもりだろう。

赤ちゃんの世話はできないけれど、普段の食事を作ったり、離乳食を用意したりするくらいはできる。子供のころ、成瀬のお母さんとお父さんが僕にしてくれたことを考えれば、どれだけのことをしたところで、足りない。お母さんとお父さんからもらった恩は、成瀬と美咲ちゃんの娘に返していけばいい。

「手伝おうか」台所に行き、美咲ちゃんの隣に立つ。

「大丈夫、これくらいは」

「体調は？　お腹、苦しかったりするの？」

「つわりが酷《ひど》かったから、妊娠初期に比べれば、全然楽かな」話しながら、美咲ちゃんはコーヒーを淹れ、自分の分のゆず茶を用意する。「上向いて寝れないとか、しんどい時もあるけどね。幸い、夫がとても気遣ってくれるから」

「うざいくらいに？」

「そう」美咲ちゃんは笑いながら、うなずく。

コーヒーの入ったマグカップをふたつ持ち、リビングに戻る。

テーブルに置いてから、成瀬の正面に座る。

「何？　何、話してた？」成瀬が聞いてくる。

「いい夫だって」

「……いや、まだ全然」調子に乗るかと思ったが、大きく首を横に振る。

「そうなの？」

「だって、お腹に子供がいる状態で暮らすことや産む大変さに比べたら、オレが何をしたって充分じゃないから。できることならば、一ヵ月ごととかで、交替してあげたい」

「無理でしょ」美咲ちゃんもリビングに来て、成瀬の隣に座る。

「無理だから、辛い。何をしても、何もできないって感じる」

「大丈夫、そんなことないから。稼いできてくれたら、それでいいんだよ」

「それは、もう、本当にがんばります」

「お願いね」

高校生のころから、ふたりの関係性は変わらない。

成瀬が美咲ちゃんに「好き、好き」と言いつづけて、美咲ちゃんは成瀬にちょっとしたわがままを返しつづける。よく知らない人からは、成瀬が美咲ちゃんの掌《てのひら》の上で転がされているように見えるかもしれない。でも、実際は逆で、成瀬の大きすぎる愛に包まれているから、美咲ちゃんは自由に振るまえるのだろう。

「木綿子さんが、何か欲しいものがあったら、作るって言ってた」僕からふたりに言う。

「すごい！　助かる！」美咲ちゃんは嬉しそうにする。「作ってもらうのは悪いから、作り方を教えてほしいな。お母さんたちも張り切ってるんだけど、今っぽいものとかも知りたいから」

「わかった。聞いておく」

「お願いしていいか、迷ってたんだよね」

「美咲ちゃんが迷うことなんてあるんだ」

「あるよ！」怒ったように言いながらも、美咲ちゃんは笑う。

「今まであったかな？」

「だって、ひかり君、いつまで手芸屋さんにいるの？」

赤ちゃんのうちもスタイとか必要だとしても、親が子供のために色々と作らないといけなくなるのは、もっと先のことなのだろう。

「……ああ、うーん」

二月に入り、幼稚園や保育園で使う上履き入れやお稽古ごと用のバッグの材料が増えてきている。春からの新年度のために、用意しないといけないようだ。必ず親が作ると規則になっているわけではないらしいのだけれど、作り方や材料の問い合わせは多い。タオルに名前の刺繍をしたりする親もいるみたいだ。僕は、幼稚園にも保育園にも通っていなかったから、世の中にそういう習慣があることも、知らなかった。小学生の時は、手縫いのぞうきんを持ってくるように言われたが、母親が百円均一かどこかで買ってきた。

育休が終わったら、美咲ちゃんは子供を保育園に預け、仕事に復帰する予定だ。でも、保育園に入ったからって、すぐに上履き入れとかは必要ない。そういうものが必要となるくらい、赤ちゃんが大きくなるころ、三年や四年後、僕はどこで暮らしているのだろう。

「木綿子さんとは、そういう感じになったりしないの？」聞いていいか迷っている顔で、美咲ちゃんは僕を見る。

「それ、じいちゃんにも聞かれた」

「じいちゃんと会ったの？」成瀬が聞いてくる。

「一昨日《おととい》、店に来て、木綿子さんにも紹介した」

「オレもじいちゃんと会いたかった」

「それはいいとして、どうなの？」美咲ちゃんは、成瀬を制す。

「なんか、そういうんじゃないっていう感じ」

「えっ？　何それ？　そういうんじゃなかったら、どういう感じ？」苛立ったように成瀬が聞いてくる。

「なんで？」

「大事に思ってるし、ずっと一緒にいられたらいいとは思う。けど、無理だろうな」

「向こうに、そういう気持ちがない。僕の方も、そういう感じじゃない」

「大事に思ってるのに？」

「恋とか、そういうことに巻き込みたくない」

「んー」成瀬と美咲ちゃんは、似たような渋い顔をして、うなり声を上げる。

ふたりとも、首をかしげてため息をつき、それぞれコーヒーとゆず茶を飲む。美咲ちゃんは「ちょっとお手洗い」と言って、リビングから出ていく。

僕と成瀬だけになり、じいちゃんに言われたことを思い出す。

子供のころからの友達なのに、僕は成瀬に嫌われることが未だに怖いのだ。

「ひかりはさ、由里ちゃんのことがあるから、恋愛をネガティブに考えすぎじゃない？」

「そういうわけじゃないんだけど……」

母親の影響だと言われると、無条件に否定したくなってしまうのだけれど、そういうわけなのだと自分でもわかっている。成瀬の両親や成瀬と美咲ちゃんを見て、恋をして結婚して幸せに暮らしている人も、たくさんいると理解している。けれど、子供のころに自分が見てきたものの印象が強すぎて、恋愛という特別な感情を他人と交わしたら、不幸になるという考えを克服できない。十代の終わりから母親が亡くなるまで、何人かの女の子と付き合ったのは、彼女たちが好きだったからという以上に、自分はちゃんと誰かと恋ができると思いたかったからだ。しかし、結果として、相手に嫌な思いをさせるばかりで、幸せだとは感じられなかった。

「手芸屋に住むようになってから、ひかりは穏やかに暮らせてるみたいだし、このまま木綿子さんと恋人や夫婦になってくれたら、オレは嬉しい」

「ありがとう。でも、そういう問題じゃないから」

「それも、わかる」

「……うん」

どうしたら、僕は成瀬やじいちゃんたちを安心させられる「幸せ」を手に入れられるのだろう。元気に暮らして、働くまでは、どうにかできる。でも、自分が結婚したり、親になったりできるとは、考えられなかった。

洋食屋で働いていた時は、淡々と日々を送れば良かった。

アパートと店の往復で、休みの日は成瀬と会うぐらいしか、用がなかった。店の人たちとは、仕事上の関わりしかなくて、個人的なことを話したりはしなかった。そうしていれば、誰とも揉めないで済んだ。閉店後は、役所関係の手続きのことで連絡しただけで、誰とも会っていない。

「ひかり君が持ってきてくれたケーキ食べる?」美咲ちゃんはトイレから出てくる。

「オレがやるから、美咲は座ってて」成瀬は立ち上がり、台所に行く。

「ありがとう」リビングに戻ってきて、美咲ちゃんはお腹を支えるようにしながら座る。

「ケーキ、食べれる？　大丈夫？」僕から聞く。

「体重もそんなに増えてないし、大丈夫」

「お腹、触っていい？」

「どうぞ」お腹を僕の方に向ける。

優しくそっと撫《な》でる。

母親は母親なりに、僕を愛してくれていた。

置いていかれても、気分次第で振り回されても、会えなくなっても、その愛情を疑ったことはない。

抱きしめられると、お腹の中に戻ったような気分になった。

まだ十七歳だった母親が必死に守ってくれた命だ。

どんなことも、ちゃんとできる姿を見せたかったのは、母親だけだった。

母親が僕の光だ。

光を失ってしまったら、行き先も見えない。


帰ったら、颯太と真依さんが来ていた。

裁断台の前に座り、木綿子さんにビーズアクセサリーの作り方を教わっている。真依さんは、今までに何個も作っているから、説明を少し聞くだけで、手を進められる。颯太は「わかんない、わかんない」と言い、木綿子さんに何度も聞く。木綿子さんがぴったり横に座り、颯太の手元を見つめながら教える姿は、親子みたいだ。

店に来る木綿子さんの中学校や高校のころの友達は、子供のいる人が多い。結婚した後も実家の近くに住んでいたり、子供を連れて実家に遊びにきたりした時に寄るようだ。結婚しない人や恋愛しない人も増えていると聞くが、いとや手芸用品店に来るお客さんを見ていると「みんな、家族がいるのだ」と感じる。自分のためにアクセサリーや洋服を作るという真依さんや司さんみたいなお客さんもいるけれど、「子供のため」「孫のため」「夫のため」という人がほとんどだ。司さんは、自分のものだけではなくて、娘さんのワンピースやバッグも作ると話していた。

「ただいま、帰りました」木綿子さんに言う。

「お帰りなさい」

「お帰り」颯太も、ビーズが抜けてしまわないように手元に注意しながら、顔を上げる。

「何、作ってんの?」話しながらダウンを脱いでレジ裏に置き、颯太の隣に座る。

「小鳥」

「初心者セット?」

ビーズで青い小鳥のブローチが作れるセットがあるのだが、初心者向けと言いながら、結構難しい。必要な材料が全て揃っているので、誰にでも作れそうに見えるのだけれども、ビーズの通し方を間違えると、キレイな形にならない。

「うん」小さくうなずき、颯太は作りかけの小鳥を見る。

「手伝ってやろうか」

「ひかりは、僕よりもできないじゃん」

「……まあな」

「僕ができるようになったら、教えてあげるよ」

「それは、楽しみだな」

僕と颯太が話しているのを見て、真依さんが笑う。

「なんですか？」颯太と木綿子さんの向こうに座っている真依さんに聞く。

「親子みたいだなって思って」真依さんが言う。

「えー」僕の顔を見て、颯太は嫌そうにする。

「なんだよ？」

「僕のお父さんは、もっとかっこよかった」

「ごめんな、かっこ悪くて」

「ひかりもかっこ悪くはないけど、子供っぽいんだよな」

颯太が言うのを聞いて、木綿子さんと真依さん、レジにいた聡子さんまで笑う。

「お前に言われたくないよ」颯太の白玉団子みたいなほっぺたを軽くつねる。

今は、母親とふたりで暮らし、たまに叔母さんに世話になっているみたいだけれど、颯太は父親の顔を知っているのだ。「かっこよかった」と過去形だったから、今は会っていないのかもしれない。自分と同じように考えてしまっていたが、違う。

「ちょっと上に行ってきます。すぐに戻ります」木綿子さんに言い、レジ裏からダウンを取って、二階に上がる。

ダイニングの椅子にダウンを置き、手を洗ってから、薬缶でお湯を沸かす。

集中して作業をしていた気持ちを落ち着かせるため、木綿子さんと真依さんには、柑橘《かんきつ》系の香りのする紅茶を淹れる。自分の分と颯太の分は、ホットレモネードにする。

お盆に並べて持ち、一階に戻る。

作業の邪魔にならないように、裁断台の端にお盆ごと置く。

「ありがとう」木綿子さんと真依さんが言う。

「僕のもあるの？」颯太が嬉しそうに聞いてくる。

「サービスだ」

おやつに何を食べさせるか、家の方針があるかもしれないから、いつもは颯太には何も出さないのだけれど、飲み物ぐらいは大丈夫だろう。

「ありがとう」笑顔で言い、ビーズが抜けないように気を付けながら、作りかけのブローチを裁断台に置く。

「熱いから、気を付けろよ」マグカップを颯太の前に置く。

「うん」両手でカップを持ち、息を吹きかけて、冷まそうとする。

少し冷ましてから、持ってくれれば良かった。

親子みたいに見えたとしても、颯太はたまに店に遊びに来る子でしかない。一緒に生活しなければ、子供との接し方なんて、わからないものだ。

母親の彼氏や夫だった人の中には、僕をかわいがってくれる人もいた。けれど、僕は誰のことも好きになれず、なつかなかった。母親の後ろに隠れるようにして、彼らのことを見ていた。いきなり父親みたいな役割を求められた彼らの苦労が今は少しだけわかる気もする。

店の電話が鳴り、聡子さんが出る。

「お電話ありがとうございます。いとや手芸用品店です」と言った後、何度かうなずき、僕と木綿子さんの方を見る。

「どうかしました？」木綿子さんが聞く。

「颯太君の叔母さん、木綿ちゃんかひかり君と話したいって言ってる」

そう言われ、木綿子さんは僕を見る。

ホットレモネードを飲んでいた颯太も、僕を見る。

今まで、颯太の母親からも叔母さんからも、電話がかかってきたことなんてない。母親とは会ったこともないし、叔母さんとは年末に駅であいさつしただけだ。

「僕、出ますね」

颯太が不安を感じないように、背中をそっと撫でてから、レジに入って子機を受け取る。

「もしもし、お電話替わりました」

「颯太の叔母の、前に駅でお会いした」

「はい、憶えています」

声を聞き、二十歳くらいにしか見えなかった女の子の姿を思い出す。どこか建物の中にいるのか、館内放送のような声が微かに聞こえた。

「急にすみません」

「大丈夫です」

「今日、一晩でいいので、颯太を預かってもらえませんか？」

「えっと、それは、何かあったんですか？」

「あの、その、颯太にはまだ言わないでほしいんですが、姉が倒れて、病院に運ばれたんです」

「えっ？」

「入院することになって、ちょっと状況が状況なので、わたしが朝まで、付き添うことになりました。明日の朝一で、両親が来ます。そしたら交替して、颯太を迎えにいきます」

「命が危ないとか、そういうことなんですか？」颯太に聞かれないように、レジから離れる。

「いえ、命は今のところ無事なのですが、精神的な問題で」そこまで話し、声を詰まらせる。

「ごめんなさい、無理に話さなくていいです。颯太君のことは、心配しないでください」

「……それで、着替えとか、歯ブラシとか」話さなくてはいけないことが整理できないのか、早口になっていく。

「うちで用意できるものは、用意します。用意できないものは、颯太君と相談します」

「お願いします」それだけ言い、電話が切れる。

颯太のお母さんに何かあり、叔母さんは一人で対応しているのだろう。病院に行ってあげた方がいい気がするが、話しにくい事情があるようだ。わからないことは多いけれど、颯太が安心して過ごせることを優先させた方がいい。

「どうかした？」木綿子さんが僕の隣に来る。

電話で聞いたことを、そのまま話す。

「颯太、泊めてもいいですか？」

「うちはいいけど……」

「明日には、迎えにくるって言ってたので」

「うん」

「ただ、颯太には、どう説明したらいいのか」

「そうだね」

僕も木綿子さんも、颯太の方を見る。

聡子さんと真依さんが相手をしてくれていて、笑顔で話している。


人の動く気配がして、目が覚めた。

電気の消えた部屋でも、颯太が布団から出て、起き上がっているのは確認できた。

叔母さんからの電話を切った後で、颯太に「明日は日曜日だし、うちに泊まるか？」と聞くと、小さくうなずいた。颯太とお母さんの住むマンションに着替えとかを取りにいこうかと思ったが、どういう状況なのかがわからない。部屋で何かあったのならば、子供の見ない方がいいものが残っている可能性もある。聡子さんに相談したら、「うちの息子が小さい時に来てた服があるから」と言って、退勤後にパジャマやトレーナーを持ってきてくれた。下着や歯ブラシも、スーパーの二階の衣料品売場と雑貨売場で買ってきてくれたみたいで、一緒に入っていた。

颯太に聞いたら、アレルギーや嫌いなものはないと言うから、ミートソースパゲティとコーンサラダを作り、木綿子さんと僕と颯太の三人で夕ごはんを食べた。お風呂には、僕が一緒に入った。暴力を振るわれた痕があったりしないかと思ったが、その心配はなさそうだ。最初は不安そうにしていたけれど、ごはんを食べたりお風呂に入ったりしている間、颯太はよく笑っていた。

僕の使わせてもらっている部屋に、並べて布団を敷くと、すぐに眠ってしまった。

「どうした？」電気は消したままで、颯太に聞く。

「……帰りたい」

「ちょっと待ってな」

部屋の電気をつけて、スマホで時間を確認する。

もうすぐ二時になる。

楽しそうにしていても、夜中になれば、そう言い出すだろうと思っていた。

僕だって、中学生になっていて、母親がアパートに帰ってこないことをわかっていながらも、祖父母に「帰らせてほしい」とお願いした。

「朝まで待てない？」颯太の正面に座る。

「……帰りたい」泣きそうな顔で、首を横に振る。

帰らせてあげたいけれど、マンションには誰もいない。

普段はどうしているのか知らないが、小学校二年生の子供をひとりにするわけにはいかないだろう。

自分は、小学校に入ったばかりのころから、ひとりで何日も過ごしていた。まだじいちゃんたちもいなくて、同じアパートに住む人のことは、全然知らなかった。ボロアパートだから、強盗とかの心配はしないでもよかったが、安全とは言えない。ひとりで、火を使ったりもしていた。運良く、何もなくて済んだだけだ。

「……トイレ」小さな声で、颯太が言う。

「まず、トイレ行こう」

「うん」

立ち上がり、部屋から出ていく颯太の後ろについていく。

三階にはトイレがない。

廊下や階段の電気も消えているので、ひとりでは二階に下りられなかったのだろう。僕を起こしてはいけないと思い、がまんしていたのかもしれない。

電気をつけ、階段を下りる。

ダイニングと洗面所の電気もつけていく。

颯太がトイレから出てくるのを、僕はダイニングに座って待つ。

床が冷たいので、電気ストーブをつける。

「……ごめんなさい」トイレから出てきて、颯太は僕のところに来る。

「なんで？」

「起こしちゃったから」

「別に、いいよ」

「朝まで待つ」そう言いながらも、泣き出してしまう。

「泣くなよ」颯太を抱き上げて、僕の膝の上に座らせる。

不安な気持ちが溜まっていたのか、何も言わずに颯太は泣きつづける。抱きしめて、背中を軽く撫でる。体温を感じるほど、人と触れ合うことは久しぶりだった。母親が死ぬよりも前、彼女と別れて以来だ。子供のころ、誰かに同じようにしてもらった気がしたけれど、思い出せなかった。

ドアの開く音が聞こえて、パジャマにニットカーディガンを羽織った木綿子さんも、二階に下りてくる。

「起きちゃったんだ」

「はい」

「颯太君、気にしないでいいから、いっぱい泣きな」ティッシュを持ってきて、木綿子さんは颯太の顔を拭いて洟《はな》をかませる。

「……ごめんなさい」

「いいから、いいから」

電気ストーブはつけたものの、ダイニング全体が暖かくなるわけではない。足先を温められる程度だ。

「颯太、ここ寒いから、向こういこうか」

「……うん」

「このままでいいから、ちゃんと掴まって」抱っこしたままで、颯太を作業部屋に連れていく。

クッションの上に座らせて、コタツに入らせる。

「ここの方が暖かいからね」木綿子さんは、颯太の隣に座る。

「……うん」泣きやみ、パジャマの袖で涙を拭く。

聡子さんが持ってきてくれたパジャマは、青い生地に野球チームのロゴが入っている。市販のものではなくて、聡子さんが作ったものだ。野球好きの息子さんが、すごく気に入っていて、着られなくなっても捨てずに取っておいたらしい。

「何か飲むか？」僕が颯太に聞く。「泣きすぎて、のど渇いただろ」

「……お水」

「ジュースもあるぞ」

　年末に、お客さんが「お歳暮《せいぼ》のお裾分け」と言って、パックのジュースをくれた。僕も木綿子さんも、甘い飲み物はあまり飲まないから、まだ残っている。

「夜は、そういうものを飲んだら駄目って、お母さんに言われてるから」

「そうか」

「ホットミルクは？　牛乳だったら、いいでしょ」木綿子さんが聞く。

「……うん」迷っている顔をしつつも、小さくうなずく。

「牛乳、苦手？　嫌なことは、嫌って言っていいからね」

「……飲みたい」

　温かくて甘いものの方が気持ちが落ち着きそうだ。コーヒーや紅茶に入れるから、牛乳は冷蔵庫に常備している。

「わたしも、飲みたい」僕を見て、木綿子さんが言う。

「わかってます」

　台所に行き、鍋に三人分の牛乳を注いで、ゆっくり温める。甘くするために、はちみつを少しだけ足す。沸騰しきってしまう前に火を止める。

　マグカップに注いで、お盆に載せ、作業部屋に持っていく。

颯太は、くまやうさぎの編みぐるみを手に取り、珍しそうに見ていた。

コタツにカップを並べる。

「ゆっくり飲んでね」木綿子さんは、颯太の肩をそっと撫でる。

「大丈夫」颯太は、両手でマグカップを持つ。

そのまま、三人で黙って、ホットミルクを飲む。

ミルクを飲み切って、編みぐるみで遊びながら、颯太は眠ってしまう。

安心したわけではなくても、眠気には勝てなかったのだろう。

「寝ちゃった」寝顔を見ながら、木綿子さんは囁《ささや》くように言う。「どうしよう？　ここで、このままにしてたら、風邪ひいちゃうかも」

「抱っこして、上に連れていきます」僕も、声を潜《ひそ》める。

「大丈夫？」

「目を覚ましたとしても、またすぐに寝るだろうから」

「そうかな？」

「グズるようだったら、朝まで一緒に起きてればいいし」

「そうだね」

身体の力が抜けていき、颯太は座っていられなくなって、僕に寄りかかってくる。

起こさないように姿勢を変え、抱きあげる。

「片づけておく」木綿子さんは、襖を開けてくれる。

「お願いします」

抱っこしたままで三階に上がって部屋に戻り、颯太を布団に寝かせる。

目を覚ましたが、肩の辺りをポンポンと叩いてあげると、そのまま眠りについた。

開店の準備を終えて、シャッターを開けるために外に出たら、ちょうど駅の方から颯太の叔母さんが来た。

眠っていないし、食べてもいないのか、足取りは重そうで、全身に力が入っていないようだった。鏡を見る余裕もなかったみたいで、化粧は崩れて、髪も乱れている。年末にあいさつした時よりも、やつれた感じがする。

「おはようございます」僕から声をかける。

「おはようございます。颯太を迎えにきました」

「朝ごはん、食べました？」

「いえ、まだ」

「簡単なものしかできませんけど、食べていきませんか？」

「両親が来てくれたんですが、すぐに戻らないといけないので」

「食べないと、身体が持ちませんよ」

母親が亡くなった時、僕は彼女と同じように、二十代の前半だった。遺体を確認して、手続きをして、母親の部屋を見にいき、火葬やお墓のことを考え、食べることや眠ることを忘れた。自分はまだ若いし、大丈夫と思い込んでもいた。しかし、急に電池が切れたようになり、母親の部屋を片づけている間に、動けなくなった。しばらく眠ってから、流しの下に残っていたカップラーメンを食べた。

颯太のお母さんは亡くなったわけではないから、同じように考えてはいけない。けれど、実家のご両親が出てきても、気を抜けない状況なのだろう。

「コンビニで、おにぎりでも買います」颯太の叔母さんが言う。

「そうですか。じゃあ、颯太を呼んできますね」

店の中に戻ろうとしたら、木綿子さんが出てきた。

「颯太君、また寝ちゃったんです」

「えっ？」叔母さんは声を上げ、困ったような顔をする。

「朝ごはん食べて、荷物も用意して、テレビを見ながら待ってたんですけど、寝てしまいました」

「起こします！　それか、そのまま、連れていきます！」

「それは、難しいと思いますよ」僕が言う。

小学校二年生の男の子は、そんなに軽くない。眠っていると、全身の力を預けてくるから、より重くなる。赤ちゃんや保育園に通っているくらいのころは、叔母さんも颯太を抱っこしていたのだろう。でも、その時よりも、身体は大きくなっている。

起こしたとしても、病院に着くまでに、また寝てしまうかもしれない。

タクシーに乗せてしまえばいいとは思うが、商店街は空車なんて滅多に通らない。乗り場のある駅の反対側まで、行く必要がある。店の裏に呼ぶこともできるし、僕が颯太を抱っこしていくこともできるけれど、その提案はしないことにした。

叔母さん自身、少しでもいいから、休んだ方がいい。

「夜中に少しだけ起きましたが、その後はちゃんと寝てました」僕から話す。「だから、ちょっと寝てるだけで、すぐに起きると思います。それまで、朝ごはんを食べながら、待ちませんか？」

「……はい」小さくうなずいたまま、叔母さんは下を向く。

パートさんたちに店を任せ、僕と木綿子さんは叔母さんを二階に案内する。

作業部屋をのぞくと、颯太はピンク色のうさぎの編みぐるみを抱きしめ、たくさんのクッションに埋もれるようにして、眠っていた。

「向こうで、どうぞ」木綿子さんがダイニングの方を手で指し示す。

「先に、お手洗いを貸してください」

「どうぞ」

お手洗いの場所と洗面所を木綿子さんが説明する。

僕は台所に行き、薬缶でお湯を沸かして、冷凍しておいたごはんをレンジで温める。冷蔵庫から大根の漬物を出す。ひとり分だから顆粒《かりゅう》だしを使い、ネギとしめじのみそ汁を作る。卵焼きを焼いて、ソーセージを炒め、梅干しと昆布のおにぎりを握り、大き目のお皿に並べる。ほうじ茶を淹れる。

叔母さんは、お手洗いから出た後、洗面所で顔を洗って髪も整えて、さっぱりしたような顔でダイニングに戻ってくる。

「簡単なものじゃないじゃないですか！」テーブルに並ぶ朝ごはんセットを見て、驚いた声を上げる。

「うちには料理人がいるんで、簡単なものですよ」冗談めかした口調で言い、木綿子さんは僕を見る。

「もっと作れます」野菜が足りないと思ったけれど、さすがにこれ以上出したら、お腹が苦しくなってしまうだろう。

あとは、真依さんが持ってきてくれたりんごがあるから、食後に剝《む》こう。

「ありがとうございます」叔母さんは、席に着く。

整えていれば、ごく普通の二十歳くらいの女の子だ。颯太の叔母さんではあるのだけれど、「おばさん」ではない。

「いただきます」手を合わせてから箸を取り、みそ汁を飲む。

温かいものが身体に入り、表情も柔らかくなる。

おにぎりを食べて、卵焼きに箸を伸ばし、ほうじ茶を飲む。

食べられるならば、身体はまだ元気なのだろう。

僕と木綿子さんは、並んで座り、叔母さんの食べる姿を黙って見る。

「ごちそうさまです」全て食べ終えて、叔母さんは僕と木綿子さんに頭を下げる。「ありがとうございました」

「どういたしまして」僕と木綿子さんは声を揃え、頭を下げる。

三人同時に顔を上げ、叔母さんはほうじ茶を飲む。

「颯太のことも、急に預かってもらって、本当にすみませんでした」

「うちは、大丈夫ですよ」木綿子さんが言う。「いつでも、泊まってもらって構わないので」

「両親が颯太を連れて帰ることになると思います」

「えっ？」僕は、片づけをしようとしていた手を止める。

「姉は、とても頭のいい人です」叔母さんは、記憶を確認するように、ゆっくりと話す。「県で一番と言われる進学校に通って、東京の私立大学に合格しました。うちの辺りでは、それは快挙とされることです。わたしは、十歳離れているので、姉をただただ憧れの目で見ていました。大学に入ってからは、サークル活動やバイトもしていたみたいですが、勉強もがんばっているようでした。夏休みとお正月は必ず実家に帰ってきて、両親と話し、わたしと遊んでくれました。正社員として就職も決まって、家族の誇りだったんです。大学四年生のお正月、姉は帰ってきませんでした。学生生活最後の冬休みだから、友達とスノボに行きたいと。卒業式も、友達といたいから来ないでいいと言われ、両親は残念そうにしていました。けど、それは嘘で、姉は颯太を妊娠していたんです」

「はい」僕も木綿子さんも、小さくうなずく。

颯太と叔母さんの年齢を考えて「それくらいだろう」とは思っていたから、特に驚きはない。自分の母親のことを考えれば、珍しいことだとも感じなかった。しかし、進学や就職が快挙や誇りになる家族の中で、言い出せないようなことであるとも、わかる。

「彼氏と別れた後に、わかったみたいです。誰にも相談できないうちに、お腹は大きくなっていき、姉はひとりで産む決意をしました。姉が颯太を連れて、実家に来たのは、大学を卒業して半年くらい経ってからでした。颯太のことは、卒業前に産んだので、もう新生児期は過ぎていました。わたしは、赤ちゃんを見て、かわいいと思っていただけでした。でも、両親はそういうわけにはいきません。特に父は、厳しい人なので、怒りました。そして、姉も姉で、父に似た厳しい人です。あの時、本当は、両親を頼りたかったのだと思います。それまでは、元カレや友人に助けてもらっていたみたいですが、限界だったのでしょう。しかし、父とけんかになり、颯太のことはひとりで育てると言い、東京に帰ってしまいました」

「はい」木綿子さんが相槌を打つ。

僕は、冷めてしまった叔母さんのほうじ茶を淹れ直し、自分と木綿子さんの分も淹れる。

「就職の決まっていた会社は、妊娠がわかってすぐに辞退したようです。都内で、家賃の少しでも安いところと考え、二十三区から離れ、こっちの方に引っ越してきたことは、住所変更のはがきで知らされました。在宅でできる仕事をしつつ、姉は颯太を育てました。学生のころの友人の紹介もあったりして、そこそこ稼げていたようです。颯太の父親である元カレも、数年は会っていたみたいです。結婚しなくても親として関わっていくとか、新しい家族の形とか、考えていたのだと思います。けれど、彼にも仕事があって、別の彼女もいて、そのうちに連絡は途絶えたのでしょう。どうしているのか、たまに母が電話をかけ、わたしも聞いていました。母は心配して、何度も帰ってくるように言いました。在宅の仕事ならば、実家でもできます。それなのに、姉は意地で、颯太をひとりで育てようとしたんです。彼氏がいた時期もありました。けど、パートナーと言って、将来のことなんて考えていないようでした。そういうの、みっともないし、バカバカしいですよね」

そこまで話し、叔母さんは一息つくように、ほうじ茶を飲む。

僕と木綿子さんも、ほうじ茶を飲む。

「わたしは、大学に受かって、東京に出てきました。大学の校舎が市内にあるので、最初は姉と颯太と一緒に住もうと考えていたんです。でも、姉に拒否されて、近くにアパートを借りました。それなのに、颯太が熱を出したりすると、呼び出されました。姉は、在宅ワークから、仕事を大きくしていき、外に出なくてはいけないことも増えていたんです。今は、フリーランスとして、活躍しているという感じです」

「そうなんですね」木綿子さんが言う。

「お金に困ることはないようです。けど、生活は酷いものです。部屋は汚いし、ちゃんとしたものを食べていない。姉も颯太も、外に出る時は、キレイにしています。わたし以外の人が見ても、問題は感じないでしょう。部屋の中を知っているのは、わたしだけです。わたしが掃除に行っても、すぐに部屋は荒れます。荒らしているのは、颯太ではなくて、姉です。颯太は、本当にいい子です。姉が異常に厳しく育てたのでしょう。駄目と言われていることは、絶対にしません。保育園には通わせていましたが、学童は必要ないと言って入れませんでした。小学校一年生で、静かに留守番のできる子になってしまった」

「それは、なんとなく知っています」僕が言う。

颯太は、よく「お母さんに駄目って言われているから」と言う。母親の言うことは、絶対だ。僕も、必ず守っていた。ただ、僕の母親は、厳しい人ではなかった。僕を置いていくこともあるくせに、誰かに引き離されないようにするために、嘘をつくように言われただけだ。

「姉は、もう何年も前から、精神的に駄目になってしまっていたのだと思います。颯太は、その被害者です」

「……はい」どう返せばいいか迷ったが、うなずくしかできなかった。

「最近は、ずっと調子が悪くて、怒鳴ったり暴れたりすることが増えていました。年末も、そういうことがあったため、姉をだますようにして、颯太を実家に避難させたんです。けど、それが余計に怒らせてしまった。年が明けて、颯太が帰ってきてから、前以上に状態が悪くなり、昨日の夕方に大量の睡眠薬を飲みました」

「……はい」

「颯太は、わかっていたのでしょう。お昼過ぎに、電話をくれました。それで、ここに避難するように、わたしから言ったんです。姉が何かする姿は、見せたくなかった。ご迷惑をおかけして、本当にすみませんでした」

叔母さんは、深く頭を下げる。

彼女自身も、精神的に限界だったのだろう。

大学や地元の友達に話せるようなことではなくて、ずっと胸の奥に押し込めていたのだと思う。

「うちは、大丈夫だから、気にしないでください」木綿子さんが言う。「部屋はあまっているし、料理ができる人もいます。着るものがなければ、すぐに作れる。いつでも、頼ってもらって、いいんです」

「ありがとうございます」頭を下げたまま、叔母さんは泣き出してしまう。

叔母さんがもう一度洗面所に行っている間に、颯太が作業部屋から出てきた。

「……ひかり」眠そうな顔をして、台所で片づけをしていた僕に抱きついてくる。

「どうした？」洗い物をしていた手を拭いてから、抱き上げる。

「これ、欲しい」手には、ピンク色のうさぎを持っている。

「いいよ」テーブルを拭いていた木綿子さんが言う。

「ありがとう」うさぎを見て、颯太は笑顔になる。

厳しく育てられ、颯太は保育園や小学校以外では、人と関わったこともなかったのだろう。僕と木綿子さんは、お母さんの知らない人だから、甘えられる大人だと考えてくれたのかもしれない。

「颯太」叔母さんが洗面所から出てくる。

「……ごめんなさい」颯太は、慌てて僕の手から下りる。

「お母さんには、言わないから」

「……うん」

「帰ろう」

「……うん」

「それで、しばらく、おじいちゃんとおばあちゃんの家に行こうね」

「しばらくって？」

「それは、おじいちゃんとおばあちゃんと一緒に考えよう」

「……うん」

たとえば、僕と木綿子さんが夫婦だったら、二年生が終わるまでの一ヵ月半くらいの間だけでも、颯太を預かることができたのかもしれない。場合によっては、その後も、自分たちの息子のように育てることも考えられただろう。そうすれば、颯太は母親と遠く離れないで済む。けれど、僕と木綿子さんの関係自体が、いつまでつづくかわからない。

春までの間に、僕が出ていくということはないと思う。でも、その先については、なんとも言えなくて、責任が持てなかった。それならば、颯太はできるだけ早いうちに、おじいちゃんとおばあちゃんの家に行った方がいい。素直な子だし、まだ子供のうちだったら、家族に甘えることもできるようになるだろう。大きくなってしまってからでは、それが難しくなる。

颯太の将来を考えたら、躊躇わず頼れる大人に、そばにいてほしい。

「帰る準備してきな」颯太に言う。

「うん」

「トイレは？」

「入る」

颯太はトイレに行ってから、洗面所で手を洗い、作業部屋に戻る。荷物の入ったリュックを背負って、出てくる。うさぎは、手に抱いたままだ。

「途中で寝ちゃうなよ」

「もう眠くない」

「忘れ物ないか？」

「ないよ」

「あったら、送ってやるから」

話しながら、急な階段をゆっくりと下りていく。

僕と木綿子さんは、店の前まで出て、叔母さんと颯太を見送る。

颯太は、何度も振り返って、小さな手を振る。

このまま会えなくなる、とわかっているのかもしれない。

うさぎを見て、たまに僕と木綿子さんを思い出してくれればいい。

そう考え、僕が涙を堪えたのに、隣にいた木綿子さんが泣き出してしまう。

「どうしたんですか？」

「だって……、ひかり君が……」

「颯太じゃなくて、僕ですか？」

「……うん」

そのまま、何も言えなくなり、木綿子さんは涙をこぼしつづける。

商店街の真ん中だし、颯太にするみたいに抱きしめるわけにはいかない。

触らないように、肩と背中の辺りに手を添えるようにして、店の中に戻る。

星型に流し込んだレジン液に小さな三日月のパーツを入れて、黒と青とシルバーのラメパウダーを重ねていく。UVライトに当て、硬化させて金具をつければ、夜を詰め込んだようなキーホルダーができあがる。

わたしが裁断台で作業する手元を、更紗ちゃんは黙って見つめている。

「やってみる？」

「うーん」照れたような顔をして、下を向く。

家に遊びにいくと、元気いっぱいという感じなのだけれど、今日は知らない人がたくさんいるからか、おとなしい。

修ちゃんが帳簿の確認に来て、更紗ちゃんもついてきた。二階の作業部屋で遊ぼうと思っていたのだけれども、お店がいいと言われた。ダイニングで修ちゃんが仕事をする間、下で待つことにした。

「保育園は、もう春休み？」聡子さんが更紗ちゃんに聞く。

「ううん」小さく首を横に振る。

「保育園だと、春休みって、ないのかな？」

「ないけど、お休みする」

「そうなんだ」

「パパとママと遊園地に行きます」恥ずかしそうにしつつも、ハキハキと答える。

赤ちゃんのころは、香織さんと似ていると思っていたのだけれど、大きくなるにつれて修ちゃんと似てきた。まだ四歳だから、目つきとか鼻筋とか、完成しているわけではない。これからも、変わっていくのだろう。具体的にどこが似ているとは言いにくい。でも、話している時の不意の表情が「修ちゃんの子供のころとそっくり」と感じることがある。わたしが産まれた時、修ちゃんはすでに小学校四年生だった。小さかったころのことなんて知らない。それなのに、「そっくり」と感じるのは、わたしとも少し似ているからなのかもしれない。

自分に、娘や息子がいたら、どんな顔をしていたのだろう。

子供が欲しいと願いながらも、難しいと考え、諦めようとしてきた。それなのに、最近はまた、やっぱり欲しかったと感じることが増えてきている。更紗ちゃん以外にも、お客さんの子供と接したりすると、その気持ちが強くなる。ものではないのだから、欲しいとか欲しくないとか、考えていい問題ではない。それでも、どうしても「欲しい」と思ってしまうのだ。

「ちょっとやってみたい」更紗ちゃんが言う。

「いいよ」

「どうするの？」

「じゃあ、まず、この液体をここに入れてください」

「うん」

「ゆっくりね、手に付かないように気を付けて」

「わかった」

唇を引き結び、更紗ちゃんは星型に透明のレジン液を流し込んでいく。三日月のパーツを入れて、小さな手で爪楊枝《つまようじ》を持ち、位置を調整する。気泡ができてしまったので、爪楊枝でつぶせることを教える。紫と赤のラメパウダーを入れて、夕方の空みたいな色にすることにした。さっき、わたしが作った夜を詰め込んだキーホルダーは、色合いがあまり好きではなかったようだ。

ひかり君は鍵に何もつけていないから、あげようかと思ったけれど、なんとなく言いにくい気がした。

裁断台で、わたしと更紗ちゃんと聡子さんがお喋りをしながらレジンで遊んでいる間、ひかり君はミシン糸の品出しをしていて、こちらを気にすることもない。


おやつの時間になったから、更紗ちゃんと一緒に二階に上がる。

パックのオレンジジュースとカステラを出し、作業部屋のコタツで食べた後、更紗ちゃんは寝てしまった。わたしは音を立てないように部屋から出て、ダイニングに行く。

「寝た？」修ちゃんは、パソコンから顔を上げる。

「うん」わたしは、修ちゃんの正面に座る。

「お昼寝しすぎると、夜寝なくなるんだよな」

「起こした方がいい？」

「いや、大丈夫。ここで少し寝てくれた方が、帰り道は元気でいてくれるだろうから」

「そうなんだ」

更紗ちゃんや颯太君以外にも、お客さんが子供を連れてきたりするので、小さな子と接する機会は多い。子供のために何か作りたいという相談であれば、だいたいのことは答えられる。けれど、自分で育てたことがないから、本当に必要なものなんて、何もわかっていない。

そんなことをコンプレックスに感じなくてもいいと頭では理解しているが、胸の辺りを押されるような息苦しさを覚える。

「売上、下がってるよな？」パソコンをわたしの方に向け、修ちゃんが言う。

「えっ？」

「前年比で見ると、毎月少しずつ下がってる」

「ああ、うん」

駅の近くで場所がいいし、昔からの常連さんもいるし、アクセサリーを自分で作ったり売ったりする人も増えてきているから、大幅に売上が下がっているわけではない。しかし、あと少しというところで、前年の同月に届かない月がつづいている。ショッピングモールには大手の手芸用品店が入っていて、海外製のビーズを扱うようなアクセサリーパーツの専門店もある。ネットで、大量注文する人もいるのだろう。

個人経営の店は、店員との距離が近いということをメリットに感じられない人には、入りにくいのだと思う。

このままだと、新しいお客さんが来なくなり、売上は減っていく一方だ。

「しばらく店を閉めて、改装してみないか？」

「……改装？」

「ばあちゃんから引き継いで、そのままだろ」

「そうだね」

「前は、ばあちゃんの友達みたいな常連さんばっかりだったから、それでも良かった。今も、その人たちに支えられている」

「うん」

「ただ、あまり考えたくないことだが、その人たちは数年のうちにこの世界からいなくなってしまう」

「……うん」

常連さんは、六十代や七十代の方が多い。八十代の方もいるが、細かい作業に疲れてしまうと話していた。手芸をやめたわけではなくても、店に来る頻度は減っていく。

「改装して、木綿ちゃんの店にした方がいいと思うんだよ」

「うーん」

わたし自身、先のことを全く考えていなかったわけではない。

しかし、おばあちゃんから引き継いだものをどうにかして守ろうと必死になるばかりで、自分の店とは思えていなかった。店主になってから、もうすぐ二年が経つ。あまりにも、無責任だったという気がしてくる。けれど、大幅に改装したりしたら、常連さんが来てくれなくなるかもしれない。

「今までの雰囲気は残しつつ」メモ帳を広げ、修ちゃんは店のレイアウトを描いていく。「裁断台の他に、作業スペースみたいなものを作れると、いいんじゃないか？　今は、常連さんが裁断台の周りに集まって、お喋りしたり作業したりしてるけど、新規のお客さんは近寄りにくいと思うんだよ」

「うん」

「作業台では、店のものを使って、自由にものづくりができる。ミシンとか、見本で出しているものも試せるようにする。あと、聡子さんとかパートさんにも協力してもらって、ばあちゃんがやっていたような、ミシンの使い方講座や編み物教室を定期的に開催してもいい。手芸の動画は増えているし、何か作ってみたいという人は多いと思う。大手やネットでは難しいような、個人経営の店だからこその距離の近さを活かせる」

「なるほど」

「子供たちが遊べるスペースが少しあったりすると、いいよな。夕方から夜は、会社帰りの人向けにアクセサリー作りの講座を開いたりしたら、今までとは違う客層の人にも来てもらえるようになる」

「修ちゃん、本当はお店継ぎたかったの？」

わたしが聞くと、修ちゃんは手を止める。

高校を卒業するくらいまで、修ちゃんも刺繍や編み物をしていたはずだ。そのころ、わたしは幼稚園や小学校低学年だったから、はっきりは憶えていないけれど、親戚が集まった時に修ちゃんがおばあちゃんから編み物を教わっているところを何度か見たことがある。今でも、更紗ちゃんのセーターくらいだったら、ほんの数日で編み上げられるだろう。

「オレは、税理士だから」ペンを置く。

「それは、別として」

「子供のころは、継ぎたいって考えたことはあったよ」立ち上がり、薬缶でお湯を沸かす。「学校では、男が手芸するなんておかしいとか言われたけど、刺繡や編み物が好きだった。でも、オレが好きなのは、作ることなんだよ。プラモデルを組み立てることと同じ。花柄の生地やアンティークのビーズを見て、かわいいと感じることはない。レース編みを見て、どうやって編んだのか、頭の中で展開することはあっても、美しいとは思わない」

「ふうん」

「店の改装も、経営者的な視点でしかなくて、ここをこうすれば利益が上がる、こうしたら新規のお客さんの獲得につながる、っていうことを考えるのが楽しい」

お湯が沸いたので、修ちゃんはマグカップをふたつ出して、インスタントコーヒーを淹れる。

「ありがとう」マグカップを受け取る。

「木綿ちゃんは、子供のころから感性が優れていた。店の商品を見て、これがかわいい、あれがキレイ、って言っている姿を見て、木綿ちゃんが継いだ方がいいって思った。作るものも、他の子供とは、レベルが違った」

「そうかな？」

「家庭科の先生に、嫌がられてただろ？」

「ああ、そんなこともあったね」

小学校や中学校の家庭科の授業で作るようなクッションカバーやエプロンや浴衣《ゆかた》は、先生の説明を聞かなくても、簡単に作れた。勝手に進めて、友達にミシンの使い方を教えたりしていたため、家庭科の先生が担任に「糸谷さんは、協調性がない」と報告した。一応という感じで、そのことを担任が親に電話をかけてきた。母親は「うちの娘は手芸はできても、料理は全くできないから、ご安心ください」という論点がずれているとしか思えない返事をしていた。

「オレは、協調性があるから、ちゃんとみんなに合わせて進めてたけどな」

「そう」

「そういう姿を見て、木綿ちゃんが店を継いで、オレが経営を手伝うのがいいって、考えた」

家庭科の時間に暴走してしまう以外、わたしは普通の子供だったと思う。人の感情をうまく感じられないということはあっても、友達はいた。勉強や運動は、中の上くらいで、良くも悪くも目立たない子だった。そういう子が急に協調性のない行動を取ったから、家庭科の先生も担任も驚いたのだろう。自分が「普通ではない」と気が付いたのは、大人になってからだ。ずっと会社勤めをつづけていたら、結婚や出産の話題を避けることが難しくなって、圧力みたいなものも感じ、もっと悩んでいたかもしれない。

そういうことを話さなくても、修ちゃんは気づいていたのだろう。

会社をやめて、フリーランスになって、おばあちゃんの店を継いで、自分の意思で仕事を変えてきたつもりだった。でも、家族の作ってくれた道だったのだ。

「改装、木綿ちゃんだったら、どうしたい？」修ちゃんが聞いてくる。

「うーん」ペンを持ち、修ちゃんの描いたレイアウトを見る。「作業スペースで、お茶とお菓子を出したりできるといいな。集中して作業する合間に、一息つけるといいでしょ。講座の後にみんなでお喋りしたりもできる。しっかりとしたケーキじゃなくても、焼き菓子ぐらいのもの。フィナンシェとかスティック状のチーズケーキみたいな片手で食べられるやつ」

「飲食を出して、お金を取るとしたら、そのための資格も必要になるよ」

「それは、ひかり君にお願いできるから」

「夜野君は、そういう資格を持ってるの？」

「調理師免許は持ってるって、面接の時に話してた。ずっと飲食の仕事をしてたから、他にも何か持ってると思う」

「他に、何が必要なんだろう。講習を受ければ、取れるものもあるはずだし、大丈夫かな」

「店の半分くらいをちゃんとしたカフェにしても、いいかも。そうすれば、手芸用品を買う以外のお客さんも入ってくれそうだし、きっかけになるよね。わたしが作った小物をレジ横に置いて、売ったりもしようかな。外壁の草や花の柄を活かしたいから、中はカントリー風の懐かしい感じにしたい。今っぽくしすぎると、常連さんが入りにくいでしょ。内装工事に合わせて、外壁のクリーニングもできるといいな」

「うん、うん」

「……なんて、夢でしかないけどね」レイアウトから顔を上げて、ペンを置く。

「なんで？」

「ひかり君、ずっといるわけじゃないから」コーヒーを飲む。

「出ていくって、決まったの？」

「ううん」首を横に振る。

「だったら、このままいてもらえばいい」

「そういうわけにはいかないよ。修ちゃんだって、気を付けろとか、前は言ってたじゃん」

「最初のころは、よく知らないし、心配もしたよ。でも、仲良く暮らしているみたいだし、店のことも家のこともちゃんとやってくれている。それは、帳簿を見たら、わかる。このまま、木綿ちゃんがひとりでいる気ならば、夜野君と住みつづけてもいいと思う」

「ひかり君の人生はひかり君のためにあるの、わたしのわがままには付き合ってもらえない。家族では、ないんだよ」

お店は家族のもので、その経営状況は両親や修ちゃんにも、関係がある。だから、頼れるのだ。ひかり君は、住み込みの従業員でしかない。いつか、ここから出ていけば、関係のない人になる。カフェなんてはじめたら、彼に縋《すが》りつくことになってしまう。

「今のアルバイト待遇から、正社員にするっていう考え方もある。従業員に頼るのは、甘えではない」

「好きな時に、出ていけるようにしてあげたいの」修ちゃんの目を見て言う。

「そっか」

「うん」

この気持ちは絶対なのだということをわかってくれたのか、修ちゃんはそれ以上は何も言わなかった。

お店の今後や改装のことは、ちゃんと考えよう。

でも、それは、ひかり君とは関係のないことだ。

夕ごはんを食べた後、ひかり君は作業部屋でコタツに入り、おじいちゃんたちのサコッシュを縫うのが最近の日課になっている。ミシンを使うか手縫いにするか迷い、手縫いにした。帆布の色を変えるのではなくて、同じ生成りの生地でも、角に入れる刺繍のデザインをそれぞれに合わせることで、お揃いではありつつも個性が出るようにした。

わたしは、手伝いたいという気持ちを抑え、ひかり君の手元を気にしながら、春物のワンピースのデザインを考える。

「ここって、どうすればいいですか?」ひかり君が聞いてくる。

今日は、刺繍を入れるために、基本的なステッチの練習をしている。初心者セットを使っているのだけれど、説明書だけではわかりにくいところがある。

「これは、先にこっちから糸を通して、次にこっちに針を刺して」

「こうですか」

「ここは、引っ張りすぎないようにして」

「あっ、それで、次がこっちなのか」

「そう、そう」

「できました!」

ひかり君は顔を上げ、ごほうびを待つ子犬のように目を輝かせてわたしを見る。

「忘れないうちに、もう一回やってみて」

「はい！」視線を手元に戻し、練習をつづける。

集中する時のクセなのか、ひかり君は唇を尖らせる。

料理をしている時も、たまに同じようにしている。

「それ、クセだね」

「何がですか？」手を動かしながら、話す。

先月の終わりに、まっすぐに縫う練習をはじめた時には、話す余裕なんてなかった。ミシンを試した時には「怖い、怖い」と騒ぎ、パニックを起こしていた。手縫いにした理由を「ミシンは早くできそうだけど、あまりおもしろくない」と言っていたが、動かし方がよくわからず苦手と感じただけだろう。

「唇、尖らせるの」

「えっ？」手を止めて、驚いた顔でわたしを見る。

「集中すると、唇が尖っていく」どういう風にしているのか、マネをする。

「そんな顔しませんよ」

「してるよ」

「そうなんだ、気づかなかった」そう言いながら手を進め、また唇を尖らせる。

「ほら、また」

「うーん」唇を引き結ぶ。

「無理しないでいいよ」

わたしが笑いながら言うと、ひかり君も笑う。

ふたりとも手を休め、緑茶を飲んで、あまっていたカステラを半分ずつに分ける。

「颯太にも、同じクセがありました」ひかり君は、長い指でカステラを取る。

「そうだった？」

「はい」カステラを食べながら、少し寂しそうにする。

叔母さんが連絡をくれたところによると、颯太君はおばあちゃんとおじいちゃんと住みはじめて一ヵ月近く経ち、向こうの生活に馴染んできたようだ。転校した小学校では、友達がたくさんできたらしい。お母さんも、できるだけ早く迎えにいくために、治療をつづけている。

ひかり君にとって、颯太君は最初のお客さんであり、友達でもあった。

子供と接することが得意というわけではないと思う。

他のお客さんの子に対しては、どう接していいのかわからないような顔をして、困っている時もある。

「指、長いから、指編みもできるかも」

「指編み？」ひかり君は、自分の手を見る。

「編み棒を使わないで、指で編み物をするの。マフラーとかだったら、簡単にできるよ。編みぐるみも作れるから、颯太君に送ってあげようよ」

「はい！」嬉しそうに、表情を輝かせる。

「作らないといけないもの、いっぱいだね」

「……そうですね」

「時間かけて、少しずつ進めていこう」わたしも、カステラを食べる。

いつか出ていくとしても、今月や来月ということではない。

おじいちゃんたちのサコッシュや颯太君の編みぐるみを作るぐらいの時間はある。

「お箸持ったり、料理したりする時も、指が長いからキレイに見えるよね」

「うーん、そんなに長いですか？」

「長いよ。今まで言われたことない？」

「手が大きいとは、たまに言われます」手を開いて、自分の顔の横に並べる。「こうすると、バグを起こすって、成瀬や美咲ちゃんに笑われました」

「本当だ」わたしも、笑ってしまう。

顔が小さくて、手が大きいから、遠近感がつかめなくなる。

「笑わないでください」拗《す》ねた顔をして、緑茶を飲む。

「ごめん」

「いいですけど」手を見つめ、開いたり閉じたりする。

「お箸の持ち方は、成瀬君のお母さんとお父さんに習ったの？　いつもキレイに持ってるし、器用に動かすなって思ってた」

「ああ、それだけは、母です」

お母さんのことを思い出しているのか、ひかり君は少し遠くを見るような目をする。

「母は、箸や鉛筆の持ち方にだけは、厳しかったんです。子供のころ、何度も練習させられました。他には、何も教えてくれなかったのに。それだけできていれば、ちゃんとしているように見てもらえると考えたのでしょう。何を考えていたのか、親子なのに、よくわからないと今でも思っています。けど、十代でひとりで子供を産み、母なりに必死だったのだと、今は考えられます」

「うん」

「嫌になって、僕を捨てて、逃げてしまいたくなることもあったのでしょう。それでも、いつもギリギリのところで、帰ってきてくれた」

「うん、うん」

更紗ちゃんや颯太君にするみたいに、頭や背中を撫でてあげたくなった。でも、彼は、子供ではないのだ。出そうになった手を引っ込める。

「ごめんなさい。話がずれました」ひかり君は、思い出したことを振り払うように、頭を横に振る。

「いいよ。なんでも、話して」

「いいえ、大丈夫です。気にしないでください」

「手芸も、道具の持ち方は大事だから、厳しく教えるね」

できるだけ軽い口調で言うと、ひかり君は「怖いな」と言いつつ、笑う。

「料理も、道具の持ち方は大事になります。母の教えてくれたことは、今までの仕事でも手芸でも基本で、役に立っていると感じます」

「お母さんにお箸の持ち方を教わって、成瀬君のお母さんに料理や他の家事を教わって、料理の仕事をして、ひかり君は自分を作り上げてきたんだね」

「……はい」うなずき、ひかり君は静かに涙を流す。

「えっ、どうしたの？」

「ごめんなさい。なんでもないです」ティッシュを取り、涙を拭く。

「なんでもなくないでしょ」

「いや、なんか、ひとりで生きてきたつもりだったけど、全然そんなことなかったんだって思ったら、恥ずかしくなって。母や成瀬の家族が教えてくれたことがあるから、生きてこられたのに」

ひかり君は、コタツにかけたキルトの上に両手を揃え、強く握りしめる。泣いてしまわないように、全身に力を入れ、ずっとひとりで耐えてきたのだ。

「そうだよ。ひかり君は、ひとりじゃないからね。今だって、わたしや聡子さんたちもいるでしょ」

「はい、ありがとうございます」

「もっと泣いてもいいんだよ」顔をのぞき込む。

「いいです、もう泣きません」目を逸らし、洟をすする。「というか、泣いていません。これは、花粉症のせいです」

「そういうことにしておいてあげるよ」

「……はい」顔をティッシュで軽く拭いて洟をかみ、残っていた緑茶を飲む。

赤くなった目には、まだ涙が残っている。

光が反射して、うすいガラスの破片をちりばめたみたいに、きらめいて見えた。

「そろそろ、コタツをしまいますか？」ひかり君は、話を逸らしながらも、まだ洟をすすっている。

「そうだね。もうちょっと暖かくなってからかな」

三月に入ってから、春を感じる日が増えてきている。

けれど、まだ寒い日もあるだろう。

「そっかあ」残念そうに言い、コタツの中に手を入れる。

「春や夏にやってみたいことは、何かないの？」

「今の楽しみは、夏の花火です。屋上で見るって決めてます」

「花火大会の日、屋上でバーベキューしようか？　成瀬君とかも誘って」

「そうすると、僕はバーベキュー係になるから、静かに見たいです」

「そっか、そうだね」

雪が降った日、屋上にふたりで出た時は、ひかり君は花火大会のころには、いないのではないかという気がしていた。でも、本人が楽しみと言っているのだから、あと半年くらいはいてくれると考えてもいいのだろう。

「でも、その日は、何かおいしいものが食べたいですね」

「まだ先のことだし、考えよう」

「はい」

ひかり君は、大きくうなずいて、コタツから出る。

湯呑みとお皿を持ち、作業部屋を出て、台所へ持っていく。

真依ちゃんに映画の試写会に誘われて、久しぶりに東京の中心部まで出てきた。同じ都内でも、昔からの商店街の残るうちの辺りとは、全然雰囲気が違う。

試写会が終わって映画館の外に出ると、もう夜だったのだが、街は明るい。

街路樹は、イルミネーションに彩られている。

「クリスマスみたい！」

「一年中、何か理由つけて、こういうことやってるよ」

「写真、撮っていい？」

「どうぞ」

「ちょっと待ってね」バッグからスマホを出して、写真を撮る。

うまく撮れたものを選んでひかり君に送り、ごはんを食べてから帰ることも、改めて伝える。

すぐに〈了解〉と書いてある柴犬のスタンプが返ってきた。

「ひかり君？」真依ちゃんがスマホをのぞき込んでくる。

「うん」

「忠犬っていう、自覚あるんだ」

「いや、偶然だと思う」

わたしは、ひかり君を子犬のようだと思っても、忠犬とは考えていない。しかし、真依ちゃんや聡子さんだけではなくて、常連さんにまで、ひかり君は木綿ちゃんの忠犬と言われているようだ。

「遅くなったら、寂しがるんじゃない？」

「ひかり君も、友達の家に行ってるから。お店は、パートさんたちに任せて、ふたりとも休むことにしたの」

　自宅と店が繋がっているため、休もうと思っても、なかなかそういうわけにはいかない。試写会に誘われた時は、出かけてもいいのか迷ったのだけれど、ちょうどいい機会と考えて、ひかり君にも休んでもらうことにした。成瀬君の実家に遊びにいくと話していた。

「友達って、女？」

「女もいるけど、真依ちゃんの期待してるような話ではない」

　美咲ちゃんと成瀬君のお姉さんも来るらしい。お姉さんは成瀬君とは、あまり似ていない。不思議なことだけれど、美咲ちゃんの方が似ている感じがする。朗らかな印象の人だ。しかし、子供のころも今も、成瀬君とひかり君は、何があっても逆らえないと恐れているらしい。とても仲はいいみたいだが、真依ちゃんの期待する関係になることはないようだ。

「ごはん、どうする？」真依ちゃんが聞いてくる。

「かわいいお店に行きたい」

「かわいい食べ物ってこと？」眉間に皺を寄せる。

「店の内装がかわいいところ」

「どういうかわいい？　ＳＮＳで映えるような感じ？」

「店を改装するかもしれないんだよね。それで、参考になるようなお店に行けるといいと思って」

　話しながら、通りの端に寄り、わたしも真依ちゃんもスマホを見る。

高いビルの間だからか、強い風が吹く。

うちの辺りよりも、ここの方が寒い気がするのは、この風のせいだろう。

スマホで調べてきたお店を真依ちゃんに見せ、コートのボタンを留める。

「糸谷さん！」

少し離れたところから声をかけられ、わたしはスマホから顔を上げる。

そこには、日向君が立っていた。

「どうしたんですか？　こんなところで」日向君が駆け寄ってくる。

「えっと、あの、友達と映画の試写を観て。それで、その」

「知り合い？」真依ちゃんはスマホから顔を上げ、わたしを見る。

「フリーランスのころに一緒に仕事をしてた人」

「はじめまして」爽やかさを振りまく笑顔で、日向君は真依ちゃんを見る。「糸谷さんとは、本を作らせてもらっていました」

「……はじめましてでは、ないですよね？」

「……えっと」

「いとや手芸用品店に、年末にいらっしゃった時にお会いしています」

「ああっ！　あの時。すみません」

「いえ、別に」笑顔で返した後、真依ちゃんはわたしを見る。

何か言いたそうな目をしているが、何が言いたいのかわからないので、とりあえずわたしは首を横に振る。

「これから、お食事とかですか？」日向君が聞いてくる。

「はい」真依ちゃんが返事をする。

「この近くに、糸谷さんにおすすめしたかったお店があるんですよ」コートのポケットからスマホを出す。

このままだと、日向君と真依ちゃんとわたしで、ごはんを食べることになってしまう。

「ごめんなさい、あの、行くお店決まってるんで」日向君に頭を下げ、わたしはその場を離れる。

「えっ！　どうしたの？　失礼します！」驚きながらも、真依ちゃんはわたしを追ってくる。

広い通りの先まで速足で歩き、角を曲がり、カフェやバーの並ぶ路地に入る。

そのまま無言で歩きつづけ、日向君がついてきていないことを確かめて、立ち止まる。

「ごめん」真依ちゃんに頭を下げる。

「ちょっとびっくりした」深呼吸をして、息を整える。

「大丈夫？」

「うん」うなずき、わたしを見る。「木綿ちゃんは、大丈夫？」

「うん」

「元カレとか？」

「違う、違う」首を大きく横に振る。

「……ストーカーとかじゃないよね？」

「それも、違うんだけど、できれば会いたくないっていう感じで。急だったから、驚いてしまって」

「向こうは、木綿ちゃんが好き？」日向君のいた方を指さす。

「……まあ、以前は、そういうこともあったようで」

「へえ」真依ちゃんは、笑いを堪えているような顔をする。

「何？」

「こういう話、木綿ちゃんからはじめて聞いた」

「うーん」

試写会とはいえ、真依ちゃんとふたりで出かけたら、こういう話題になるだろうとは考えていた。ただ、前とは違い、嫌だというばかりではなかった。少し聞いてほしいこともあって、店では話せないことだから、ちょうどいいと思っていた。

「ちょっとね、話したいことがあるの」わたしから言う。

「何？」

「まず、どこか入ろう」

「この先に、軽くお酒も飲めるカフェがあるから、そこでいい？」

「わたし、お酒は飲めないよ」

「わたしが飲みたいから」

「わかった」

スマホで地図を確認しつつ、歩いていく。

真依ちゃんは、カフェが入っているようには見えない雑居ビルの前で立ち止まり、今にも止まりそうなエレベーターで五階まで上がる。

そこには、アンティークの木の扉があり、中は別世界と思える空間が広がっていた。照明にはステンドグラスランプが使われていて、各テーブルにはキャンドルが並んでいる。テーブルやソファーもアンティークなのか、同じデザインのものはない。それでも、統一感があるのは、世界観がしっかりと出来上がっているからだろう。子供のころに絵本で見た世界に迷い込んだみたいだ。

「すごい！」

「こういう感じでしょ？」真依ちゃんは、得意そうにする。

「そう、そう」お店の中を見回す。「ひかり君も連れてきてあげればよかった。ああ、でも、色々なお店で働いてたから、こういうところもあるって知ってるかな」

「とりあえず、席に行こう」

店員さんに案内してもらい、奥のソファー席に座る。

コートを脱いで、バッグと一緒に席の横のカゴに入れる。

客層は、二十代の女性が多いようだけれど、男性やわたしと真依ちゃんよりも年上と思われる女性もいる。カフェとしての営業がメインなのか、今の時間はあまり混んでいない。お酒も飲めるので、バーのように二軒目に来る人もいるのだろう。

「どうする？」メニューを開き、真依ちゃんが聞いてくる。

「迷うな。外で食事するの、久しぶり」

「いっつも、ひかり君の作るおいしいごはん食べてるから、いまいちかもよ」

「うーん」

「前菜とかパスタとか適当に頼んで、シェアしようか」

「それで、お願いします」

「ノンアルコールのカクテルもあるよ」

「それだったら、飲める」

飲み物を選び、店員さんを呼んで、注文を済ませる。

お店の中を確認していく。

ライトを落としているからか、かわいらしくなりすぎず、大人向けという雰囲気になっている。店の改装をする場合、作業することを考えると、間接照明とかはできない。けれど、ステンドグラスランプは置いてあるだけでお洒落な感じがするし、真似したい。自分で作ることもできるだろう。

先に、店員さんが飲み物だけを持ってきて、テーブルに並べていく。

真依ちゃんは白ワイン、わたしはカシスシロップとミントの葉の入ったソーダにした。

乾杯して、ひと口飲む。

「それで、話って?」真依ちゃんはグラスを置く。

「映画の感想とか、先に話した方がいい?」

「いい、試写状もらっただけで、仕事として何かあるわけじゃないから」

「そうなんだ」

「で?」

「うーん」

話したいことはあるのだけれど、どう切り出せばいいのか、迷ってしまう。

「ひかり君のこと？」

「ああ、いや、うーん」

「違うの？」

「恋愛感情って、どういう感じ？」

「ん？」顔を顰《しか》め、真依ちゃんは首を捻《ひね》る。

「ごめん」ソーダをストローで飲む。「気にしないで」

「ああ、違う、違う。改めて聞かれると、わかんないって思っただけ」

「あっ、そっか、うん」バカにされたように感じ、勝手に卑屈になってしまった。

「年齢によって、変わってくるものっていう感じもするんだよね。中学生や高校生のころは、憧れに近かった。自分に合う相手とか考えていなくて、かっこいい先輩や人気のある同級生を好きになった。大学生の時は、動物的だった。はっきり言ってしまえば、セックスできる相手を探していたんだと思う」

「……そうなんだ」

大学生のころにふたりで会った男の子たちも、わたしをそう見ていたのだろうか。だから、気持ち悪いと感じただけという気もしてくる。

日向君に対しては、気持ち悪いと感じることはなかった。手芸の説明をしている時に、指先が触れるようなことは何度かあった。告白されるまで仕事相手としか考えていなくて、男性とも考えていなかったのだ。そこに、急に「恋愛」が入ってきてしまい、どのように接したらいいのか、わからなくなった。

でも、ひかり君のことを同居人や仕事相手としてしか考えていないのかというと、違う気がする。だからといって、男性として意識しているわけでもない。ひかり君はひかり君であり、他の人と同じ括《くく》りの中には入れられない。

「社会人になってからも、そういう感じはあったけど、結婚を考えるようになった。でも、結婚相手にちょうどいいっていうだけでは好きになれない。一緒にいて楽な人を選ぶようになった」

「ふうん」

「これは、あくまでもわたしの話。人によって、違うと思う」

「うん」

「結局、ひかり君のことでしょ？」

「うーん」今度は、わたしが首を捻る。

「イルミネーションの写真を撮って、すぐに送る。かわいいお店に入ったら、一緒に来たかったと思う。試写の感想も、帰ったらひかり君に話すでしょ？」

「話す」

映画の感想だけではなくて、それよりも前の家を出た時点から、ひかり君に話すことばかり考えていた。

乗った電車から遠くに富士山が見えたこと、試写会の会場は配給会社内にある映画館で普段は入れない特別な場所だったこと、フランス映画で内容はよくわからなくても衣装が素敵だったこと。他の人が相手だったら、話さないようなつまらないことばかりだ。それでも、ひかり君はお茶を用意して、サコッシュを縫う練習をしながら、最後まで聞いてくれる。

「それは、木綿ちゃんにとっての恋ではないの？」

「……どうなんだろう」

誰かと話せば、スッキリする気がしていたのだけれど、余計にわからなくなってきた。


家に帰ったら、店は閉まっていて、二階も三階も電気が消えていた。

裏口から入り、二階に上がる。

洗面所で手を洗ってうがいをしてから、台所でお湯を沸かす。

コートとバッグは、とりあえずダイニングの椅子にかけておく。

おばあちゃんが亡くなって、ひかり君が来るまでの一年くらいの間、夜はいつもひとりだった。両親や修ちゃんが来ることはあったけれど、泊まることはたまにでしかない。これからもずっとひとりなのだろうと思い、慣れていかなくてはいけないと考えていた。住み込みの従業員を募集しながらも、期待する気持ちはあまりなくて、ひとりに慣れつつあったころに、ひかり君が現れた。

お湯が沸いたので、ハーブティーを淹れて、作業部屋に行く。

コタツに入り、スマホを見る。

真依ちゃんに〈今日は、ありがとう〉とメッセージを送る。まだ成瀬君の家にいるのか、ひかり君からは柴犬のスタンプの後は何も連絡がない。

ひかり君が来たばかりのころ、わたしは「みんなが心配しているようなことをされたら、処女ではなくなる」と考えて、自分のことを気持ち悪いと感じていた。知り合ったばかりの人に対して失礼なことを思い、極端に自分を嫌悪してしまうくらい、疲れていたのだろう。今でも、他の人のように恋愛ができないことに対するコンプレックスを感じてしまうことはある。けれど、前ほど、自分が嫌ではなくなった。常に、ひかり君が隣にいて「木綿子さん、木綿子さん」と言ってくれるからだ。誰かの存在がなければ、自分を確かにできないのは、弱すぎる。だが、最初から、ひとりで生きている人なんていない。家族同様に、ひかり君はわたしの人生を作ってくれた存在なのだ。

そして、わたしも、彼にとって同じ存在になれるといいと願っている。

颯太君が叔母さんに連れられていく姿を見て、わたしは自分自身の別れの辛さよりも、ひかり君のことを思い、泣いてしまった。かわいがり、大事にしていた友達と会えなくなったら、ひかり君は寂しいだろう。でも、それを、顔や態度には出さない子だ。わたしが泣くところではないと思ったのに、がまんできなくなった。家族がいないこと、颯太君がいなくなってしまったこと、その寂しさをわたしが埋められているのだろうか。そんなことを考えるのは、余計なお世話というやつなのだと思う。けれど、もう二度と泣かないでいいようにしてあげたい。目を赤くする姿は、ひとりぼっちになった迷子のようだった。

日向君は、一緒に仕事をしている時、わたしに尽くしてくれていた。それでも、こんな風に感じたことはなかった。個人的なことも話していたが、あくまでも仕事のためでしかない。友達がたくさんいて、何人かの女の子と付き合ったことがあり、家族とも仲がいいという日向君は、わたしには眩しすぎた。どれだけ考えても、嫌うようなところのない相手なのに、理解し合えないという気持ちが拭えなかった。まっすぐで優しい人が傷ついていく姿を見ていられなくて、目を逸らした。

育ってきた環境や今までの職場の人とうまく付き合えなかったという話を聞き、わたしはひかり君に同情しているのだろうか。たまに、そう考えてしまう。でも、それは、違う。同じような境遇の人がいても、同じようには感じない。

ひかり君だから、特別なのだ。

彼の話をずっと聞いていたいし、彼の願いをひとつでも多く叶えてあげたいし、できるだけ笑っていてほしい。

多分、普通であれば、これは「恋」なのだろう。

でも、わたしはここまで考えても、この感情が「恋」だと実感できない。

感情の中心が抜け落ちている。

両親や修ちゃん、更紗ちゃんに対しては、その中心に「愛」がある。だから、大事に思うし、元気でいてくれることを願うし、一緒にいて楽しいと感じる。司さんは、奥様に対して「恋よりも愛が強かった」と話していた。わたしもひかり君に対して、そう思えばいいのだろう。でも、修ちゃんへの思いとひかり君への思いは、同じではない。

手を繋いだり、キスをしたりすれば、わかるのかもしれない。ふたりで暮らしているのだから、それより先のことだって、いつでもできるのだ。

しかし、そう考えると、怖いと感じてしまう。

わたしが勝手に悩んでいるだけで、ひかり君にとってわたしは「雇い主」でしかないかもしれない。ここにずっといるのはわたしだけで、彼はいつか出ていく。手と手が触れ合ったら、その時が早まってしまう気がする。そして、そういう行為を嫌悪するような気持ちは、わたしの中で今も強いのだ。触れ合うことに、わたし自身が耐えられなかったら、ひかり君を傷つけることになる。

考えごとをするうちに、せっかく淹れたハーブティーは冷めてしまった。

スマホを見てみるが、ひかり君からはまだ連絡がない。

子供のころ、母親か父親がいつも家にいてくれた。ふたりともいなかったのは、出張から帰ってきた父親を母親が車で迎えにいった時ぐらいだ。一時間もしないうちに帰ってきた。両親揃って出かけなくてはいけない時は、ここに預けられて、祖父母と一緒にお店で遊んでいた。わたしがひとりにならないように、修ちゃんが来てくれたこともある。家で、ひとりで誰かを待つという経験をほとんどせずに、大人になった。

アパートで、ひかり君は、ずっとお母さんを待っていた。

小さかったころのことなんて知らないのに、その姿が見えるような気がした。

泣いたりしないで、静かに耐えていたのだろう。

迎えにいって、わたしが一緒にいてあげたかった。

この気持ちが「恋」なのか「愛」なのかは、よくわからない。

でも、彼が「ただいま」と言って帰ってこられる場所でありたいと思うのは、確かだ。

ひかり君の心の中に溢れてしまっているのであろう寂しさがなくなるまで、ここにいてほしい。

司さんが娘さんたちを連れて、店に来た。

三人でお揃いのワンピースを着ている。前に司さんがひとりで来た時に買ったチェック柄の生地で作ったものだ。それぞれデザインや丈が違う。司さんのものはハイネックで丈は長め、中学生のお姉ちゃんのものは襟付きで膝下丈、小学生の妹のものはボートネックで膝にかかるくらいの丈になっている。

「かわいくできましたね」三人を見て、わたしが言う。

姉妹は、白い靴下とストラップ付きの黒いエナメルシューズもお揃いだ。長い髪を編み込みにして、毛先を軽く巻いている。

「冬物の生地だから、もう少し早く作ってあげたかったんだけど」司さんが言う。「ふたりとも、次の冬には、また身長も伸びているだろうし」

「そしたら、リメイクして丈を伸ばしたりもできますよ」

「難しくない？」

「ほどかなくても、裾にレース生地を付けたりする方法もあります。リボンでラインを入れて、その下に身長が伸びた分の生地を縫い付けることもできます」

「なるほど」

わたしと司さんが裁断台で話している間、姉妹は春物の生地を見ている。

ピンクの桜柄のダブルガーゼが気に入ったみたいで、ふたりとも「やわらかいね」と言いながら広げたり触ったりする。ひかり君は、ふたりに視線を合わせるように軽くかがんで、生地を見る手伝いをしていた。

外は晴れていて、ガラス扉からは春らしい穏やかな光が差し込んでくる。

その光が三人の周りを包み込んでいるように見えた。

「今日は、春物を買おうと思って」司さんは、娘さんたちの方を見ながら言う。

「何を作るんですか？」

「スカートとシャツをそれぞれ作ってあげたくて」

「ご自分のものではなくて、娘さんたちのものですか？」

「ふたりとも、欲しい服がいっぱいで。自分のものを作る余裕がなくなってきてしまった」

困ったような口調で言いながらも、司さんは嬉しそうにしている。

ふたりは、父親がワンピースを着たりスカートを穿いたりすることに反抗するよりも、一緒に楽しめる子だ。

　今どきの子だからというわけではなくて、司さんと奥様がそういう偏見のない子になるように、育てた。ふたりとも、家の近くの公立の学校に通っている。父親の服装を同級生やその家族が知らないはずがない。からかわれたりしたこともあっただろう。傷つくことがあったとしても、堂々としていられるだけの愛情を両親からもらっている。

　両親も親戚も、わたしを大事にして、愛してくれていた。

けれど、他の人と同じように恋愛ができないことは、誰にも言えなかった。手芸のことばかり考えて、そういうことにあまり興味がない子と思われていることに甘え、誤魔化してきた。母親は、更紗ちゃんをかわいがっている。わたしに言ってくることはないけれど、孫が欲しいと考えているのだろう。話しても、両親を混乱させて、悲しませるだけという気がする。

多様性ということが言われるようになって、何年も経つけれど、誰もが理解できているわけではない。

当事者であるわたしだって、よくわかっていない。

恋愛感情が全くないと自覚している人から見たら、わたしのことは「違う」とされるのではないかと思う。はっきり割り切れることではなくて、人によって、少しずつ違う。理解し合うことは、とても難しい。

「パパ」お姉ちゃんが司さんに駆け寄ってくる。

妹は、ひかり君と一緒に動物の形をしたボタンを見ていた。

「どうした？」司さんは、お姉ちゃんに聞く。

「わたし、お花見に行くために桜柄のワンピースがほしい」

「お花見までにできるかな」

もう三月の半ばだから、あと十日もしないうちに、桜が咲くだろう。

満開になるまでは、もう少しかかる。

袖のない夏もののワンピースであれば、一日でできるけれど、まだそこまで暖かいわけではない。長袖で、襟のあるようなものだと、日数がかかる。司さんが仕事をしながら、合間に作ると考えると、ちょっと間に合わないかもしれない。

「手伝うから」お姉ちゃんが言う。

「本当に？」

「うん！」

「どの生地がいい？」

裁断台を離れ、司さんとお姉ちゃんが生地を見にいくと、妹も寄ってくる。

親子三人で並ぶ姿は、雑誌の一ページのようだ。

ワンピースにするのにおすすめの生地もあるけれど、仲良くお喋りしながら選んでいるから、邪魔しない方がいい。

わたしは裁断台の周りを整理して、ひかり君は動物のボタンをしまい、聡子さんとパートさんたちはレジに入る。

日曜日だから、商店街も親子連れが多いようだ。

どこかへ遊びにいくのか、子供だけのグループも店の前を通り過ぎていく。

この辺りは子供が多いから、小学生や中学生向けのお裁縫教室を開くのも、いいかもしれない。自分で、服やアクセサリーを作ってみたい子はいると思う。颯太君みたいに、親が仕事で帰りが遅い子が遊ぶ場所にすることもできる。毎日のように預かるのは無理でも、一日だけでも充分ということはあるだろう。

自分の子供はいなくても、そうやって近所の子供たちと触れ合いながら、生きていくことはできる。

ぼんやりと考えていると、ガラス扉が開き、男性が勢いよく入ってくる。

そのまま、まっすぐに裁断台にいるわたしのところまで来る。

いつものスーツと違い、グレーのパーカーにデニムだったから、一瞬誰かわからなかったが、日向君だった。

「これ、どういうことですか?」日向君は、手にしていた紙袋から出したものを、裁断台に並べる。

それは、修ちゃんの家に持っていって、フリーマーケットやバザーで売ることを香織さんにお願いした、バッグやポーチだった。

「えっ?」

「フリーマーケットで売ってました」怒っているのか、日向君は大きな声を出す。

「……えっと」

「最初は、以前売っていた商品の転売かと思いました。でも、違いますよね? これも、これも、これも、新作です」

「……はい」

わたしが何をしたって、日向君に怒る権利なんかないはずだ。

そう思っても、言い返す言葉が出てこなかった。

うちの家族は穏やかで、怒る人はいない。けれど、今まで、誰からも怒鳴られたりしたことがないわけではない。二十代のはじめのころにデートした男の子は、わたしが「もうふたりでは会わない」と話すと、怒り出した。友達でもないような男の子も、誘いを断ったら、声を荒らげてわたしを責めた。自分のしたことは、とても悪いことなのだと感じた。

「どういうことですか?」日向君は、さらに声を大きくする。

「……あの、これは、親戚に頼まれたもので」関係ないと言いたいのに、うまく話せなくなる。

胸の辺りが苦しくなり、視界が狭くなっていく。

ひかり君にそばにいてほしいと思ったけれど、どこにいるのかがわからなかった。司さんと娘さんたち、聡子さんとパートさんたち、他のお客さんが心配して、わたしを見ているのは、気配でなんとなくわかる。

「ものを作っても、売る気はないって話していたから、僕は諦めようとしていたんです！　でも、いつかはって願って、ずっと待っていました！　それなのに、フリーマーケットで売るなんてっ！」

「……いや、だから、その」

「なんですか？　どういうことなのか……」

そこまで言ったところで、日向君がわたしの視界から消える。

聡子さんやパートさんたちの叫び声は、すぐ横から聞こえたはずなのに、とても遠くに感じた。

裁断台の向こうをのぞくと、ひかり君が日向君の上に乗り、拳《こぶし》を振り上げていた。

止めないといけないと思ったのに、それよりも先に、ひかり君は日向君の頬を殴り飛ばす。

「……ごめんなさい」

「いいから」

二階のダイニングで並んで座り、泣きつづけるひかり君の背中を擦る。

「……ごめんなさい」涙を落としながら、ひかり君は謝りつづける。

「いいから」

「良くないです」

「良くないけど、大丈夫だから」

ひかり君が日向君を一発、二発と殴っているところを見ながら、わたしは何もできなかった。身体が重く感じられて、動けなくなってしまった。

司さんがひかり君を羽交い絞めにして止めてくれなかったら、大ごとになっていたかもしれない。

日向君は、頬を腫らして口の中を切ったみたいだけれど、歯が折れたりはしなかったようだ。聡子さんが消毒液で、応急処置をしてくれた。腫れたところを冷やすために、冷凍庫にあった保冷剤を渡した。自分の態度も良くなかったと謝り、殴られたところを冷やしながら、帰っていった。多分、二度と来ないだろう。

「……ごめんなさい」

「わたしを守ろうとしてくれたんでしょ？」

「……はい」

「やり方は、良くなかったよ」

「……はい」

「何があっても、暴力は許されない」

「……はい」

「でも、助かった」

あの場に、ひかり君がいなかったら、司さんがいなかったら、わたしは怒鳴られるばかりだった。聡子さんや他のパートさんが間に入ってくれただろう。けれど、雇い主として、従業員に怖い思いはさせたくない。

「……僕、出ていきます」ひかり君は、小さな声で言う。

「えっ？」

「また、同じようなことがあったら、がまんできないと思います」

「どうして？」

「もともと、そういう性格なんです」涙を飲み込むようにしながら、話す。「嫌なことが起こると、自分を抑えられない。十代の時は、人に暴力を振るってしまったり、怒鳴ってしまったりしたことが何度かありました。だから、できるだけ人と関わらないようにして、生きてきました」

「……うん」

「ここでは、穏やかに暮らせていたけれど、いつかまた同じことをしてしまいそうで、ずっと怖かった。木綿子さんに何かあった時、守りたいという気持ちがあります。その気持ちが強すぎて、間違ったことをしてしまった」

「ひかり君」

足元にしゃがみ、ひかり君が膝の上で揃えている手を包むようにして、握る。

触ることを、気持ちが悪いとは感じなかった。

下を向いたままのひかり君の顔をのぞき込み、目を合わせる。

「間違ったことだってわかっているのであれば、それで充分だと思う。怒ることも、暴力を振るうことも、良くないってわかっているんだよね」

「はい」

「ここで、一緒に暮らしつづけよう。それで、そういうところを抑えられるようになろう。わたしは、ずっと一緒にいるから。ひかり君が穏やかに暮らせるように、わたしも強くなる」

彼に守られる存在で、いてはいけない。

わたしが彼を守って、生きていくのだ。

自分の気持ちがわからないなんて、迷っている余裕はない。

手をはなしたら、この子は遠くへ逃げていき、ひとりで生きることを選んでしまう。

「……ごめんなさい」

ダイニングに、ひかり君の声が響き渡る。

ピンク色の毛糸を指に巻き付けていく。

下から上から下から上から、スマホで動画を見ながら説明通りに編んでいくが、うまくできない。思った通りに進まず、からまってしまう。どこで間違えたのか、最初から動画を確認してみても、わからなかった。

いとや手芸用品店の裁断台や作業部屋だったら、隣に木綿子さんがいてくれて、すぐに教えてもらえた。

スマホから顔を上げ、毛糸をほどいて丸く巻き直す。

窓の外は桜並木で、花びらが舞っている。

部屋の隅には育児雑誌やおむつが積んであり、微かに甘い香りがする。アロマや香水とは違う。大人だけが住んでいる家ではないとわかるような、懐かしくて柔らかい香りだ。

「何してるの？」美咲ちゃんが娘のさくらちゃんを抱いて、寝室から出てくる。

「……編み物」

「できるの？」ソファーに座り、テーブルの上に転がる毛糸玉を見る。

「……できない」

「ふうん」

「お茶、淹れようか？」

「お願い」

「ちょっと待ってて」

台所に行き、電気ケトルでお湯を沸かす。

美咲ちゃんは、さくらちゃんに声をかけながら、外の景色を見せる。

まだ世界をぼんやりとも捉えられないのだろうけれど、さくらちゃんはお母さんの腕の中で嬉しそうにしているように見えた。

店に来た木綿子さんの知り合いを殴ってしまって、いとや手芸用品店を出てから十日間くらいは、オールナイト営業の漫画喫茶や健康ランドを転々としていた。仕事と住むところを探さないといけないと思っても、動く気力が出ず、ぼうっとするうちに日々は過ぎていった。木綿子さんからは、毎日必ず連絡があったのだけれど、返事は送れなかった。そのうちに、事情を知った成瀬から、電話がかかってきた。無視していたら、成瀬のお母さんやお父さんやお姉ちゃんからも、電話がかかってくるようになった。逃げれば、本当に全てを失ってしまうと思い、成瀬に電話をかけた。

すぐに、成瀬と美咲ちゃんのマンションに保護された。

どういう状況なのか、成瀬から木綿子さんに連絡してくれたみたいだ。それでも、木綿子さんからは毎日のようにメッセージが送られてくる。けれど、店のレイアウトを変えた報告だったり作っているもののことだったり、日常的なことばかりになって「帰ってきてほしい」とは、言われなくなった。

これからどうしたらいいのか迷っていたら、さくらちゃんが産まれて、それどころではなくなった。美咲ちゃんが退院して、さくらちゃんがマンションに来たのと入れ替わるように、成瀬は仕事のトラブルで九州へ五日間の出張に行くことになってしまった。もともと、育休を取る予定で準備していたのに、ずっと関わってきたプロジェクトの大事なところで問題が発生してしまったらしい。リモートで済ますことができず、美咲ちゃんも「行ってきていいよ」と送り出した。美咲ちゃんのお母さんが泊まりにきたり成瀬の家族が遊びにきたりもするけれど、手伝える人はできるだけ多い方がいいようだ。

風が吹き、カーテンが舞い上がる。

桜の花びらがベランダまで飛ばされてくる。

四月のはじめに産まれたからというだけではなくて、さくらちゃんは美咲ちゃんの「咲」と成瀬の名前の良一《りょういち》から「良」を取り、「咲良」と名付けられた。

穏やかに寝ている時間は短くて、ミルクをあげてもおむつを替えても、永遠と思えるくらい泣き止まないこともある。早朝も真夜中も関係ないため、美咲ちゃんは気を抜ける時がない。自分の食事やお風呂どころか、トイレにも落ち着いて入れない感じだ。これから先、急に熱を出したり、動きまわるようになったり、目を離していられないことがつづくのだろう。

十代で僕を産んだ母親のことを思い、大変だったのだろうと考えてきたけれど、何もわかっていなかった。

親が手をはなせば、簡単に死んでしまうのだ。

そういう生き物と何年もひとりで対峙《たいじ》しつづけるのは、怖かっただろう。

さくらちゃんを見ていると、自分がまだ産まれたばかりのころを思い出せる気がした。いつも母親の腕に抱かれていた。その腕からは優しさよりも、必死さを感じていた。自分の子供だったら、もっと色々なことを思い出せるのだろうか。

ハーブティーを淹れて、リビングに持っていき、テーブルに置く。

「ありがとう」美咲ちゃんが言う。

「どういたしまして」

「これ、おいしいよね」

「そう？」

「妊娠してた時も出産した後も、あれを食べた方がいいとかこれは駄目とか言われつづけて、ハーブティーなんて飲んでたまるかっとか思ってたけど、これはいい」

「それは、良かった」

木綿子さんがよく飲んでいたハーブティーと同じメーカーのもので、授乳中でも飲んで大丈夫なものを店員さんに聞いて、買ってきた。妊娠中、授乳中、それぞれの時で飲んでもいいものと駄目なものがあるということも、初めて知った。ハーブは薬草でもあるから、身体に影響するらしい。食べ物は気を付けた方がいいのだろうと思っていたけれど、飲み物はお酒を控える程度としか考えていなかった。

「動画、撮っておいてもらっていい？」美咲ちゃんはそう言いながら、さくらちゃんをソファーに寝かせる。

「いいよ」

一日に何回も写真や動画を撮り、成瀬に送らなくてはいけない。

美咲ちゃんがハーブティーを飲んでいる間に、僕がスマホで動画を撮影する。

新生児は本当に小さい。

それでも、毎日撮影していると、少しずつ大きくなっていくのがよくわかる。この過程を父親である成瀬ではなくて、僕が見てしまっていることは、申し訳なく感じる。

さくらちゃんは、形のはっきりしてきた目でレンズを見つめてくる。パパに送ることをわかっているみたいに、かわいく表情を変える。

「赤ちゃんって、目が濁《にご》ってないんだな」

僕が言うと、美咲ちゃんは声を上げて笑う。

「何かおかしいこと言った？」

「ひかり君も、濁ってないよ」

「えっ？」

「最初に会った時に、赤ちゃんみたいな目をしてるって思ったもん」

「えー」

「もうすぐ三十歳になるのに、変わらない」

「うーん」動画を確認してから、成瀬に送る。

「けど、このまま、うちの子にするわけにはいかないからね」

「……わかってるよ」

「今は、とっても助かってるから、もう少しいてほしいけど」

「……はい」

毛糸玉を手に取り、指に巻き付ける。

何か作れたところで、木綿子さんに見せることはできない。

じいちゃんたちのサコッシュも、作りかけのままで置いてきてしまった。

一緒にいられた時は「恋ではない」と思っていた。

でも、そんな言葉では足りないくらい、木綿子さんのことが好きで誰よりも大事だったのだ。

それなのに、傷つけることをしてしまった。


出張から帰ってくると、成瀬は予定通りに育休に入った。

一ヵ月間、休めるらしい。

しかし、仕事をしないでいいというだけで、「休み」とは違う。できるだけ美咲ちゃんが眠れるように、成瀬は夜中に起きてミルクを用意して、おむつを替え、さくらちゃんが泣き止むまで抱っこしつづける。夫婦ふたりと美咲ちゃんや成瀬のお母さんが交替でさくらちゃんの面倒を見て家事をするようになると、僕は用済みになってしまったのだと感じた。もともと、お茶を淹れて食事を用意して動画や写真を撮るくらいしかできていなかった。

泊まらせてもらっている書斎に敷いた布団の上で、お金の計算をして、求人情報を調べ、今後のことを考える。

家賃が安くて狭いアパートでいいから、まずは部屋を借りた方がいい。飲食関係で、店や働き方を選ばなければ、仕事はいくらでもある。住民票を移してからの方が就業後の手続きも楽になる。住み込みで働かせてもらっていたおかげで、お金は結構貯まった。すぐに仕事が決まらなかったとしても、生活していける。

先のことを頭では考えることができるのに、気持ちが拒否する。

いとや手芸用品店に戻りたかった。

手芸屋の仕事は、わからないことばかりだった。でも、聡子さんとパートさんたちにたくさんのことを教わり、常連さんたちとも話せるようになった。商店街の人たちとも顔なじみになり、気軽にあいさつできる人が増えていった。何よりも、ずっと木綿子さんのそばにいたかったのだ。

思いが強くなればなるほど、僕は自分を抑えられなくなる。

また同じようなことをしてしまったら、迷惑をかける。

あの時は、たまたま司さんがいて、止めてくれた。もしも誰も止めてくれなかったら、相手に大きなケガを負わせていたかもしれない。今まで、誰かにそこまでのことをしたことはない。けれど、木綿子さんが責められているのを見て、急激に視界が狭くなっていくのを感じた。そこしか見えなくなり、自分で自分を止められなくなった。

子供のころ、母親の恋人や夫だった男の何人かは、僕や母親に暴力を振るった。

身体の小さかった僕がやり返そうとしたところで、余計に殴られて蹴られるばかりだった。夜中に、なぜか僕の身体に触ってくるような奴もいた。はっきりと性暴力と言えるほどのことはされなかったが、殴られる以上の恐怖を覚えた。母親は、そういう男たちと別れようとしてくれたのだけれど、そんなに簡単な話ではない。別れ話をすると、それまで以上に暴力は酷いものになっていった。

大きくなったら、あいつらにやり返す。

母親を自分の手で守れるようになる。

そう決めていた。

身長は、あまり大きくならなかったが、十代の後半から身体を鍛えるようになった。母親は、帰ってこなくなり、意味がないと感じたこともあった。それでも、飲食の仕事にも必要だからと自分に言い訳しながら、鍛えつづけた。

ずっと、どこかで、誰かに暴力を振るえる機会を待っていたのだ。

「入るぞ」ドアをノックして、成瀬が入ってくる。

手には、缶ビールを二本持っている。

「何？」

「美咲もさくらも寝てるから、ちょっと飲もう」布団に座りこむ。

「オレ、酒飲めないけど」

「今は、美咲に合わせて、オレも飲めないから、ノンアル」

ノンアルでも、ビールはあまり好きではないのだけれど、成瀬が飲みたいのだろうから、一本もらう。

それぞれ缶を持ち、小さく乾杯をする。

プルタブを開けて、僕は少しずつ飲む。成瀬は、喉《のど》を伸ばすようにして上を向き、一気に飲んでいく。

「仕事、大変だったな？」僕から聞く。

「いや、もう、本当に大変だった」成瀬は、缶を床に置く。「でも、育休のことばっかり考えていて、オレがミスったせいだし。引き継ぎのこととか、ちゃんと決められていなかったのも、オレのミスだから」

「そうか」

「でも、このタイミングで現地に行けたから、見えたこともある。現場の人たちとも話せて、変えた方がいいって気づけたこともあったし、良かったよ」

話すうちに、成瀬の目が輝いていく。

今、成瀬は、ショッピングモールを中心とした街づくりの仕事を担当している。高齢の人たちにも住みやすくて、子供たちも楽しめるような街だ。何度か話を聞いているけれども、そこで成瀬が何をしているのかは、よくわからない。ただただ、仕事が好きなのだということだけは、伝わってくる。

「それで、産まれたばかりのさくらと過ごす時間がなくなってしまったのは、最悪っていう感じなんだけど」

「かわいい姿を近くで見させてもらいました」僕も、なかなか中身の減らない缶を床に置く。

「なぜ、父親のオレが見られていない姿を他の男が……」

「なんか、申し訳ない」

「でも、ひかりがいてくれると思ったら、安心して仕事に集中できた。美咲のお母さんやうちの家族が来てくれても、力仕事とかでは頼れないから」

「力仕事よりも、動画や写真の撮影係としての需要の方があったっぽい」

「そうなんだ」成瀬は笑い声を上げ、ビールの残りを飲む。

「これも、飲んで」飲み切れない缶を成瀬に渡す。

「そうなると思ってた。別の何か飲む？」

「いや、いい」

こうしていると、まだ十代だったころに僕のアパートや成瀬の部屋で夜中まで話していたことを思い出す。でも、もう二人とも二十代の後半で、大人なのだ。

あのころに「好き、好き」と話していた相手と成瀬は結婚して、親になった。

僕だけが変わらず、住むところも仕事も安定しない。

「それで、これから、どうすんの？」缶を並べて置き、成瀬が聞いてくる。

「まずはアパートを決める。どこか遠くに行ってもいいかと思ったけど、知らない土地で生活していける自信もないから、この辺りにする。仕事は、それから探す」

「木綿子さんのところには、戻らなくていいのか？」

「……うん」

何日も泊まらせてもらっておきながら、僕からは何があったのかを成瀬にも美咲ちゃんにも、ちゃんと話していない。けれど、成瀬は、木綿子さんから聞いているようだ。

「木綿子さん、めちゃくちゃ心配してるからな」

「うーん」

「ひかりには、どうしてる？　とか、帰ってきてほしいとか言わないだけで、毎日のようにオレか美咲に連絡してくる」

「そうなんだ」

「とりあえず、荷物取りにいかないといけないんだから、ちゃんと話し合ってこいよ」

「……うん」

荷物は、最低限の着替えしか持って出なかった。他は、いとや手芸用品店に残したままだ。母親の遺影も、置いてきた。

「由里ちゃんと似てるよな」成瀬が言う。

「今、そういう話じゃなくないか？」

「違う、違う」首を横に振る。「木綿子さんは木綿子さんで、由里ちゃんと似てるとは、もう思わない。ぱっと見は似ていても、よく見れば、違うから。由里ちゃんと似てるのは、ひかりだよ」

「オレ？」自分の顔を指さす。

「顔も似てるけど、それ以上に性格が似てる」

「どこが？」

「好きなものから逃げる」

「んー？」

「オレ、子供のころから不思議だったんだよ。由里ちゃん、ひかりといると、すごく嬉しそうにする。かわいくてしょうがないっていう顔で、ひかりのことを見ている。みんながいる前でも、ひかりを抱きしめたりする。それなのに、ずっと一緒にいないで、どこかへ行ってしまう。ひかりもひかりで、いなくならないでほしいって泣きついたりせず、じっと待ってる。中学卒業して、由里ちゃんが全く帰ってこなくなっても、黙って待ちつづけた。そして、そのうちに、由里ちゃんはひとりで死んでしまった」

「……うん」

「好きな人って、怖いんだよ。オレだって、美咲と向かい合うことを怖いって思うことはある。誰よりも大事で、傷つけたくないから。簡単に壊れてしまうガラス細工に触るような気持ちを、今でも感じる。さくらなんて、本当に簡単に壊れてしまうかもしれないから、怖くてしょうがない。けど、ふたりから、逃げたくない。一生、何があっても、美咲とさくらのそばにいる」

「うん」

母親が何を考えていたのか、想像することはできても、真実はわからないままだ。

いい方に考えようとしても、酷いことをされていたという気持ちも、ずっと胸の奥に残っている。

生きているうちに、もっと話せばよかった。

そう思うこともあるが、それができる親子でなかったことは、よくわかっている。理由は、成瀬の言う通りだ。母親も僕も、好きなものが怖くて、逃げてしまう。母親は、夫や恋人だった男のことなんて、大して好きではなかったのだと思う。

本当に大事にされていたのは、僕だけだ。

でも、僕は、泣いて縋って、母親に「行かないでほしい！　一緒にいてほしい！」と願うことができなかった。そこまでして拒否されたら、生きていけなくなってしまっただろう。

それは、祖父母も同じだったのだ。

娘を大事に思いながらも、逃げることを選んでしまう弱い人たちだった。

「ひかりは、オレからだって、逃げようとする」成瀬は、小さな声で言う。

「……ごめん」

「それでも、オレはひかりからは逃げないって決めてるから、安心しろ。どこまで逃げても、追いかけていく」

「……ありがとう」

「けど、ずっと一緒にいられるわけじゃない」

「うん」

「オレは、ひかりの知り合いのほとんどを知ってる。アパートのじいちゃんたち、小学校や中学校の同級生、職場の人たち、たいして好きじゃないんだろうなっていう感じの元カノ」

「そうだな」

「多分、これから先、木綿子さん以上にひかりを大事にしてくれる人は、現れない。ひかりにとっても、木綿子さん以上に大事に思える相手は、現れない」

「……それは、自分でも、そう思う」

一緒に暮らした半年くらいの間、木綿子さんはいつも僕を気にかけて、優しくしてくれた。自分のことを、とても大事に思ってくれる人が常にそばにいる。そう実感しながら、穏やかな気持ちで、暮らすことができた。

でも、その気持ちが「恋」だとは、感じられなかった。

ふたりの間にあるものは「恋」とは違う何かであり、家族に近い気がしていた。

だから、木綿子さんを安心させられる状態で、いとや手芸用品店を出ていきたかった。あの家を、僕の「実家」だと考えたかったのだ。別に、木綿子さんを母親のように考えていたわけではない。成瀬に言われて、木綿子さんと母親が似ているかもしれないと思ったこともあった。でも、ふたりは、全然違う。木綿子さんは木綿子さんで、母親とも恋人とも考えられないような、特別な人だ。

これから先、彼女のいない人生は、寂しいばかりだろう。

「木綿子さんは、子供のころのひかりがそうしていたように、ひとりで待ってる」

「木綿子さんの周りには、たくさん人がいるから」

「子供のころのひかりの周りにも、オレやうちの家族がいたけど、ひとりって感じてただろ？」

「それは、そうだったかも」

はっきり答えられなかったけれど、確かにそうだった。

母親がいてくれなければ、誰がそばにいてくれても、自分はひとりなのだと感じていた。

木綿子さんと一緒に暮らすようになり、その気持ちが消えた。

「ひとりで、漫画喫茶や健康ランドで寝泊りするくらいだったら、もうしばらくはうちにいていいから」

「うん」

「木綿子さんのこと、ちゃんと考えて納得できてから、次を考えた方がいい」

「……」

何か言わないといけないと思っても、言葉が出なかった。

小学生や中学生のころ、感情を抑えられない僕を止めてくれたのは、成瀬だった。何年も離れず、成瀬は僕といてくれる。でも、嫌になってしまうことが全くなかったわけではないだろう。今回のことは、成瀬に対する裏切りにもなってしまった。


なかなか眠れなかったから、リビングに毛糸玉を取りにいく。

カーテンを少しだけ開けて、外を見る。

夜の中、桜の花びらが舞いつづけている。

街灯を反射しているのか、花びらが光をまとっているように見えた。

司さんの娘さんたちは、桜の模様のワンピースを作ってもらえたのだろうか。新年度の準備も終わるし、そろそろ大きく棚のレイアウトを変える時期だ。五月や六月に向けて、どんなものを並べていくのだろう。夏物を置くには、まだ早い。木綿子さんから、店の様子を撮った画像が送られてくるけれど、細かいところまではわからなかった。

そっとカーテンを閉めて、書斎に戻る。

布団に座り、動画を確認しながら、毛糸を指に巻き付けていく。

一時停止して、確認しつつ進めるが、どうしてもうまくできなくて、途中でからまってしまう。他の動画を見てみても、駄目だった。

さくらちゃんの靴下や颯太に送る編みぐるみ、自分ひとりで作れるようになりたかったけれど、無理だ。

どんなことも、ひとりでできるはずがない。

できるようなつもりになっているだけで、どこかで誰かに基本的なことを教わっている。

そういうことに気づかせてくれたのも、木綿子さんだ。

あの台風の日、いとや手芸用品店の従業員募集の紙を見つけられず、木綿子さんと出会えていなかったら、僕はどういう人生を歩んでいたのだろう。心がかき乱されるようなこともなく、静かに過ごせていたかもしれない。

でも、それは、とてもつまらないことだ。

これからどうするとしても、木綿子さんと会って、ちゃんと話をしよう。

いとや手芸用品店を出ていくならば、荷物を取りにいかなくてはいけないし、聡子さんとパートさんたちにあいさつをしたい。店で人を殴ってしまったことは、謝らなくてはいけない。殴ってしまった相手や司さんへの謝罪も必要だ。

からまった毛糸をほどき、また毛糸玉に戻すために、巻いていく。

いとや手芸用品店の前まで行き、ガラス扉から中をのぞいてみたが、木綿子さんはいなかった。レジにいた聡子さんが僕に気がつき、店の前に出てくる。

「何してるの？」

「あの、木綿子さんは？」

「木綿ちゃんは、問屋街に行ってる。夏に向けて、浴衣に使える生地が見たいからって」

「ああ、そうなんですね」

「入りなさいよ」

「……はい」

聡子さんについていき、久しぶりに店に入る。

レイアウトは大きく変わっていないけれど、新しい柄の生地が入ったり、春夏向けの素材が手に取りやすいところに出たりしていて、全体の雰囲気が少し変わったように感じる。爽やかな水色や薄いグリーンの生地が増えたみたいだ。

「お久しぶりです」聡子さん以外のパートさんたちにも、あいさつをする。

「あら、元気だった？」

「はい」

「ちゃんと食べてる？」

「それは、はい、大丈夫です」

「ちょっと痩せた？」

「いや、そんなことはないと思うんですが」

店で人を殴り飛ばし、泣きながら出ていったまま、一ヵ月くらい連絡を取らなかった。

木綿子さんだけではなくて、一緒に働いてきたパートさんたちにも心配かけてしまった。悪いことをしたと落ち込むばかりで、人の気持ちを考えられなかった。僕の心配をする木綿子さんのことも、みんなで支えてくれたのだろう。

「本当に、すみませんでした」頭を下げたら、また涙がこぼれ落ちそうになった。

「いいから」聡子さんが僕の肩を軽く叩く。「若いうちは、色々とあるからね。元気で生きていてくれれば、それでいいの」

「ありがとうございます」顔を上げ、洟をすする。

「それで、これから、どうするの？　戻ってくるの？」

「木綿子さんと話して、決めます」

「木綿子ちゃん、もうすぐ帰ってくるから、上で待ってたら」

「……はい」

「上、大変なことになってるから」

「……えっ？」

「糠床は、守っておいた」

「あっ、はい」

「他は、見れば、わかる」聡子さんが笑顔で言い、他のパートさんたちも笑う。

「他って、なんですか？」

「いいから、見てきなさい」

「……はい」

奥に行き、レジ裏の階段から二階に上がる。

階段に糸や針の在庫が置いてあるのは前からだし、ぱっと見てわかるほど、大きく変わったわけではない。

しかし、明らかに何かが違うという感じがした。

まず、倉庫の確認に行く。

働いていた半年くらいの間、倉庫の商品の管理は、僕の仕事のようになっていた。反物は結構重いし、毛糸とかの軽いものは抱えられないほどの大きな箱で届く。重いものも大きなものも、前はパートさんたちが急な階段を上り下りして運んでいたらしい。大丈夫だからと言われたが、できるだけ僕が運ぶようにしていた。商品や店で使う備品を取りやすいように棚の整理もしたのだけれど、前と変わってしまったことで、どこに何があるのか僕以外の人にはわかりにくくなってしまったのだろう。奥の方が荒らされたみたいになっていて、備品の棚を塞ぐように冬物の在庫を片づけた箱が積み上げられている。

ドアを閉め、次は台所に行く。

倉庫に反するように、台所はとてもキレイだった。

まるで使われていないようというか、実際にお湯を沸かす程度にしか使っていないのだろう。冷蔵庫を開けてみると、ペットボトルのお茶と調味料の他には、チーズやチョコレートしか入っていなかった。冷凍庫には、レンジで温めるだけで食べられるパスタやラーメンが並んでいる。僕がいない間、木綿子さんが何も食べていないということはなくても、バランスを考えずにお腹を満たすだけのものしか食べていなかったことが、よくわかる。ゴミ箱には、商店街の惣菜屋さんのプラスチック容器が捨てられていた。買い物に行ってないのか、買い置きしておいたティーバッグやインスタントコーヒーはなくなっている。

トイレや洗面所は、勤務中にパートさんたちも使うから、掃除してくれたみたいだ。トイレットペーパーや掃除に必要な道具も、ちゃんと補充されていた。

しかし、洗濯機の横には、クリーニングに出さないといけないニットやシルク素材のスカートが山を作っている。洗剤を並べたカゴには、なぜかネックレスが入っていて、からまっていた。

怖いなと思いながら、お風呂場をのぞくと、ギリギリセーフという感じだった。もともと落ちた髪の毛を取り除いたり、軽く洗う程度のことは、木綿子さんもやっていた。それぐらいのことは、僕がいない時でも、継続していたのだろう。だが、しっかり掃除をしているわけではないから、隅の方にピンク汚れが浮いてきている。

台所に戻り、ダイニングの椅子に座って、どこから手を付けていくか、考える。

まずは、クリーニング屋に行って、そのままスーパーに寄り、買い物をしてくる。帰ってきたら、お風呂場の掃除をする。二階と三階に掃除機もかけたい。夕ごはんの準備をしたら、今日は終わるだろう。倉庫の整理は、明日する。

考えていたら、階段を駆け上がってくる音が聞こえた。

そのまま、廊下も走り、木綿子さんがダイニングに飛び込んでくる。

「お帰りなさい」息を切らしながら、木綿子さんが言う。

今、帰ってきたのは、木綿子さんであって、僕ではない。

逆じゃないかと思ったが、ちゃんと言うべきなのだろう。

「ただいま」

僕が返すと、木綿子さんは笑えばいいのか泣けばいいのか迷っているような顔をして、その場にしゃがみ込んでしまった。両手で顔を覆い、うずくまる。

心配してくれているというのは、自分の勝手な想像でしかない気がしていた。大事な人が、僕を気にかけてくれているということが信じられなかった。

　でも、そんなことはなかったのだ。

「ただいま」

　木綿子さんの横に、僕もしゃがみ込み、もう一度言う。


「今日ね、浴衣の生地を見てきたんだけど」ダイニングテーブルでハンバーグを食べながら、木綿子さんが話す。

　作業部屋のコタツは、片づけてしまっただろうと思っていたが、今もそのままだった。コタツの周りには、作りかけのバッグや編みかけの編みぐるみが転がっていて、じいちゃんたちのサコッシュもカゴに入れたままになっていた。掃除をしていないし、もう暑いので、ダイニングで夕ごはんを食べることにした。

　ハンバーグ、きのこのバター炒め、ブロッコリーとトマトのサラダ、春キャベツとベーコンのみそ汁、聡子さんが漬けておいてくれた筍《たけのこ》の糠漬け、五穀米。

　洗濯や掃除もしたかったのだけれど、木綿子さんに「ハンバーグが食べたい！」と言われ、最優先で用意した。

「店で、浴衣の生地を出すんですか？」筍の糠漬けを食べて、僕から聞く。

「少し出そうかな」

「司さんの娘さんたちとか、欲しがりそうですよね」

「うん」きのこのバター炒めを食べて、木綿子さんは麦茶を少し飲む。「でも、季節が限定されるものだから、何種類も置けないし、迷うんだよね。在庫として、来年まで置いておくと、かび臭くなってしまったりするから。流行《はや》りの柄もあるし」

「浴衣にも、流行りとかあるんですね？」

ずっと着られるもので、定番の柄しかない気がしていた。

十代のころ、美咲ちゃんや成瀬のお姉ちゃんが着ていたけれど、どんな柄だったのか、思い出せない。母親は、紺地に白い百合の柄の浴衣を着ていた。アパートの近くの神社のお祭りに行く時に「お母さんの名前と同じ名前の花なんだよ」と話してくれた。

「毎年買い替えるものじゃないから、激しい流行り廃《すた》りがあるわけではないけど、その年の流行色とか人気の柄はある。何年か前までは、洋服のブランドが出してる浴衣っぽくない柄が人気だった。あと、ハイビスカス柄とかのアロハみたいなもの。最近は、定番の白や紺地に花柄のものに戻ってきてるかな」

「そうなんですね」みそ汁を飲む。

味噌が違うのに、成瀬のマンションで作ったみそ汁とあまり味は変わらなかった。ベースが同じだからだろう。子供のころ、出汁《だし》の取り方を成瀬のお母さんに教えてもらい、ずっと変えていない。さくらちゃんが寝ている間に、美咲ちゃんに「教えて」と言われたから、教えておいた。

「最近は、男の人でも、浴衣や甚平を着るから、男性ものもちょっと置いてもいいかも」

「そうですね」

女の人の着るものというイメージだったけれど、この何年かは花火大会やお祭りの日に男の人が着ているのも、見かけるようになった。仕事の行き帰りに、浴衣姿で楽しそうにする恋人同士を、自分とは別世界に生きる人たちのように見ていた。うらやましいとか感じられないくらい、無縁の存在だった。

「浴衣の縫い方講座とかも、できるといいな」

「縫うのって、難しいんですか？」

「ううん」木綿子さんは首を横に振り、麦茶を飲み干す。「基本的にまっすぐに縫うだけだから、そんなに大変じゃない。もともとミシンのない時代のものだし、手縫いでもできる。家庭科の授業で作る学校もあるよ」

「そっか」僕は立ち上がり、冷蔵庫から麦茶のボトルを出し、木綿子さんのグラスに注ぐ。

「ありがとう」

「十代の女の子とか、若い人たちは自分で作ってみたい人もいるんじゃないでしょうか」

座り直し、残りのハンバーグときのこのバター炒めを食べる。

「少人数で、講座はじめてみようかな」木綿子さんも、ハンバーグの最後のひと口を食べる。

「いいと思います」

「うん」大きくうなずき、木綿子さんは箸を置く。「ごちそうさまでした」

「ごちそうさまです」僕も箸を置き、手を合わせる。

作ったのは僕だけれど、材料費を出してくれているのは木綿子さんだ。

どんなことも、お礼を言い合うことは、ふたりの間で習慣になっている。

そして、意を決するように、木綿子さんは息を吐く。

「これからのこと、話そうか？」

「はい」僕も息を吐き、うなずく。「その前に、台所を片づけて、お茶を淹れますね」

「お願い」

「少し待っていてください」

テーブルの上の食器を流しに運び、洗っていく。その間に、薬缶でお湯を沸かす。

このまま、何もなかったようなフリをして、前みたいに暮らしていくことはできるかもしれない。

でも、そうしたら、いつかまた同じようなことが起き、僕はまた成瀬の家に逃げていく。

大事だと思える人だから、ちゃんと向き合わないといけない。


緑茶を淹れて、ダイニングテーブルに湯呑みを並べる。

僕と木綿子さんは、向かい合って座る。

「お帰りなさい」改めて言い、木綿子さんは小さく頭を下げる。

「ただいま」僕も、小さく頭を下げる。

頭を上げ、ふたりとも何も言わず、湯呑みを見つめる。

問題を起こしたのは僕なのだから、僕から話すべきだ。

「本当にすみませんでした」頭を大きく下げる。「殴ってしまった相手には、お詫びにいきます。司さんにも謝りたいです。あと、怖がらせてしまった娘さんたちにも」

「殴った相手には、何もしなくていいです」木綿子さんが言う。

「……でも」

「彼とは、二度と関わりません。前に一緒に仕事をしていた人で、その時は大事に思ってた。信じて、頼りにしていた。けれど、それは、あくまでも仕事する相手として。個人的な感情は、どうしても持てなかった。いい人だし、わたしのことを必要としてくれていることも、わかっていた。それなのに、なんだか苦手と感じることもあった。彼の明るさや正しさが怖かったのだと思う。自分のことを正直に話せなくて、仕事を断るにしても、個人的な関係を断るにしても、ただ拒否するばかりになってしまって、彼の納得する答えを返せなかった」

「……はい」

「ごめん、うまく話せなくて」

「大丈夫です」

「悪い人ではないの。でも、正しい人だから。わたしは、その正しさに傷つけられてしまう」

理解できないと感じる部分はあったけれど、木綿子さんが言葉を選びながら話そうとしてくれていることは、よくわかった。

「今後、わたしはわたしを傷つけるような人とは、関わらない」

「……はい」

「ひかり君は、わたしやパートさんたちに怒ることはないし、お客さんたちとも仲良くしてくれている。基本的には、あんな暴力を振るう人ではないことは、半年くらい一緒に暮らしてきて、わかっている。穏やかに暮らせる環境であれば、問題はない。これは、思い上がりかもしれないけれど、ひかり君が怒るとしたら、わたしが傷つけられた時なのだと思う」

「……そうですね」

「自分の正しさを主張したり、自分の気に食わないことがあったりして、怒るわけではない。わたし以外にも、成瀬君やおじいちゃんたちや颯太君みたいに、大事な人が傷つけられた時に怒る」

「成瀬が傷つけられても、別に……」

誰かに傷つけられている成瀬という姿は、想像できなかった。美咲ちゃんに怒られた時ぐらいだ。自分の好きな人と一緒にいて、好きな仕事をして、いつも幸せそうにしている。でも、成瀬は、その幸せを手に入れるために、嫌いなものを全力で捨ててきた。子供のころ、僕よりも僕をいじめる奴らと一緒にいた方がクラスでの立場は良くなるし、楽だったはずだ。

「とにかく、わたしが傷つけられなければ、ひかり君は誰かに暴力を振るったりはしない」

「……多分」

自信を持ってうなずきたかったけれど、無理だった。

自分の中には、僕にもわからない感情がある。

「大丈夫！」木綿子さんが大きな声で、はっきりと言う。

「はい！」思わず、大きな声で僕も返事をする。

僕が出ていってから、一ヵ月近い間、木綿子さんは成瀬に話を聞いたりしながら、僕のことを考えてくれたのだろう。

その結論を裏切りたくないという気持ちには、自信が持てた。

「ここにいることが辛いならば、出ていってもいい。でも、ここにいたい気持ちがあるならば、いてほしい。おじいちゃんたちのサコッシュも作りかけだし、花火を見る約束もあるし」

「ここにいたいです」

「……じゃあ、帰ってきて」涙がこぼれ落ちないように、堪えて赤くなった目で、木綿子さんは僕を見る。

「はい」その目を見て、うなずく。

ふたりとも、緑茶を飲み、大きく息を吐く。

これでいいのか迷う気持ちはある。でも、僕はここにいて、木綿子さんと一緒にいることで、変わっていきたい。

今日の話はここまでで、これからのことは少しずつ話していけばいいと思ったのだが、木綿子さんはまだ何か話したいことがあるのか、迷っているような顔をする。

「話したいことがあれば、話してください」僕から言う。

「……えっと」言いにくそうにして、黙ってしまう。

「無理に話さなくても、いいです」

「あの……」

「なんでも聞くから、大丈夫ですよ」

「ひかり君のことは、とても大事で、一緒に暮らしていきたいのだけど、すぐに恋人にはなれないというか、話が違うっていう感じで申し訳ないのだけど」

「ん？」

恥ずかしそうに話す木綿子さんを見て、僕は首をかしげてしまう。

一緒に暮らしたいし「誰よりも、大事」と思いながらも、恋人になるということを、僕はあまり考えていなかった。

前みたいに暮らせればいいとだけ、願っていた。

「別に、他に恋人がいるわけじゃないの。そういう人は、本当にいない」

「はい」

「仲のいい男の人もいないから」

「はい」

「自分の知っている男の人の中で、ひかり君が一番大事」

「……ありがとうございます」

「でも、恋人になるっていうことが、わたしにはちょっと難しいというか」

「木綿子さん、それは、僕も考えていなかったから、大丈夫ですよ」

「えっ！」驚いた声を上げ、木綿子さんは顔を赤くする。

「全く考えていないわけではないけれど、すぐに恋人になるっていうことは、なんとなく違う気がしています」

長く一緒に暮らしていくならば、関係性をはっきりさせた方がいい時は、いつか来るのかもしれない。

けれど、それは、今すぐではないだろう。

世間一般で言われる「恋人」や「夫婦」ではなくて、僕と木綿子さんが一緒にいつづける先で、ふたりの関係性を作っていきたかった。今日から急に「恋人になりましょう」と言って、関係を変えることには、違和感を覚える。

「ああ、そうなんだ」緊張が解けたのか、木綿子さんは気が抜けたような声を出す。

「まずは、部屋の掃除をして、倉庫の整理をして、司さんと娘さんたちに謝りにいきます」

「あと、ひかり君の部屋も、ちゃんと作ろうね」

「今のままでいいですよ」

「駄目」首を横に振り、僕を見る。「ここは、仮住まいではなくて、ひかり君の家になるのだから、自分の部屋が必要」

「ありがとうございます」

今まで、自分の部屋を持ったことがない。

子供のころは、ワンルームのアパートに母親と母親の夫や恋人だった男と三人で住んでいた。母親が出ていってからは、僕ひとりになったけれど、部屋中に母親や男たちのにおいが染みついていて、自分だけの場所とは思えなかった。成瀬の実家の成瀬やお姉ちゃんの部屋みたいに、温かく守られている中に、自分の部屋を持ってみたかった。

望んでいたことが叶うと思ったら、胸の奥から嬉しさがこみあげてきて、少し恥ずかしい気もしてくる。


木綿子さんが司さんに連絡をしてくれて、ご自宅に謝罪に伺うことになった。夕方であれば、仕事から帰っているということだ。「一緒に行く」と木綿子さんに言われたけれど、保護者同伴みたいで情けない感じがしたから、ひとりで行くことにした。

駅から少し離れた静かな住宅街に建つ一軒家だ。

暗くなっていく空の下、緑の溢れる庭に囲まれた白い壁の小さな家は、柔らかな光を放っているように見えた。

インターフォンを押すと、ドアが開き、司さんと娘さんたちが顔を出した。

「いらっしゃいませ！」娘さんたちが出てきて、門を開けてくれる。

ふたりとも、お揃いの桜柄のワンピースを着ていた。

桜は、もう散ってしまったけれど、パパの作ってくれたものを気に入っているのだろう。

「こんばんは」

「こんばんは」ふたりは、声を揃える。

案内されるまま、庭を通り、玄関まで行く。

司さんは、今日はウィッグはかぶっていなくて、白いシャツを着てベージュのパンツを穿いている。

「どうぞ」司さんが言う。

「お邪魔します」

家の中は、茶系の家具で統一されて、オレンジ色の温かい光が広がっている。

もっと今っぽいお洒落な家を想像していたのだけれど、なんとなく懐かしい感じがする。古い家を買って、外壁を塗り直したりドアを変えたりして、リノベーションしたのだろう。

「ママの手伝いをしてきて」娘さんたちに、司さんが言う。「ひかり君と大事な話があるから」

「はあい」元気に返事をして、ふたりは台所と思われる方に行く。

夕ごはんの時間には、まだ少し早いと思っていたが、子供がいる家と大人だけの家では、わけが違う。もうすぐ娘さんたちの夕ごはんの時間なのかもしれない。

「すみません、ごはん時に」

「いいよ、気にしないで。ひかり君も、食べていくかい？」

「いえ、僕は、用意してきたので」

今日は、ロールキャベツを作った。帰ったら、温めればいいところまで、準備してある。ポテトサラダの下ごしらえも終えてきた。

「奥に行こうか」

「はい」

司さんの後についていき、廊下の奥の部屋に入る。

洋服を作ったりするための部屋みたいで、机にはミシンや裁縫道具が並んでいた。ミシンのメーカーも、去年の夏までは全く知らなかった。今は、見ただけで、どういう機能がついているのか、だいたいわかるようになった。二台あり、一台は最低限のことは一通りできるシンプルなもので、もう一台はプリンターも作る会社の出している凝った縫い方もできるものだ。

「どうぞ」

「失礼します」

窓の近くに小さなテーブルと椅子のセットがあり、そこに向かい合って座る。ここで、刺繡をしたりするのか、横の棚には色とりどりの刺繡糸の並ぶケースが置いてある。

庭には、白やピンクのバラが咲いていた。

「お茶、どうぞ」女性が入ってきて、テーブルの上にティーセットを並べる。

ギリギリまで短くしたショートカットで、麻のシンプルなワンピースを着ている。司さんや娘さんたちと雰囲気は違うけれど、奥さんなのだろう。

「ありがとうございます」

「ゆっくりしていってね」奥さんは、部屋から出ていく。

フルーツの入ったフレーバーティーみたいで、りんごの香りがした。香りに癒されてしまいそうになったが、遊びにきたのではなくて、謝罪にきたのだ。

「一ヵ月も前のことになってしまいましたが、本当にすみませんでした」膝に両手をつき、頭を下げる。「あの時、司さんが止めてくれて、本当に助かりました」

「反省しているならば、気にしないでいいから、頭を上げなさい」

「はい」顔を上げさせてもらう。

「僕も、申し訳なかった」司さんは、ゆっくり話す。「怒っている男を見て、娘たちを守ることだけ考えた。君が手を出してしまう前に、止めることができたのではないかと思う」

「いえ、お客さんを危ない目に遭わせられないし、娘さんたちを最優先で考えるのが当たり前です。娘さんたちにも、怖い思いをさせてしまいました」

この家で、司さんと奥さんが大事に育ててきた娘さんたちだ。暴力なんかと無縁で生きられるはずの女の子たちに、嫌な記憶として残るようなものを見せてしまった。

「うちの娘たちは、意外と強い子だから、大丈夫。父親の僕のせいで、からかわれることがあっても、立ち向かえる子たちだ。娘を守るために、普通の父親のように生きようと思ったこともあった。でも、妻にも娘たちにも止められた。娘たちのことは、自分の好きなものを信じられるように、育ててきた」

「はい」

「暴力は悪いことだけれど、ひかり君が木綿ちゃんを守るために戦ったということは、理解できる子たちだ」

「いや、でも、理由はなんであれ、暴力は許されないので」

「相手には、謝罪に行ったのかい？」

「木綿子さんが行かなくていいと言うんです」

「そうか」ティーカップを手に取り、司さんは紅茶を飲む。

僕も、紅茶をもらい、暗くなった庭の方を見る。

窓には、自分の姿が映っていた。

前に、じいちゃんから「表情が柔らかくなった」と言われた。僕の顔つきは、本当に変わっていっているのか、自分ではよくわからなかった。

「相手の男と木綿子さんの間で、色々とあったみたいです」

「木綿ちゃんがいいって言ってるんだったら、いいんじゃないか？」

「うーん」

「世の中には、関わらない方がいい相手もいる。どれだけ努力しても、理解し合えない相手もいる。どちらが悪いというわけではなくて、価値観の問題だ。まずは、自分たちが幸せに暮らせることを考えた方がいい」

「……はい」

僕としては、スッキリしないと感じるから謝りたいのだけれど、エゴでしかないのだろう。相手に許してもらおうという考えが甘いし、木綿子さんだって望んでいないことなのだ。

「ひかり君は、これから、どうするんだい？」

「いとや手芸用品店で、またお世話になることになりました」

「そうか」安心したように、司さんは小さく笑う。

「手芸のことも、もっと勉強します」

「うん、うん」

「この前みたいに、暴力を振るうのではなくて、ちゃんと木綿子さんを守れるようになりたいんです」

「それは、いいことだね」

「あっ、でも、僕と木綿子さんは、恋人ではありません」

わざわざ言わなくていいかとも思ったが、一応言っておく。

しかし、聞かれてもいないことを急に言ったことがおかしかったのか、司さんに笑われてしまった。

「……すいません、変なことを言って」

「いや、いいよ」

「そう思う人は多いと思うので」紅茶を飲んで、恥ずかしいことを言ってしまった気持ちを落ち着かせる。

「そうだろうね」

「気にしないでください」

「ひかり君と木綿ちゃんは、ふたりの関係を築いていけばいい。何か言う人がいても、ふたりがしっかりしていれば、大丈夫だから。理解できないと騒ぐような誰かに認めてもらう必要なんてない。うちみたいに」

「あっ、はい」

司さんが好きな服を着て、堂々と歩けるのは、奥さんや娘さんたちがいるからなのだろう。何があっても、自分の味方をしてくれる人がいるという強さを、今の僕は実感できる。

「人と違うから、社会の隅で生きていこうとかも、思わなくていい」

「はい」

「うんざりするようなことを言ってくる人もいるかもしれない。でも、胸を張っていれば、何も気にせずに付き合ってくれる人が周りに増えていく。そのうち、自分のいるところが真ん中になる」

「ありがとうございます」

迷っていたことが納得できたように感じた。

この先、木綿子さんがそばにいても、楽しいことばかりが起きるわけではないだろう。ふたりでいることで、嫌な思いをするかもしれない。「普通ではない」ということに対する世間の厳しさは、子供のころから感じてきた。二十代後半の男と三十代半ばの女性が何年も一緒に暮らしていれば、「普通は」と言い出す人は出てくる。今までは「付き合ってるの？」と聞かれるぐらいだったが、それでは済まなくなるだろう。

自分自身は、何を言われてもいい。

そのことで、木綿子さんが苦しむようなことを言われるのは、避けたかった。

でも、大事なのは、自分たちがどうしたいかだ。

周りに合わせ、小さくなる必要はない。

「パパ」娘さんたちが部屋に顔を出す。「夕ごはん、もうすぐできるけど、どうする？」

「あっ、ごめんね、もう終わったから」僕が言う。

「ひかり君、帰るの？」お姉ちゃんが聞いてくる。

「帰るよ」

「ごはん、一緒に食べていけばいいのに」

「そうなんだ」

「僕は、お家で、大切な人と一緒に食べるから」

「ふたりとも、怖い思いをさせて、ごめんね」目線を合わせて、ふたりに謝る。

「大丈夫」ふたりとも、首を横に振る。

「もう二度とあんなことはないから、また店に遊びにきて」

「うん」大きくうなずく。

三人に送ってもらい、玄関まで行くと、奥さんも台所から出てきた。

子供を欲しいと思ったことは、今までなかった。

自分が父親になるなんて、想像もできない。

颯太と一晩を過ごし、さくらちゃんの世話をして、ほんの少しだけ子育てを体験させてもらい、

った。
でも、家族四人が揃っている姿を見たら、いつか自分も父親になれるといいという気持ちにな
充分と感じた。

門を出ると、木綿子さんがいた。

「来なくていいって、言ったのに」僕から言う。

「だって、気になったから」

「大丈夫ですよ」

「わたしも、司さんの家にお邪魔してみたかった」

話しながら、商店街の方へ歩く。

もうすっかり夜で、帰宅する人たちとすれ違う。

春も終わりに近づき、夏が迫ってきているような匂いがする。

もうすぐ母親の命日だ。

「行ったことないんですね？」

「奥さんとも、会ったことない」

「奥さん、お茶を淹れてくれました」

「どんな人だった？」

「司さんや娘さんたちとは雰囲気の違う、爽やかな感じの人でした」

「そうなんだ」

「でも、奥さんが家族を支えているんだと思います」

性別のことや服装のことばかりではなくて、家族にしかわからないような悩みもあるだろう。夫や娘たちが好きに生きるために、奥さんが包み込んでくれている。そして、その奥さんを三人で抱きしめるみたいにして暮らしているように見えた。

何も喋らず、そのまましばらく歩く。

スーパーに寄っていこうか考えていたら、木綿子さんが急に立ち止まった。

「どうかしました？」

「……」下を向き、黙っている。

「どこか、痛いですか？」

「……手を繋いでもいい？」

「恋人ではないのに？」

「……ごめん」木綿子さんはそう言って、さらに下を向く。

「冗談です。いいですよ」右手を差し出す。

「ありがとう」顔を上げて嬉しそうに言い、僕の手を握る。

何かを確認するように、繋いだ手を見て、木綿子さんは恥ずかしさを隠すみたいに笑う。

木綿子さんの指は細くて長い。

強く握りしめたら、潰れてしまいそうに感じたから、力を入れないようにする。

そのまま、手を繋いで歩いていく。

半年以上、一緒に暮らして、木綿子さんの好きなものはよく知っている。

花柄の生地、小鳥の刺繍、アンティークのビーズ、ハンバーグ、グラタン、クイズ番組。キリがないくらい、挙げることができる。嫌いなものや苦手なものも、なんとなくわかる。でも、何を悩んでいるのかは、まだ聞いたことがなかった。お店の商品のことやちょっと体調が悪いということは言ってくれるけれど、木綿子さんが心の奥底で悩んでいるようなことは話したことがない。

僕のことを「知っている男の人の中で、一番大事」とまで言ってくれているのに、恋人にはなれない理由があるのだろう。

「ひかり君の部屋なんだけど」木綿子さんが話し出す。

「はい」

「ちょっと先になってもいい？」

「いいですよ」

「お店の改装をしようと思ってるの」

「改装？」

「おばあちゃんのお店を引き継いで、そのままだから。一度お休みして、全体的に変える」

「はい」

「時期とか、どういう風にするかとかは、パートさんたちとも相談しないといけないことだから、また話すね」

「わかりました」

「それで、倉庫やわたしとおばあちゃんが作ったものを置いている納戸も、売れるものは売って整理する。ダイニングや作業部屋は、パートさんたちがなんとなく出入りしてるけど、休憩スペースと住居スペースをはっきりわけようと考えてる。今、ひかり君が使っている部屋に置いてある仏壇も移す。それから、ひかり君の部屋をちゃんと作る」

「大丈夫ですよ」

「工事が入ったり、大変になるけど、手伝ってね」

「もちろん」

僕が返事をすると、木綿子さんは安心した笑顔になる。

ずっと笑っていてほしいけれど、悩んでいることがあるならば、いつか話してほしい。力になれるなんて思わないが、聞くことはできる。

わかろうとしてくれる人がいるというだけで、楽になることもあるだろう。

「ポテトサラダ、ちょっと食べちゃった」木綿子さんが言う。

「味、薄かったでしょ？」

「うん」

「まだ仕上げ前だから」薄切りしたきゅうりや玉ねぎから水分が出るため、帰ってから塩コショウで味を調えるつもりだった。

「そうなんだ。でも、ちょっとだよ」

「いや、いいんですよ」

商店街が近づいてきたけれど、手を繋いだままだ。

近所の人に見られるから、はなした方がいいかと思ったが、木綿子さんも何も言わないし、そのままにすることにした。

　司さんの言うように、胸を張っていればいい。

「あっ、月が出てるね」木綿子さんは、遠くの空を指さす。

「本当だ」

　夜空に半分より少し膨らんだ月が浮かんでいる。

　子供のころ、母親を待ちながら月を見ていた僕に、いつかひとりではなくなることを教えてあげたかった。

「動かないでね」

「わかってます」

「腕、ちょっと上げて」

「はい」

　店の隅で、ひかり君に立ってもらい、メジャーで肩幅や身幅や袖丈を採寸していく。肩回りの筋肉がしっかりしているから、余裕を持って作った方がいいだろう。いつも大きめのスウェットやTシャツを着ているし、冠婚葬祭とかかしこまった場所に行くためのシャツではないので、オーバーサイズの方が今持っている服にも合わせられる。フォーマル用のシャツは、また別に作ればいい。

「素材、どうしようか？　色は、何色がいい？」採寸を終えて、反物を見ていく。

「なんでもいいですよ」ひかり君は、わたしの後についてくる。

「なんでもいいは、困る。ひかり君だって、ごはんを何作るか聞いて、そう返されたら、困るでしょ」

「そうですね」苦笑いしつつ、うなずく。

「これからの季節に着ることを考えると、薄手の生地の方がいいかな。でも、見た目以上に肩幅があって腕も太いから、オックスフォードとか厚手の生地の方が張りが出ていいのかな」

反物を見比べ、ひかり君に当てていく。

ご主人や息子さんのものを作るというお客さんの相談に乗るために、男性もののシャツの作り方も勉強していて、だいたいのことは答えられる。しかし、実際に、自分で作ったことはなかった。

「色は、白よりも水色かな。ピンクは、ちょっと違う。薄手のものだったら、チェックとか柄物にした方がいいかな。とりあえず、オックスフォードの水色で半袖シャツを作って、青系のチェックで暑い日でも着られるような薄手のシャツを作ろうか」

「それで、いいです」

「それで？」ひかり君の顔を見る。

「それが、いいです」笑顔で言い直し、ひかり君は選んだ反物を裁断台に運んでくれる。

「うーん」並べた反物を見比べる。「なんか、普通すぎる。もっと特別でかわいいものが作りたい」

「普通でいいですよ」

「んー」

「普通のものの方が長く着られそうだし」

「そうだね。まずは、基本的なものから作ろう」

「そうですよ」

「司さんに相談して、男性ものの勉強し直す。成瀬君も、お洒落な服着てるよね」

「そうですか？　成瀬は、普通の二十代後半男性っていう感じじゃないですか？」

「普通に見せて、シャツやパンツの丈とかボタンのデザインとか、細かいところにこだわってると思うよ」

「そうなんですね」

「男性ものは、こだわりすぎると、逆にダサくなってしまうから、難しい」

反物が決まったから、今度はボタンを選んでいく。

子供服や女性向けのワンピースであれば、花や小鳥の形のボタンをアクセントに使ったりできるけれど、男性ものはシンプルな方がいいだろう。成瀬君であれば、顔が大人びているので、かわいいワンポイントが入っているようなシャツを着ても、遊び心という感じになる。ひかり君は、顔が子供を通り越して、赤ちゃんや子犬みたいだから、大人っぽいものにしないと、幼く見えてしまう。

逆に、柴犬柄や菓子パン柄のシャツとか、振り切ってしまった方がいいのだろうか。

ボタンを裁断台に置き、柄の入った反物を見ていく。

夏に向けて、アイスクリームやかき氷の柄の反物も入れた。シャツ用に買うお客様はあまりいないから、特別な一枚になる。派手な花柄とかも、意外と似合うかもしれない。ハイビスカス柄の黄色やブルーの反物で、アロハもありだ。

「木綿子さん、最初はシンプルな方がいいです」ひかり君が来て、わたしの横に立つ。

「柴犬柄は、シンプル？」白地に柴犬の顔のイラストが並ぶ反物を指さす。

「違います」笑顔で、首を横に振る。

「食パンとコーギー」並ぶ食パンの中に、コーギー犬が交ざっている柄の反物を持ち上げる。

「違う」首を振りながら、潤んだ目でわたしを見る。

「じゃあ、ちゃんと希望を言ってよ」

「水色のオックスフォードがいいです！」力強く言う。「最初は、それで、お願いします！」

「わかったよ、しょうがないな」

裁断台に戻り、水色のオックスフォード生地を広げ、必要な長さをひかり君に裁断してもらう。

わたしとひかり君が話している間、聡子さんや他のパートさんたちは、何も言ってこない。

ひかり君が帰ってきてから、前以上に一緒にいるし、外を歩く時には手を繋ぐこともある。

恋人として、付き合っている。

そう思われているのだろう。

出ていってしまった後、ひかり君が帰ってきてくれることを願いつづけた。成瀬君か美咲ちゃんが毎日のように連絡をくれて、必ず木綿子さんのところに帰らせると言ってくれた。でも、決めるのはひかり君本人で、強制はできない。嫌と言われてしまったら、諦めるしかないのだ。帰ってきたとしても、「普通」と言われるような恋愛をして、恋人や夫婦になっていけるわけではない。わたしから離れた方が幸せになれる。そう考え、迷うこともあった。

それでも、あのまま、離れてしまうことは考えられなかった。

楽しかったことや嬉しかったことまで、思い出したくないことに変わってしまう。

一ヵ月が経ち、ひかり君は帰ってきてくれた。

話すべきことを話した後で「すぐに恋人にはなれない」と伝えたら、ひかり君に「僕も考えていなかった」と返された。安心したのと同時に、少し落ち込んでしまった。自分からは、「恋」として好きになれないくせに、好かれていたかったのだ。わがまますぎる、と自分で自分に呆れもした。

けれど、ひかり君がわたしのことを大事に思ってくれていることは、毎日の生活の中で伝わってくる。

これから、ひとつひとつ話していけばいいのだろう。

夕ごはんを食べた後、ひかり君が台所で片づけをしたりお茶を淹れたりしている間、わたしは作業部屋で改装のためのアイデアをまとめていく。先にひかり君のシャツを作りたかったのだけれど、修ちゃんから早めに希望を聞かせてほしいと催促のメールが届いていた。

内装を大きく変えると、工事が入るし、大掛かりになる。今の棚をそのまま活かすことも考えたが、店を開いたころから使っているようなものもある。修復と補強を繰り返してきたけれど、あと何年も持たないだろう。中途半端なことをせず、新しくした方がいい。しかし、雰囲気は変わってしまわないようにしたい。

講座を開いたり、ミシンの使い方の練習をしたり、お客さんの質問に答えたりする場として、裁断台と別に作業台は欲しい。スペースを作るために、商品は減らさないといけない。今は、棚のどこに何があるかわからないくらい、商品がある。全体的にゆとりが感じられるようにしたかった。工作に使う道具は、あまり売れないから、コーナーごとなくしてもいいかもしれない。しかし、颯太君みたいな、子供たちの使うものは残しておく。細かいことは、後で考えることにして、先にレジや裁断台や作業台の場所を決めていった方がよさそうだ。それに合わせて、棚の配置も考える。壁沿いに反物や毛糸を並べるというのは、今のままで変えず、棚だけ新しくしてもらう。

問題は、作業台でお茶やお菓子を出すか、どうするかだ。

出す場合、店の奥に流しとガス台くらいはあった方がいい。お客さん用のお手洗いも必要になる。スペースとしては、どうにかなるし、費用は修ちゃんと相談する。店と住居をちゃんとわけるためにも、一階にお手洗いや休憩できる場所があった方がいいとは、前から考えていた。作って、無駄になることはないだろう。

ただ、それを、ひかり君がどう考えるのか、気になってしまうのだ。

帰ってきてくれて、しばらくは一緒に暮らしていく。改装のことも話しているし、その時にひかり君の部屋をちゃんと作ることも話した。しかし、いつまでいてくれるのだろう。縛り付けることになりそうで、「ずっといてね」なんて、言えなかった。

わたしが「恋愛」としてひかり君が好きで、ひかり君もわたしが好きだったら、恋人になったり、結婚したりすることを考えられていたのだろうか。

でも、それだったら、わたしたちは出会うこともなかった。

みんなと同じように恋愛ができるならば、わたしは二十代のうちに結婚して子供を産んでいた。真依ちゃんや他の友達を見て、そんなに簡単なことではないとわかっている。けれど、独身だったとしても、ここでひとりで暮らすことは、選ばなかっただろう。

ひかり君にも、わたしのことをとても大事に思ってくれていながらも、すぐに「恋」とは考えられないような事情があるのだという気がする。それは、お母さんのことばかりではないだろう。たくさんのことを話しているつもりでも、聞けていないことは多い。

他の人と同じではないことに悩んできたから、わたしとひかり君は出会えたのだ。この先、ひかり君が「ここを出ても、大丈夫」と思えるようになるならば、その時には笑顔で送り出したい気持ちはある。

ふたりにとって、別れが前向きなものになるのだったら、それが一番いい。けれど、そんな気持ちは、嘘でしかないと感じる。

できることならば、今がずっとつづいてほしい。

一緒にごはんを食べて、お茶を飲んで、働いて、好きなものを作って、たくさんお喋りをする。それだけで充分なのに、そうはいかないのだ。

悩みすぎて苦しくなり、テーブルに突っ伏していると、ひかり君が襖を開けて作業部屋に入ってくる。

「どうしました？　具合、悪いですか？」

「ううん」突っ伏したまま、首を横に振る。「改装、どうしようかと思って」

「どこを悩んでるんですか？」

ひかり君は、わたしの斜め前に座る。テーブルにお盆を置き、緑茶の入った湯呑みと一緒に、お客さんにもらった最中《もなか》も並べる。

「色々」顔を上げ、最中の包みを開ける。

「色々？」

「そう」

「見ていいですか？」描きかけの図案に手を伸ばしてくる。

「駄目です」図案を畳んでテーブルから下ろし、裁縫箱の上に置く。

「僕だって、従業員なのに」

「だって、まだ考えがまとめられてないから」

不安な気持ちを誤魔化すために、最中を置いて、ひかり君の手を強く握る。

わたしが急に手を握っても、ひかり君は驚いたりしないで、黙って握り返してくれる。

そのまま何も言わず、優しい顔でわたしを見ている。

前は、わたしばかりがひかり君のことを「赤ちゃんみたい、子犬みたい」と思っていたはずなのに、今はわたしの方が子供みたいになってしまった。

司さんの家に謝罪に行ったひかり君を迎えにいき、わたしから「手を繋いでもいい？」と聞いた。

関係を進めたのはわたしで、今のままでいたいという願いを壊したのもわたしなのだ。

お客さんが少なかったから、二階で改装のアイデアをまとめて、夕方になってから店に下りたら、真依ちゃんが来ていた。

前に会ったのは試写会の時で、まだコートを着ていたころだった。久しぶりに感じたが、もともとは数年に一回しか会っていなかったのだ。毎週のように会って、一緒にビーズのネックレスやブレスレットを作り、話すようになってから、半年ぐらいしか経っていない。去年の夏までは、ふたりで試写会に行ったり、ごはんを食べたりするほど、親しい友達ではなかった。

女の子が相手ならば、関係性は意識しないうちに自然と変わっていく。それなのに、男の人が相手だと、そういうわけにいかなくなってしまう。

「失恋したの？」ビーズコーナーにいる真依ちゃんに声をかける。

「なんで？　してないよ」

「一ヵ月くらい来てなかったから、何かあったのかと思った」

「仕事がちょっと忙しかったんだよね」

「そうなんだ」

「やっと落ち着いたから、気分転換に何か作ろうと思って」ビーズを選んでいく。

「気分転換になる？　どこか出かけたりした方が良くない？」

「頭の切り替えになる。ずっと仕事のことばかり考えてたから」

「そっか」

わたしにとって、ものを作ることは日常の一部だ。できあがった時には、スッキリした感じもするし、喜びもある。けれど、すぐにまた、別の何かを作りはじめる。フリーランスの時とは違い、今は売り物を作っているわけではない。だから、仕事ではないけれど、店の商品を試して見本を作ったりすることもあるし、ただの趣味というわけでもない。

「木綿ちゃんは、気分転換にどこか行ったりするの？」

「……しない」

「じゃあ、違う何かをするの？」

「うーん、しないいな」考えてみても、何も思い浮かばなかった。

世界が、あまりにも狭いと感じる。

十代の終わりぐらいから、友達と深く付き合うことを避け、男の人とは必要以上に話さないようにして、生きてきた。恋愛の話になることを恐れ、逃げつづけた。そうするうちに、自分で意識していた以上に、自分の中に閉じこもるようになってしまった。

「ストレス、感じないの？」真依ちゃんが聞いてくる。

「感じるけど、気分転換したところで、解決しないし」

「そんなことないよ」

「そう？」

「ずっと悩んでると、ものごとを客観的に考えられなくなる。出口を見失ったまま、迷路の中を彷徨《さまよ》いつづけているみたいになってしまう。でも、その迷路も遠くから見れば、簡単に出口が見つかる」

「わかるような、わからないような」

「前の試写会みたいなことがあったら、また誘うから、たまには外に出よう」

「ありがとう」

確かに、真依ちゃんの言うように、最近ずっと同じところで迷いつづけている感じはする。どちらに行けばいいのかわからず、立ち止まったまま、日々が過ぎていってしまう。

多分、こういう時の対処方法も、十代や二十代のうちに友達や恋人との関係の中で、知ることなのだろう。

「ひかり君とどこか行ったりしないの？」

「しないよ」首を横に振る。

「付き合いはじめたんでしょ？」

「付き合ってないよ」

「だって、手を繋いで歩いていたって、聞いたよ」

「誰に？」

「うちのお母さん」

「おばさんは、誰に聞いたの？」

「お肉屋さんに買い物に来た時に、見かけたらしい。木綿ちゃんが若い男の子と手を繋いで歩いていたって」

「ふうん」

友達やその家族に見られることは、考えていた。

十代のころから、同じクラスの誰かと誰かが一緒にいて手を繋いでいたとか自転車にふたり乗りして怒られていたとか、噂話をよく聞いた。大学を卒業すると、結婚したとか子供が産まれたとか内容は変わっていった。事実と違う話や考えの押し付けでしかない話も多かった。

「付き合ってないの？」真依ちゃんは、眉間に皺を寄せる。

「付き合うとは、なんなのか」

「何、言ってんの？」

「それが今のわたしの迷路なの」

「どういうこと？」

「ここでは話しにくいから、お茶飲みにいかない？」

「いいよ」

パートさんたちに「少し出てきます」と伝えて、外に出る。ひかり君は、夕ごはんの買い物にスーパーに行っているみたいで、いなかった。

商店街の奥に行き、カフェに入る。

五年くらい前にできたお店で、わたしと同世代の女性ふたりで経営している。ランチタイムは近くにある役所や会社に勤める人たちで混み合うこともあるけれど、夕方はすいている。ふたりは恋人同士と噂されていて、商店街の人たちは関わろうとしない。ひかり君と住む前は、ここでたまにひとりでお茶を飲んでいた。その時間が気分転換になっていたのかもしれない。

奥のテーブル席に座り、わたしも真依ちゃんもホットのカフェラテを注文する。

昼間は夏を感じる暑さの日が増えてきているが、夕方になるとまだ肌寒い。

「わたしも、ちょっと話したいことがあったんだよね」メニューを置き、真依ちゃんはわたしを見る。

「何？」

「ひかり君、人を殴ったんでしょ？」

「ああ、うん」

「木綿ちゃんがいない時に、一回店に行ったの。その時に、パートさんたちから聞いた」

「そうなんだ」

パートさんたちにも、わたしやひかり君のいないところで、噂されていることは知っていた。

「暴力を振るう男は、やめた方がいいよ」

「うーん」

「相手は、試写会の時に会った人でしょ」

「うん」

「怒鳴り込んできたとは聞いたけど、悪い人なの？」

「基本的には、いい人。とても、いい人」

「そうだよね。わたしはあいさつ程度にしか話してないからわからないけど、殴られるようなことをする人には見えなかった」

「自分の正しさを信じて、まっすぐに進もうとする人だから、どうしたらいいかわからないことはあったけど、殴られるようなことをする人ではない」

何をしたら、殴られてもしょうがないとなるかはわからないが、日向君はそこまでのことをしたわけではない。ひかり君が気持ちを抑えられず、手を出してしまったことに対する不安は、わたしも感じていた。パートさんたちは「まだ若いから」と許してくれたけれど、そんな簡単な問題ではないだろう。

日向君だって、怒った姿を見たのは、あの時がはじめてだ。ひかり君に一方的に殴られるばかりで、やり返すことなんて、考えもしなかっただろう。父親や修ちゃんや成瀬君、わたしの周りにいる他の男の人を考えても、暴力を振るう可能性を感じる人はいない。子供のころ、ひかり君は母親の恋人や夫だった男から、殴られたり蹴られたりしていた。そのことは、ひかり君からなんとなく聞いている。どういうことなのか、うまく想像できなくて、聞き流してしまった。

彼の日常には、暴力があったのだ。

ひかり君は、その衝動を抑えることに、今も自信を持てずにいる。原因になるようなことが起きなければ大丈夫なのだろうけれど、何がスイッチになるのかは、まだはっきりわからない。お客さんからのクレームは、親身になって聞いているし、無意味に怒りをぶつけたりするわけではない。わたしやパートさんたちが身の危険を感じるようなことがあった時に、抑えられなくなるのではないかと思う。でも、絶対ではない。

店の経営者として、そういう従業員には辞めてもらうべきなのかもしれないとも考えた。でも、そうしたら、ひかり君はどこにも行けなくなってしまう。

わたしが一緒にいて、気持ちを抑えられるように、支えていくことを選んだ。

もっと年齢が離れていて、親子みたいな関係になれたら、良かったのかもしれない。支援者として、ひかり君をそばで見守れた。

「付き合ってないってことだったら、先のことはちゃんと考えた方がいいかもよ」

「それは、大丈夫」真依ちゃんの目を見て、首を横に振る。「ひかり君が暴力を振るったりしないでよくなるまで、一緒にいるっていうことは決めたの」

そのために、どんなに傷つけることになると感じても、日向君をきっぱりと切り捨てた。

仕事をしていた時は、すごくお世話になったし、日向君には感謝している。悪い人ではないこともわかっている。でも、彼は、思いの強さで、わたしのことを傷つける可能性がある。それは、同時にひかり君のことも傷つける。

この世界には、ひかり君にとって、安全で安心できる場所があると思えるようにしてあげたかった。

「そこまでの気持ちがあるのに、どうして付き合わないの？」

「うーん」

「ひかり君に、他に女がいるとか？」

「いないよ」

店員さんがカフェラテを持ってきたので、話すのをやめる。

泡の上には、くまが描かれていて、深刻になっていた気持ちが少しだけ和らぐ。

「お互いに、恋愛が得意ではないんだよ」カフェラテに口をつけると、くまが泡に溶けていく。「ひかり君からちゃんと聞いたわけじゃないけど、育ってきた環境のことがあるから、恋愛で人と結びつくことが信じられないとかなんじゃないかな。わたしは、試写会の時にも少し話したけど、何が恋愛なのか、よくわからない」

「うん」

「恋愛ドラマや映画みたいに、気持ちが盛り上がって、一気に関係を進められるようなふたりだったら、そもそも出会っていなかったと思う。そういうことを考えていないというか、信じてもいないから、一緒に暮らすことができた」

「うん」

「でも、このままっていうわけにはいかないっていうことも、わかってる」

「どうして？」

「確かなものがないし、周りも納得しないし」

「周りを納得させる必要ある？」

「付き合ってるのとかどうなってるのとか、真依ちゃんが一番聞いてくるじゃん」

「そうだね」笑いながら言い、カフェラテを飲む。

「ごめん」

「何が？」

「今、話したこと、気にしないで」

「ん？」

「なんか、違うんだよね」

考えても考えても、話しても話しても、出口に辿り着けない。

話す相手が違うのだ。

わたしの気持ちも、ひかり君の気持ちも、他の誰とも違う。

ふたりで話さなければ、理解することはできない。


帰ったら、ひかり君は台所にいて、スーパーで買ってきたものを整理していた。

「おかえりなさい」ひかり君が言う。

「ただいま」

「真依さんと何か食べてきたんですか？」

「ううん、お茶だけ」

「じゃあ、夕ごはんは、とんかつを揚げます」冷蔵庫を開けて、豚肉を出す。「暑くなってきたから、体力のつきそうなものがいいと思って。本格的に夏になると、揚げ物は大変になるから」

「わたし、夏でも、揚げ物食べられるよ」

「暑い中、熱いものを揚げるのは、大変なんです」

「そうなんだ」

「はい」

ひかり君は、卵やパン粉も出して、とんかつを作る準備を進めていく。冷蔵庫に作り置きのピーマンのおかか和えや小松菜のナムルがあるから、副菜はそこから出すのだろう。

閉店するころに、とんかつを揚げ終えて、ちょうど食べられる。

「夏でも、たまには揚げ物がんばりますね」

「鶏の唐揚げ食べたいな」

「わかりました」

「キャベツの千切りくらい、手伝おうか？」

「大丈夫です」わたしを見て、ひかり君は笑顔で首を振る。

話していると、楽しくなって、このままでいい気がしてくる。

真依ちゃんの言うように、周りを納得させる必要なんてない。

パートさんたちは、ふたりは付き合っていると思い込んで何も言ってこない。仕事で迷惑をかけることもないのだから、別にいいだろう。

けれど、わたしが感じているのと同じように、ひかり君も言葉に出せない思いを抱えているならば、ちゃんと話していきたい。

「あのね、ちょっと話したいことがあるの」

「今、ですか？」卵を割ろうとしていた手を止める。

「できれば、今」

「……片づけるから、少し待ってください」

「わたし、ちょっと下に行ってくるから」

「はい」

一階に下りて、レジ締めや店の片づけをパートさんたちにお願いして、連絡事項が何かないか確認する。問題なさそうだったので、二階に戻る。

「大丈夫ですか？」エプロンを外しながら、ひかり君が聞いてくる。

豚肉や卵は片づけられていて、ダイニングテーブルの上にも何もなくなっていた。

「大丈夫」わたしが座ると、ひかり君は正面に座る。

「何かありました？」

「あの、改装のことなんだけど」

「はい」

「お店で、飲食を出せるようにしたいと考えてるの。今、真依ちゃんや常連さんが来た時に出している感じで、お茶と片手で食べられるお菓子ぐらいのもの」

「はい」

「それで、そのために必要な資格の取得とかメニューを決めたりとかをひかり君に任せたいと考えてる」

「……」何も言わず、ひかり君は首をかしげる。

「嫌？」

「嫌ではないです。でも、いいのかなって思って。僕、飲食の仕事にこだわりがあったわけではないんです。好きか嫌いかなんて、考えないで選んだ仕事だったから。けど、木綿子さんのために昼と夜のごはんを作るうちに、楽しいと感じられるようになりました。真依さんや他のお客さんにお茶を出すのも、好きでやっていることです。手芸屋の仕事は半人前にもなれていないのに、自分のしたいことをさせてもらって、いいのでしょうか？」

「自分のしたいことをしても、いいんだよ」

「……そうですよね」ひかり君は嬉しさを隠そうとしているのか、下を向く。

照れている時の更紗ちゃんや颯太君みたいだ。

この子は、不思議なほど優しくて大人びている時もあるのに、やはり中身は子供のままなのだ。食べていくこと、生きていくことだけ考え、精神的に成長する時間なんてなかったのだろう。

「ただね、そうすると、これから何年も、ここにいてもらうことになるかもしれない」

「えっ？」顔を上げる。

「改装して、一階に調理スペースを作るから、飲食に関する全てをひかり君に任せるわけじゃない。パートさんたちにも、手伝いをお願いする。みんな、お茶を出すくらいはしてくれると思う。

でも、手芸用品店に勤めている人たちに、お菓子作りやメニューの開発は頼めない。全然別の仕事になってしまう」

「そうですね」

「大きく改装するし、半年くらい試してみて、駄目な場合はやめるということはできない」

「はい」

「それは、ひかり君をここに縛り付けることになってしまう気がしている」

「うーん」

ひかり君は髪をかき上げ、そのまま黙りこむ。

閉店時間になり、レジ締めや片づけが終わったみたいで、階段の下から「お疲れさま」と言い合っている声が聞こえてくる。

「僕の部屋、作ってくれるんですよね？」ひかり君が口を開く。

「うん」

「だから、ずっとここにいていいんだって、思い込んでました」

「へっ！」驚き、わたしは妙に高い声を出してしまう。

「部屋を作ってもらえて、仕事も任せてもらえて、家のことも僕がほとんどしてるし」話すうちに、ひかり君の声が小さくなっていく。

「ずっといていい！　ひかり君がいたかったら、ずっといていい！」

「いいんですか？」不安そうな目をして、わたしを見る。

「うん！」

大きくうなずいてしまったが、その瞬間に「これでは、駄目だ」と感じた。

ひかり君が過ごしやすいようにと考えると、わたしはお姉さんの顔をして、嘘をついてしまう。

大事に思っているから、話さないといけないことがある。

「知っていてほしいことがあるの」心臓の音が大きくなっていくのを感じ、胸の辺りを手で押さえる。

「はい」

「恋人にはなれないっていう話」

「はい」

「ひかり君もわたしに対して、そう思っているのだし、ひとりで大袈裟《おおげさ》に考えすぎなのかもしれない」

「……いや」

ひかり君が何か話そうとしたのを手でさえぎる。

「先に、わたしのことを話すから、最後まで聞いて」

「はい」

「わたし、恋愛感情が理解できないの」口に出したら、急に泣きそうになった。

「……ん?」

「今まで、恋愛として、人を好きになったことがない」泣いてしまわないように、ゆっくり話す。

「恋人がいたこともないし、誰かと性的に関わったこともない。恋愛や結婚の話になることが怖くて、人と深く関わらないようにもしてきた。ひとりで暮らして、仕事もあるし、生きていけるから、それでいいと思ってた。でも、本当は、とても寂しかった。誰かを好きになって、子供を産んで、家族になりたかった」

「……はい」ひかり君は椅子を移動させて、わたしの隣に来る。

「恋愛感情がないと思えるほどでもなくて、自分がどういう人間かわからないことが、気持ちが悪かった。そういう人を差別して、気持ち悪いって感じるわけじゃないの。自分のことがどうしようもないくらい、嫌だったの」

「大丈夫ですよ。木綿子さんが差別しないことは、わかってますから」

「今、ひかり君のことをとても大事に思っていて、それは恋なのかもしれない。けど、実感できないというか、なんなのかよくわからなくて、確かなものに思えない。恋人になったら、性的に関わっていかないといけないと考えると、すごく怖い。それなのに、ひかり君にずっとここにいてほしいと思っているし、好かれたかったとも感じている」

「落ち着いて、深呼吸して」身体には触らず、ひかり君はわたしの椅子の背もたれに手を置く。

「うん」息を吸って吐く。

「何か飲みますか？」

「……ううん」

「まだ話したいことある？」のぞき込むようにして、ひかり君はわたしの目を見る。

「まだあるけど、まとめられない」

「先に、僕が話していい？」

「うん」

「僕も、木綿子さんのことをとても大事に思ってる。誰よりも、大事。木綿子さんの嫌がることは、絶対にしないから、怖がる必要はない」

「ありがとう」

「恋人になるっていうことに対する考え方って、人によって違うと思うのだけど、僕はいいイメージを持てないでいる。それは、どうしたって、母親の影響がある。感情的になったり、性的なことばかり求めるようになったり」

「うん」

「彼女がいたこともあるし、恋愛感情もある。正直、性欲もある。でも、恋愛や性的な行為が好きではない。成瀬と美咲ちゃんみたいに、お互いに好きで大事にし合って、さくらちゃんが産まれて、素晴らしいことだと思える時もある。けど、自分のことになると、嫌悪する気持ちが強くなる」

「……うん」

「僕は、子供のころに性的な虐待に遭ったこともあるから、そのせいかもしれない」

「……」

駄目だと思ったのに、涙が一気にこぼれ落ちてしまった。

「身体に触られた程度で、性暴力というほどのことをされたわけじゃない」

「触られるだけでも、充分に暴力だよ。もしも、颯太君がどこかで同じことをされていても、暴力じゃないって、思える？」

「……そうですね」ひかり君は、下を向いてしまう。

「ごめん」

ひかり君自身もわかっていることで、認めないように目を背けてきたのだろう。

「手を繋いでいいですか？」小さな声で、ひかり君が聞いてくる。

「いいよ」ひかり君の両手を包み込むようにして、強く握る。

「もう少し話しますね」

「うん」

「僕は、ここにずっといたい。木綿子さんと一緒に暮らして、聡子さんたちと働いて、たまに成瀬や美咲ちゃんのマンションでさくらちゃんと会う。できれば、年に一回くらい、颯太に会いにいく。そういう生活をつづけていきたい。木綿子さんと恋人になったら、関係性が変わって、大事にしたいものが壊れてしまいそうで、怖かった」

「うん」

「そんなふうに考えてはいけないことなのだろうけれど、木綿子さんに恋愛経験がないと聞いて、僕は安心している」

「気持ち悪くない？」

「差別するような人だって、思ってる？」

「思ってない」首を横に振る。

「木綿子さんが僕以外の誰かを好きになって、その時の感情だけで、どこかへ行ってしまうことはないだろうから」

ひかり君は、どこか遠くを見るような目をする。

わたしではなくて、お母さんのことを考えているのだろう。

この子の中から、子供のころの辛い思い出やお母さんに対する強すぎる愛情が消えることはない。

ひとりでどこかへ行ってしまわないように、二度とこの手をはなしてはいけない。

「自分のことがよくわからなくて、僕も苦しいです。木綿子さんが自分を気持ち悪いと感じることも、わかるなんて軽々しくは言えませんが、そういうこともあるぐらいには考えられます」

「うん」

「でも、言葉で説明できるようになんて、ならなくてもいいんだと思います」

「そうかな？」

「僕の苗字は、自分でも憶えていないくらい、何度も変わりました。小学校に入る前の苗字は、本当に思い出せないんです。夜野になってから、十年以上経ちますが、未だに借り物でしかなくて、自分の苗字という感じはしません。でも、名前に合わせて、僕が変わることはないから。なんて呼ばれても、僕は僕です」

「そうだね」

「友達、恋人、夫婦、人と人の関係性を表す言葉は、とても少ない。そのどれにも当てはまらなくていいと思います。僕と木綿子さんだけの関係を作っていきましょう」

「うん」

わたしがうなずくと、ひかり君は笑ってくれた。

涙を堪えた目は、真っ赤になっている。

「わかりました」ゆっくりと手をはなし、ひかり君は台所に立つ。

「また話す」

「大丈夫？」

「ううん」

「まだ話します？」


話をしてから、十日くらい経つけれど、ずっとひかり君は元気がない。

いつも通りに仕事をして、ごはんを作って、パートさんたちやお客さんとお喋りをしているけれど、なんとなくぼうっとしているように見えた。

梅雨が近づいて、雨やくもりの気分が沈むような天気の日がつづいているからと思いたいが、違うだろう。

子供のころの辛かったことを思い出させてしまったのかもしれない。

自分のことばかり考えず、ひかり君が話せるようになるまで、待つべきだった。

レジでノートパソコンを開き、商品の発注をしながら、ひかり君の様子を見る。品番を確認して、棚に刺繡糸を並べている。ミシン糸以上に色の差が微妙で、品番が見にくい。何も考えないで、集中できる仕事がしたいのかもしれない。

ガラス扉が開き、お客さんが入ってくる。

成瀬君と美咲ちゃんだった。抱っこひもをつけて、成瀬君がさくらちゃんを抱いている。

「いらっしゃいませ」

「こんにちは」成瀬君と美咲ちゃんは、声を合わせる。

ひかり君も気が付き、刺繡糸を片づけて、成瀬君に駆け寄る。

「どうした？」ひかり君がふたりに聞く。

「ちょっと遠出」さくらちゃんを見ながら、成瀬君が答える。

さくらちゃんは、パパに抱かれて、眠っている。

写真は見せてもらっていたけれど、わたしは会うのは初めてだ。ほっぺたも手も足も、全てが柔らかそうだ。

「少しずつ外に慣れさせようと思って」美咲ちゃんが言う。「でも、最近、天気が心配でしょ。ここだったら、木綿子さんとひかり君がいるし、実家も近いから」

外は曇っていて、午後から雨が降るという予報だ。

「成瀬、仕事は？」ひかり君は成瀬君に聞きながらも、さくらちゃんばかり見ている。

触りたそうに手を伸ばすけれど、起こしてしまわないように、寸前で止める。さっきまで強張《こわば》った顔で刺繡糸を並べていたのに、表情が柔らかくなっていく。

「育休終わった後、土曜出勤したから、振替」

「そうなんだ」

「興味ないだろ？」

「うん」

「さくらに近寄るな」さくらちゃんを隠すように、成瀬君は身体の向きを変える。

「なんでだよ」

「さくらより、オレに興味を持て！」

「無理」

追いかけるようにして、ひかり君は成瀬君に抱かれるさくらちゃんをのぞき込む。その視線を避けるように、成瀬君はさらに身体の向きを変える。

「やめて、起きちゃうから」美咲ちゃんが言う。

そして、言った通りに、さくらちゃんは目を覚まして、泣き出す。

「ほら」呆れたように言い、美咲ちゃんは成瀬君の肩を軽く叩く。

「……ごめんなさい」

「交替」

「はい」

成瀬君は抱っこひもからさくらちゃんを下ろし、美咲ちゃんに渡す。美咲ちゃんがあやすけれど、なかなか泣き止みそうにない。

「おむつ替えて、おっぱいあげたいんだけど、場所あります？」

「二階、どうぞ」

「上、行こう」

ひかり君が案内して、美咲ちゃんとさくらちゃんは二階に行く。

わたしと成瀬君は並んで立ち、その後ろ姿を見る。

「どうっすか？」成瀬君が聞いてくる。

「何が？」横に立つ顔を見上げる。

「いいお母さんだったね」

「最近、ちょっと元気がなかったから、来てくれて良かった。さくらちゃんと会えることも嬉しいんだろうけど、成瀬君と話せると気持ちが落ち着くんだろうね」

「そうですかね？」嬉しそうに表情を輝かせる。

「成瀬君も成瀬君で、ひかり君のことが本当に好きなんだね」

「はい！」大きくうなずく。

　小学生のころから一緒にいて、ひかり君と成瀬君はたくさんのことをふたりで乗り越えてきたのだろう。わたしは、その全てを知ることはできない。成瀬君だけではなくて、家族でひかり君を支えてきた。同じことが、わたしにできるのだろうか。

「僕、普通に見えるでしょ？」

「うーん」

「見えません？」

「普通よりも、かなりいい子」

「顔が？」自分の顔を指さす。

「顔もいいけど、性格ね」

「そんなことないですよ」

「そう？」

「僕も僕で、歪んでます」

「そうなの？」

「好きなものにしか興味がないんです」

「それは、みんな、同じじゃない？」

「興味がなくても、好きなこと以外もしますよね」考えつつ、成瀬君は話す。

「ものごとによるけど」

「学校に行って、好きな友達とだけ遊んで、好きな勉強だけするわけにはいかない」

「まあ、そうだね」

「僕は、それがうまくできないんです。ひかりとだけ遊んでいたいし、美咲以外の女の子とは付き合いたくない。仕事も、好きなことだけしていたい」

「それで、問題なく暮らせているならば、いいんじゃない？」

「でも、ひかりや美咲に嫌われたら、大変なことになります」

「そうだね」

わたしには、成瀬君と美咲ちゃんは、普通の幸せな夫婦に見える。けれど、ふたりにしかわからない問題もたくさんあるのだろう。これから、さくらちゃんが大きくなって、家族としての問題も増えていく。

「どうして、成瀬君はひかり君のことがそんなに好きなの？」

「かわいいから」一瞬も躊躇わずに答える。

「あっ、そうなんだ」

「小学校一年生の時、クラスで一番小さくて、何もできなくて、本人は身を隠すように過ごしてたつもりらしいけど、誰よりも目立ってた。みんなについていこうと必死になって、めちゃくちゃかわいかった。声をかけたら、嬉しそうに目を輝かせて、子犬が紛れ込んでるみたいだった。そういう姿を見て、ねじ曲がった奴らは、いじめようとした。でも、オレは、かわいいものは、徹底的にかわいがりたい」

「確かに、成瀬君も、ちょっと歪んでるかもね」思わず、笑ってしまう。

「うちの家族も、ひかりのかわいさに夢中だった」

「今でも、赤ちゃんや子犬みたいだし、小さいころはもっとかわいかったんだろうね」

「そのくせ、たまに奇妙に大人びた顔をするから、心配だった。目を離したら、どこかに消えてしまう気がした」

「うん」

「もしも、ひかりと一緒にいられなくなったら、僕に連絡をください。いつでも、迎えにくるから。もう二度と、ひとりで、どこかへ行かせないようにしてください」

「大丈夫」首を横に振り、成瀬君の目を見る。「何があっても、離れる気はないから」

わたしの目を見て、成瀬君は大きくうなずく。

今でも、ひかり君に対する感情が「恋」なのか、わたしにはよくわからない。

でも、それは、もうどうでもいいことだ。

ずっと一緒にいると、決めたのだから。

「お待たせ」美咲ちゃんがさくらちゃんを抱いて、戻ってくる。「おっぱい大丈夫そうだったから、おむつだけ替えてきた」

「替わる？」成瀬君が聞く。

「お願い」

成瀬君が肩にかけたままにしていた抱っこひもに入るように、美咲ちゃんはさくらちゃんを渡す。

ひかり君は、嬉しそうにして、ずっとさくらちゃんを見ている。

作業部屋で、シャツにボタンを縫い付けていくわたしの横で、ひかり君はノートに何か書いている。

外では、夕方から雨が降りつづいている。

雨音が微かに聞こえるだけで、とても静かだ。

一年前、同じように雨の降る夜、わたしはこのままずっとひとりなのだと考え、寂しさに耐えていた。

こんなふうに、男の子とふたりで住むことになるなんて、想像もできなかった。

友達とも違うし、恋人でもない。

それでも、誰よりも大事な男の子だ。

「何、書いてるの？」ひかり君に聞く。

「メニュー、どうしようかと思って」

「そんなに、急いで考えないでいいよ」

どのように改装するか決めて、日程を相談して、工事が入り、商品を並べ直す。

全て終わるころには、夏も秋も通り越し、冬が近くなっているだろう。

「お菓子は、ほとんど作ったことないんですよ。商品として出せるようになるまで、試作を重ねないといけません」

「そうなんだ」

「分量やオーブンの温度が少し違うだけで仕上がりが変わるから、安定したものを出すためには、ひたすら練習しつづける必要があるんです」

「気軽に大変なことをお願いしてしまって、ごめんね」

「大丈夫です」ノートから顔を上げ、ひかり君はわたしを見る。「新しいことができるのは、楽しいです。手芸の方では、力仕事ぐらいでしか役に立たないから、自信が持てる仕事を任せてもらえるのも、嬉しい」

「力仕事以外も、役に立ってるよ」

「そうですか？」

「いるだけで助かるというか、マスコット的な感じ」

「うーん」

納得できていない顔で、ひかり君は首をかしげる。

わたしやパートさんたちだけではなくて、常連さんの中にも、ひかり君に会いたくて来ている人がいる。自分がみんなに好かれ、かわいがられる存在であることを、ひかり君が自覚していないからいいのだろう。

「まずは、フィナンシェとオレンジの入ったパウンドケーキを作ります。あと、スティック状のチーズケーキ」

「うん」ボタン付けをしながら、ひかり君の話を聞く。

「作業に集中して倒してしまったりしないように、冷たい飲み物もマグカップみたいな形のグラスで出したいんですよね。いいものがないか、色々と見てみます」

「一緒に行く」

「はい」

「考えること、たくさんあるね」

「そうですね」

「焦らず、時間をかけて、相談していこう」

「はい」

「できた」最後のボタンを付け終わる。「ちょっと立って」

ひかり君に立ってもらい、わたしも立ち上がる。

完成したばかりのシャツを広げ、ひかり君に当てる。

「着てみて」

「はい」ひかり君は、Tシャツを脱ごうとする。

「脱ぐんだったら、ここじゃない」

「ああっ！　ごめんなさい」

「向こうで」

「はいっ！」

シャツを持って、ひかり君は作業部屋を出ていく。

待つ間に、針や糸を裁縫箱にしまう。

「着ました！」シャツを着て、ひかり君は戻ってくる。

「うーん」正面に立ち、わたしはサイズを確認していく。

何度も丈を測り、仮縫いの状態でも着てもらい、微調整をしてきたけれど、思っていたものと少し違う。

袖はあとちょっとだけ余裕が欲しい、お腹の回りはもっと細くしてもよかった、ボタンサイズはもう一回り小さくしたい。

「作り直す」

「これで、全然いいですよ」

「完璧じゃないから」

「そうですか？」ひかり君は、シャツの裾やボタンを触る。

「もっと良くできる」

「これはこれで、もらっていいですか？」

「いいよ」

「ありがとうございます」シャツを触りつづけ、嬉しそうにする。

「でも、外では着ないで」

「なんで？」

「完璧なものができたら、着ていい。それは、家用」

「店に出るのに、着替えるの面倒くさいです」

「わたしが嫌なの」

「わかりました」不服そうに言いつつも、顔は笑っている。

シャツを着たまま座って、ひかり君はメニューを考える。わたしも座り、作り直すために、どこを修正するかメモをする。

ふたりとも喋らず、雨音だけが響く。

この作品は書き下ろしです。

この作品はフィクションです。実在する人物、団体等とは一切関係ありません。

イラスト　Futaba.
装幀　西村弘美

畑野智美

1979年東京都生まれ。2010年「国道沿いのファミレス」で第23回小説すばる新人賞を受賞。2013年に『海の見える街』で、14年に『南部芸能事務所』で吉川英治文学新人賞の候補となる。著書に「南部芸能事務所」シリーズ、『夏のバスプール』『タイムマシンでは、行けない明日』『感情８号線』『消えない月』『大人になったら、』『水槽の中』『神さまを待っている』『若葉荘の暮らし』など。手芸用品店で働いていたため、生地を裁断するのが得意。

ヨルノヒカリ

2023年９月10日　初版発行

著　者　畑《はた》野《の》　智《とも》美《み》
発行者　安部　順一
発行所　中央公論新社
〒100-8152　東京都千代田区大手町1-7-1
電話　販売 03-5299-1730　編集 03-5299-1740
URL https://www.chuko.co.jp/

ＤＴＰ　ハンズ・ミケ
印　刷　大日本印刷
製　本　小泉製本

Published by CHUOKORON-SHINSHA, INC.
Printed in Japan　ISBN978-4-12-005690-1 C0093